행복특별시 증평의 비전과 미래

이민표의 고향사랑

저자 **이민표**

도서
출판 **행복에너지**

이민표의
고향사랑

초판 1쇄 발행 2026년 1월 17일

저　　자　이민표
발 행 인　권선복
편　　집　한영미
디 자 인　서보미
마 케 팅　권보송
전 자 책　서보미
발 행 처　도서출판 행복에너지
출판등록　제315-2011-000035호
주　　소　(157-010) 서울특별시 강서구 화곡로 232
전　　화　0505-613-6133, 010-3267-6277
팩　　스　0303-0799-1560
홈페이지　www.happybook.or.kr
이 메 일　ksbdata@daum.net
값　20,000원
ISBN　979-11-24134-08-5 (03810)
Copyright ⓒ 이민표, 2026

이 책은 도서출판 행복에너지 협조로 누구도 정보에서 소외되지 않기를
바라는 마음을 담아, 시각장애인의 정보 접근성 향상을 위해
서울시각장애인복지관과 함께 점자·데이지 도서 책으로 제작되었습니다.

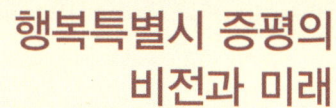

행복특별시 증평의
비전과 미래

이민표의 고향사랑

저자 **이민표**

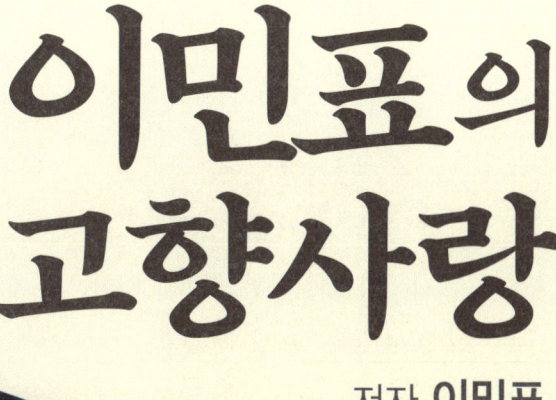

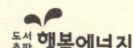

홍익인간의 정신 – 널리 인간을 이롭게 한다는 가치관

공직자의 품격, 사람을 먼저 생각하는 리더의 마음
삶 자체가 증거이고 언행 자체가 역사인 사람의 이야기

책을 내며

봄이 오고 겨울이 지나간 지 서른 세 번. 짧지 않은 33년의 공직생활을 마감하고 내가 태어나고 자란 고향 증평으로 돌아왔다. 청운의 꿈을 품고 공직을 시작하려는 나에게 "공직자는 국가와 지역발전을 위하여 국민과 주민을 위해 사심 없이 무한충성을 해야 한다!"라고 길을 일러주신 아버지는 평생 농부로 일만 하시다가 생을 마감하고 낙엽이 지는 지난 가을날 돌아가셨다. 아버지가 일러주신 교훈을 평생 가슴깊이 간직하며 살았다.

경기도 오산시에서 공직에 입문했다. 낯선 땅에서 2년여 근무한 후 수구초심(首丘初心)에 끌려 괴산군으로 왔다. 공직자로 재직하는 동안 무슨 일을 하든, 적극적이었고, 주어진 업무에 최선을 다했으며 소신 있게 처신했다. 그러다 보니 소수직렬 지적직임에도 불구하고 군의회 전문위원, 칠성면장, 시설관리사업소장, 문화관광과장, 민원지적과장, 괴산읍장, 농업건설국장까지 승진했다. 군의 주요사업을 총괄하는 위치에서 종합행정을 추진하는 값진 경험을 얻을 수 있었다.

많은 분들로부터 아낌없는 축하를 받았고 한때는 화제의 인물이 되기도 했다. 이렇게 중책을 맡을 수 있었던 것은 열정과 도전정신으로 직무에 임하는 나의 노력도 있었지만, "무한충성 하라!"고 늘 일러 주셨던 선친의 가르침 덕분이라고 생각한다. 33년의 공직은 후회 없는 삶이었고, 보람 있는 여정이었다. 재직중에는 물론 퇴직후인 지금도 공직에 몸 바친 청춘을 후회해 본 적이 없다.

이제 공직을 마무리하고 고향으로 돌아왔으니 해야 할 일이 하나 더 있다. 내 고향 증평군 발전을 위해 내 영혼을 바쳐 분골쇄신하는 것이 내게 주어진 소명이고 사명이다. 한때는 같은 군이었지만, 지금은 우리 증평군과 이웃이 된 괴산군. 그곳에서 공직자신분으로 추진했던 행정 경험과 지식을 가지고 증평군을 충북을 넘어 전국에서 가장 살고 싶고, 행복지수가 제일 높은 자치단체로 만들고 싶다. 충분히 가능한 일이고 해낼 수 있다고 생각하니 가슴이 뜨거워진다.

학창시절 드높고 장대한 두타산을 바라보며 푸른 꿈을 꾸었고, 해맑은 보강천을 따라 거닐며 넉넉한 감성과 애향심을 깊이 심었다. 때론 강인하게, 때론 푸근하게 나를 키워준 내 고향 증평이다. 깊은 열정으로 사랑하고 고향 땅에 한 줌의 흙이 될 때까지 충정어린 마음으로 무한 봉사를 하고 싶다. '지행지시 행지지성(知行之始 行知之成 : 아는 것은 행하는 것의 시작이요, 행하는 것은 아는 것을 이루는 것이다)'은

책을 내며

나를 이끄는 좌우명이다. 알면 실천해야 한다는 지행합일(知行合一)의 정신으로 남은 인생을 살고자 다짐한다.

괴산군수를 10년간 재임하며 괴산의 미래 성장 동력을 획기적으로 조성한 임각수 전 군수를 비롯한 단체장들이 지역을 어떻게 변화시켜 나가는지 지척에서 똑똑히 지켜봤고 충분히 배웠다. 나도 할 수 있다는 자신감이 분출했다. 증평은 충북 도내 어느 고장보다 지리적 여건이 우수하여 몇 가지 문제를 해결하면 보다 빠른 속도로 성장할 수 있는 여건이 갖춰진 지역이다. 증평이 어떤 방향으로 어떻게 가야 할지 생각하고 또 생각해 본다.

경대수 전 국회의원님은 나를 만날 때마다 "증평의 곳곳을 누비며 주민 한 분 한 분을 만나 고견을 듣고 가르침을 받기 위해 열심히 뛰어다녀야 한다"고 조언해 주었다. 정치는 곧 주민들의 생각을 듣는 데서 시작되어야 하기 때문이다. 많은 분들이 따듯하게 반기며 격려해 주신다. 증평군민이 안정적으로 풍요와 행복을 누리며 살게 할 방법을 찾아야 하는 건 내 남은 생의 과제이다. 그 많은 이야기를 모든 군민과 함께 나누고자 책의 집필을 결심했다.

부족하고 부끄러움이 앞서지만 책을 통해 이민표의 생각이 무엇인지 어떤 길을 걸으며 성장했는지 기록해 보았다. 책의 출간을 위해 격려를 아끼지 않으신 경대수 전 국회의원님, 모교인 형석고등학교 김병기 교장선생님, 단체장의 업무추진 역량과 자세를 보여 주신 임각수 전 괴산군수님, 조악한 원고를 멋진 책으로 출간해 주신 도서출판 행복에너지의 권선복 대표님께 감사드린다. 그리고 책이 출간되기까지 응원을 아끼지 않은 사랑하는 가족과 모든 지인에게 머리 숙여 감사드린다. 아들이 쓴 책을 보지 못하시고 세상을 뜨신 사랑하고 존경하는 아버지 영전에 두 손 모아 이 책을 올린다.

2025년 늦은 가을 보강천변
장뜰에서

추천사

경대수 | 제19, 20대 국회의원

평생 공직에 헌신하다가 이제는 고향발전에 뜻을 두고 불철주야 증평 군민들의 고견을 듣기 위해 노력하고 있는

이민표 국민의힘 충청북도당 부위원장이 촌음을 아껴 자신의 34년여 공직 생활을 되돌아보는 자서전을 출간하게 되었음을 진심으로 축하합니다.

저자는 이 자서전에서 그 자신이 자기계발과 공직자로서의 책임과 의무를 다하기 위하여 얼마나 치열하고 겸허하게 살아왔는지 진솔하고도 담담하게 서술하고 있음을 느낄 수 있습니다.

이 자서전을 읽다 보면 그의 경이로운 업적과 성취 뒤에 숨겨진 그의 노력을 새삼 느낄 수 있을 뿐만 아니라 이제는 오로지 고향의 발전과 군민 행복을 위해 여생을 바칠 각오가 되어 있음을 절절히 느낄 수 있습니다.

특히 증평은 1읍, 1면의 작은 자치단체이지만 훌륭한 인재들을 잘 활용한다면 대한민국에서 가장 역동적으로 성장할 기회가 충분한 지역 이라는 것에 동의한다면 지금이야말로 저자의 자서전에 담겨있는 군민 들을 향한 열정과 사랑을 뼛속 깊이 느낄 수 있으며, 저자도 그러한 인재 중의 한 명이라는 생각에 이르게 되리라 확신합니다.

부디, 많은 분들께서 이 자서전을 읽고 저자로부터 뿜어져 나오는 생에 대한 도전 정신과 다양한 영감, 교훈을 얻는 기회가 되기를 염원합니다.

진정한 문화인, 사랑하는 제자 이민표를 응원합니다

김장웅 | 전 증평문화원장

문화의 힘을 믿습니다. 백범 김구 선생도 진정 바라는 우리의 모습은 강대국이 아니라 문화선진국이라고 하셨습니다. 21세기는 문화강국이 진정한 강국이 될 거라고 굳게 믿습니다. 그래서 우리는 문화를 아는 리더가 필요합니다.

내가 그동안 겪은 이민표란 인물은 누구보다 문화에 관한 깊은 애정과 관심을 가진 사람입니다. 지역의 향토문화와 역사에 큰 관심을 갖고 있고, 직접 예술활동에 참여하는 교양인입니다.

그런 그가 교양인임을 증명이라도 해보이듯 책을 엮어 세상에 내놓았습니다. 그 내용은 다분히 지역 사랑과 연결됩니다. 글귀마다 고향 사랑이 깊이 묻어납니다. 고향을 어떻게 발전시킬지 그의 고민이 배어 있습니다.

저의 후배이면서 제자이기도 한 이민표는 증평에서 나서 자랐고, 초중고 모든 과정을 보냈습니다. 그는 고향을 위해 일하고 싶어 합니다. 그는 능력 있는 고향 지킴이입니다. 능력을 갖췄고, 더불어 풍부한 감성과 교양을 지니고 있습니다.

정말 좋은 책을 썼습니다. 어떤 청사진으로 고향사랑을 실천해 나갈 것인지 살펴보겠습니다. 후생가외(後生可畏)란 말이 있습니다. 저는 후배이자 제자인 이민표를 보며 그런 감정을 느낍니다. 진심으로 고맙습니다. 사랑합니다.

내가 가장 신임한
유능한 공직자, 이민표

임각수 | 전 괴산군수

공직에서 청춘을 보낸 저는 25년간 경제기획원, 국무총리실, 청와대, 행정지치부 등에서 봉직했고, 10년을 괴산군수로 근무하면서 많은 사람을 만났습니다. 그중에서 가장 성실하고 능력이 출중한 사람이 누구냐고 묻는다면 서슴지 않고 '이민표'라고 대답합니다.

이민표는 인격과 능력을 함께 갖춘 가장 신임했던 공직자였습니다. 그는 강직하면서도 청렴했고, 대인관계가 넓고 원만해 지역주민과 격의 없는 소통을 했습니다. 자기 한계를 뛰어넘어 넓은 시야를 가졌고, 미래를 예측할 줄 아는 매우 유능한 공직자였습니다.

실례로 산막이 옛길, 학생중앙군사학교, 국립호국원, 유기식품산업단지 등의 유치 과정에서 능력을 발휘했습니다. 그런 그가 공직을 마무리 하고 고향 증평에서 여생을 보내려 합니다. 아끼는 후배가 자서전 '이민표의 고향사랑'을 발행하니 참으로 감회가 깊습니다.

나는 확신합니다. 이민표는 증평군과 지역민을 위해 모든 열정을 바쳐 봉사할 사람입니다. 삼가 제가 바라는 것은 증평 군민들께서 이민표의 인격과 능력을 제대로 평가해 주시고 사랑해 주시고 그의 외침에 귀 기울여 주시길 간절히 소망해 봅니다.

강직하고 훌륭한 인품과 탁월한 업무추진 능력을 겸비한 저자의 책을 많은 분이 애독하시길 간절히 바랍니다. 좋은 책을 써낸 이민표 저자에게 깊은 감사를 드립니다.

같은 고향에서,
같은 마음으로

송기윤 | 사)한아세안경제문화교류협회 총재

사람을 이해하는 데에는 긴 설명보다 한 권의 책이 더 많은 것을 말해줄 때가 있습니다. 『이민표의 고향사랑』은 한 사람의 이력이나 성과를 나열하기보다 그가 어떤 태도로 살아왔는지를 조용히 보여주는 책입니다. 이민표를 떠올리면 말보다 먼저 그의 시간이 떠오릅니다. 앞에 나서기보다 맡은 자리를 지키며, 눈에 띄지 않는 곳에서도 자신의 몫을 끝까지 감당해온 시간, 그래서 그의 이야기는 읽는 이에게 설명되지 않아도 자연스러운 신뢰로 다가옵니다.

그는 같은 고향에서 자라 이 땅의 숨결과 사람들의 결을 몸으로 배워온 사람입니다. 고향을 사랑한다는 말을 쉽게 꺼내지 않고, 대신 오랜 시간의 책임으로 증명해 왔습니다. 이 책 곳곳에는 그런 삶의 태도가 조용히 스며있습니다.

9급 공무원으로 시작해 3급에 이르기까지 33년 9개월 동안 이어진 공직의 시간은 단순한 경력이 아니라 매일의 선택이 쌓여 만들어진 무게입니다.

책상 위의 행정보다 사람의 삶 가까이에서 결정을 내려야 했던 순간들이 담담한 문장으로 기록되어 있습니다.

이 책은 무언가를 주장하려 들지 않습니다. 자신을 앞세우기보다 공동체를 먼저 바라보는 시선, 성과를 강조하기보다 신뢰를 지켜온 태도가 자연스럽게 읽히도록 놓여 있습니다. 그래서 『이민표의 고향사랑』은 읽을수록 소리가 커지기보다, 마음 깊은 곳으로 가라앉는 책입니다.

고향을 사랑한다는 것은 순간의 감정이 아니라 오랜 시간 책임으로 남는 일이라고 저는 믿습니다. 이민표는 그 사실을 설명하지 않고도 삶으로 보여준 사람입니다. 같은 고향에서 자라 같은 시대를 살아온 선배로서 이 책을 덮으며 한 사람의 삶이 어떻게 공동체의 신뢰가 되는지를 다시 한 번 생각하게 되었습니다.

『이민표의 고향사랑』이 많은 이들의 곁에서 오래 머물며, 고향과 사람, 그리고 책임에 대해 차분한 질문을 건네는 책이 되기를 바랍니다.

그 여운이 독자들의 마음에 오래 남기를 기대합니다.

삶의 문화가 우뚝한
꿈을 이루소서

섬동 | 시인 · 형석고등학교장

   한 사람의 생애는 실로 아름답고 거룩한 생명의 탄생이고, 그가 더불어 살아가는 건, 맑은 숨의 나눔이다. 그래서 한 사람은 만인의 마음이 키운 희망이고, 지역은 사람의 마음이 만든 하나의 작품이다. 증평은 보강천이 멀리 나아가 금강과 서해를 이루고, 투타산이 백두대간에서 뻗어 금북정맥의 기운으로 맺힌 곳이다. 자연의 정기가 인물을 키워내고, 새로운 문화를 이루는 기상이 서린 어진 터다.

   이곳에서 자란 이민표 선생은 진취적인 의기를 가지고 교육미래의 도(道)를 보는 혜안을 갖춰 주위에 익우(益友)가 많다. 그의 음성은 푸른 향기가 나고, 눈빛은 샘물의 맑음에 닿고, 손발은 늘 부지런히, 남을 높이는 군자의 품격이 있다. 30여 년 공직 경험을 밑바탕 삼아 옹골찬 추진력으로 한 지역의 덕풍을 키우고, 법고창신(法古創新)의 지혜를 보여줄 인물이다.

   공직을 마치고 경험과 경륜을 바탕으로 고향을 위해 헌신하겠다는 그의 뜻은, 지금까지 지은 덕을 발현하여 좋은 세상을 만들고자 하는 엄연한 용기다. 공자의 무신불립(無信不立)을 가슴에 담고, 작은 것에서 사람의 따뜻한 사랑을 읽으며, 크고 높은 길에 나설 것이다. 증평이 세계의 중심으로 자리 잡는 꿈을 실현할 서기(瑞氣)가 있으니, 그를 중심으로 좋은 문풍이 일어나기를 바란다.

문화를 알아야 진정한 지도자

김윤식 | 증평공립휴먼시아어린이집 원장

문화에 대한 이해는 한 사람의 깊이를 보여 주는 중요한 잣대다. 많은 이들이 지도자가 되기를 원하고, 발전과 성장을 이야기하지만, 삶의 질과 문화를 함께 말하는 이는 드물다. 나는 이민표 선생을 통해 그런 균형 잡힌 시각이 무엇인지 확인해왔다.

이민표 선생은 문학과 예술을 삶 속에서 실천하는 분이다. 시와 수필을 쓰고, 낭송하며, 지역 문학회 활동에도 꾸준히 참여한다. 선생과 함께 시낭송 대회 무대에 섰던 나는 선생이 단순한 취미로 문학을 대하는 것이 아니라, 문화적 가치를 생활 속에서 구현하고 있음을 확인했다.

이민표 선생은 겸손하다. 상대의 이야기를 끝까지 경청하고, 자신의 주장을 내세우지 않는다. 선생은 일상에서 자연스럽게 경청을 실천한다. 이런 모습은 선생이 사람을 중심에 두고 관계를 맺어 온 문화인이라는 사실을 잘 드러낸다.

선생의 책은 이러한 삶의 궤적 위에서 탄생했다. 자신을 돌아보며 써 내려간 문장은, 꾸밈이나 과장이 아니라 진솔한 고백과 성찰이다. 고향을 향한 애정, 지역민과 함께 살아가고자 하는 바람을 성실하게 기록했다. 개인의 자서전이라기보다 한 지역을 향한 따뜻한 연서(戀書)에 가깝다.

평생의 노력이 집약된 결과물 앞에서 나는 선생을 존경하지 않을 수 없다. 책을 낸다는 것은 자기 삶을 책임지고 정리하는 과정이다. 선생은 그 과정을 통해 한층 더 단단해진 삶의 결을 보여주었다.

선생의 책은 평생의 노력과 성취를 담은 기록이다. 그간의 노력에 진심 어린 축하와 격려를 보낸다. 또한 이 글을 읽는 이들에게 선생의 삶과 가치관, 문화적 감수성을 함께 느껴보기를 권한다. 우리 각자가 삶을 돌아보고 더 나은 길을 찾는 데 큰 울림이 될 것이다.

친구야! 고맙다
더 힘껏 달려라

이종호 | 증평76친사모회 수석부회장

고향에 뼈를 묻겠다고 다짐한 친구들이 있습니다. 나와 이민표는 그 약속을 한 사이입니다. 증평을 지킬 것이고, 살기 좋은 고장 증평의 발전을 위해 몸과 마음을 바칠 것을 맹세한 사이입니다.

76친사모회는 저마다 다른 학교를 졸업했지만, 76년도에 증평 관내 또는 인근 초등학교를 졸업한 친구들의 정다운 모임입니다. 각기 다양한 재능과 경력을 가진 48명 친구들입니다.

공직 은퇴 후 친구들의 추대로 이민표가 우리 모임의 회장을 맡은 지 2년여가 흘렀습니다. 이민표는 회장취임 일성(一聲)으로 "우리는 그냥 친구다" "우리는 높고 낮음이 없고, 잘나고 못남이 없으며, 누구 하나도 특별하지 않다"라는 말을 했습니다.

모임을 통해 친구들은 이민표가 진심으로 고향 증평을 아끼고 사랑한다는 사실을 알게 되었습니다. 우리 모두는 생을 다하는 날까지 증평을 위해 살아가자고 약속했습니다.

우리 친구 민표가 지난 생애를 되짚어보고, 향후 고향에서 하고 싶은 일을 정리해 훌륭한 책을 만들었습니다. 거기엔 우리 친구들 이야기도 있습니다. 그러니 모든 친구들이 자랑스러워합니다.

우리가 '말표'라는 별명을 붙여주었던 이민표는 내일을 향해 또 달립니다. 운동회 때 달리기 1등을 놓치지 않던 친구가 증평을 위해 달릴 준비를 하고 있습니다. 친구로서 응원합니다. 참 좋은 친구가 더 힘차게 달리기를 진심 기원합니다.

변하지 않는
미루나무 같은 친구, 이민표

천옥자 | 전 소비자교육중앙회 증평지회장

미암리라는 증평의 작은 마을에서 태어나 함께 학교에 다닌 친구, 얼마나 깊은 인연이며 좋은 사이입니까? 이민표와 저는 그런 사이입니다. 어려서부터 키가 크고 달리기를 잘해 우리가 '말표'라고 부르던 그 소년은 공무원이 되었고, 특유의 친화력과 근면함을 앞세워 괴산군에서 증평사람 중 유일하게 고위직에 올랐습니다.

그래서 우리 친구들은 그를 자랑했습니다. 이민표는 친구들 사이에 의리의 사나이로 인정받았습니다. 그런 친구가 이번에는 책을 써서 다시 한번 우리를 놀라게 합니다. 자신의 일대기를 정리하면서, 동시에 고향을 위해 살아갈 포부를 담았습니다.

누구보다 열심히 청춘을 보낸 우리 친구 이민표가 남은 삶을 통해 더 성숙하고 갖춰진 모습을 드러낼 거라 믿습니다. 그는 성실함을 통해 꾸준히 성장했고, 발전했습니다. 후퇴한 적이 없습니다.

늘 발전하는 모습을 보였고, 중년 이후에는 지역을 대표할 큰 인물로 성장했습니다. 지속적인 발전을 통해 역량을 키워 온 친구가 참으로 자랑스럽습니다. 우리 친구들 모두 한마음으로 이민표를 열렬히 응원합니다. 이민표 화이팅!

증평사랑이 깊은 선배에게 더 큰 봉사를 기대한다

주기영 | 형석중학교총동문회장

증평초와 형석중 동문인 이민표 선배와 중학교 총동문체육대회를 통해 만난 지 어느덧 17년이 되어간다. 그가 공직생활 할 때는 그냥 평이한 선배로만 알았다. 3년여 전부터 사적 모임을 통해 많은 대화를 나누며 그의 새로운 면모를 보았다.

탁월한 주민소통 역량, 더 큰 봉사의 소신 등은 이민표 선배의 큰 장점이다. 공직자에 대한 편견을 뛰어넘게 해준 이민표 선배의 참모습에 찬사와 응원을 보낸다. 이민표 선배가 "아는 것은 행하는 것의 시작이요. 행하는 것은 아는 것을 이루는 것이다"라는 자신의 좌우명을 실천해 주길 바란다.

33년여 공직 생활에서 쌓아온 경험과 노하우가 자서전에 녹아있다. "일을 찾아서 적극적으로 추진하는 습관은 내게 좋은 변화를 안겨 주었다."라는 글귀에서 이민표 선배의 열정과 도전 정신을 느낄 수 있었다.

경청, 공감, 설득, 소통의 실천을 다짐하는 이 선배에게 격려와 박수를 보낸다. 그는 가슴이 따뜻하고 타인의 처지를 이해하는 사람이다. 내 것이 소중하듯 남의 것도 소중하게 여기는 기본이 바로서 있는 인물이다.

수신제가치국평천하(修身齊家治國平天下)는 만고의 진리다. 이 선배는 누구보다 수신제가를 잘했다. 이제 치국평천하를 실천할 단계다. 고향 증평에서 지역민에 대한 깊은 애정을 바탕으로 더 큰 봉사를 하려는 이민표 선배에게 큰 기대를 걸어본다.

목차

제1장

기억해야 할
증평의 정신

독립 군의 정체성

증평군이 괴산군에서 분리해 독립 군이 되기까지의 여정은 참으로 눈물겹다. 어느 날 하루아침에 이루어진 일이 아니다. 독립 군을 만들기 위한 지역민의 노력은 참으로 오랜 세월 지속됐고, 그 과정도 참으로 혹독했다. 엄청나게 많은 이들의 숭고한 희생과 노력이, 오늘날의 증평군을 만들었다. 그렇게 독립 군으로 탄생했기에, 오늘 증평군은 지금의 모습으로 성장할 수 있었다. 면적은 전국에서 두 번째로 작은 군이지만, 증평은 인구, 경제, 생활수준이나 교육 여건 등 여러 면에서 타 지역을 압도하고 있다.

괴산군의 변방 면에 불과했던 증평은 1923년 청주를 연결하는 철로가 개통되고, 1928년 철로가 충주까지 연장되면서 급성장했다. 1949년에는 급기야 읍으로 승격했고, 1990년에 시 승격을 염두에 두고 출장소가 설치되었다. 충북선 개통 후 인구가 늘고, 상권이 번성하면서 증평을 시로 승격해야 한다는 지역 여론이 형성되기 시작했고. 출장소 설치 이후 더욱 힘을 얻었다. 시 승격과 더불어 괴산에서 분리해 독립 군이 돼야 한다는 여론도 함께 들끓기 시작했다. 증평이 괴산에서 독립해 독자적인 성장 동력을 가져야 한다는 여론은 80년대와 90년대를 거치며 확산했고, 힘을 얻었다.

당시 인구 5만 명이 돼야 시로 승격할 수 있다는 관련 법령에 갇혀 시 승격 여론은 독립 군 설치 쪽으로 선회하기 시작했다. 온 지역민이 나서 결사적으로 항쟁해 독립 군의 꿈은 점차 현실로 다가왔다. 수시로 집회가 열렸고, 상경 투쟁도 거세게 일어났다. 지역의 지도자들은 삭발과 단식 등 강도 높은 투쟁을 이어가며 중앙 정부와 충청북도를 압박했다. 이런 노력의 산물로 독립 증평군이 탄생해 충북 도내 11번째 군이 되었다. 70여 년간 중단 없이 이어온 지역민의 염원이 현실이 된 거다.

증평군은 수도권 일부 지자체를 제외하면 전국에서 가장 작은 면적이다. 비수도권에서 계룡시와 목포시가 증평군보다 면적이 작다. 군 지역의 경우 경북 울릉군이 유일하게 증평군보다 면적이 작다. 면적이 작을뿐더러 증평군에 속한 읍·면도 증평읍과 도안면 단 두 곳 뿐으로 전국 최소 체제다. 그렇지만, 증평군은 충북 도내 지자체 가운데 단양군, 보은군, 괴산군보다 많은 인구를 가 졌을 뿐 아니라, 산업 생산력 면에서도 여러 지역을 크게 앞지르고 있다. 면적이 작은 대한민국이 세계 10대 경제 대국 반열에 오른 것과 비슷한 양상이다.

증평읍의 인구가 날로 늘면서 도시 외형이 크게 변모해 가던 시절, 증평읍은 괴산군의 중심지가 돼갔다. 인구가 괴산읍보다 월등히 많 았고, 상권도 비교하기 어려울 만큼 비교 우위에 있었다. 그럼에도 불구하고, 늘 괴산군의 변방으로 취급당했고, 각종 혜택에서 소외됐다. 적어도 증평 지역민은 그렇게 생각했고, 그것이 부당하다고 판단했다. 독립 군이 되면 자치 행정을 통해 발전 속도를 높일 수 있고, 그토록 염원하던 시 승격도 이룰 수 있다는 확신을 갖게 됐다. 생각은 행동으로 이어졌다.

그래서 지역민이 '자치단체설립위원회'를 중심으로 각종 단체를 결성해 조직적으로 독립 군 설치 운동을 벌여 나갔다. 출향인들도 힘을 보냈다. 하루가 멀다고 대규모 집회가 열렸다. 그만큼 증평의 독립 군 설치 염원은 간절했다. 이런 노력의 결과, 증평은 2003년 8월 30일 자로 독립 군이 됐다. 군에 속한 읍이 시로 승격한 사례는 있지만, 군에서 군이 분리된 건 지금껏 증평군이 전국 최초이자 유일의 사례다. 독립 군 분리를 위해 몸을 아끼지 않은 지역 선배들의 노력은 후배들을 숙연하게 만든다. 오늘의 증평 성장과 발전은 그들의 노력 덕이다.

시 승격을 염두에 두고 출장소를 설치했다가, 정부가 슬그머니 출장소를 철수하려는 움직임을 보인 때가 있다. 그때 지역민은 어느 때보다 거세게 일어나 극렬히 저항했다. 저항에 가로막혀 정부는 출장소 철수 방침에서 물러설 수밖에 없었다. 5만 명 인구 달성이 사실상 어렵다고 판단한 지역민은 시 승격 방침을 독립 군 설치로 선회해 투쟁을 이어갔다. 그때 시 승격을 포기하고 주저앉았더라면, 단연코 오늘날과 같은 증평의 성장은 없었다. 선배들이 존경스러운 이유다.

증평군 설치 초기에 정부와 충북도는 재정자립 기반을 확고히 하기 위해 막대한 재정지원을 했다. 산단과 택지가 연이어 개발됐고, 도시 기반 시설도 빠르게 확충됐다. 재정을 독립했으니, 집중적으로 집행할 수 있었고, 지역발전은 속도를 낼 수 있었다. 군 독립 첫해 인구는 3만 1500여 명 수준이었지만, 지금은 3만 7000명을 넘어섰다. 20년 넘는 세월에 5500명가량이 늘었다. 다른 지역이 하나같이 인구가 급격히 줄고 있는 것과 비교하면 뚜렷한 성장세라 할 수 있다.

독립 군 설치 후 초중지구, 송산지구, 장동지구 등의 대단위 택지개발이 속속 이어졌다. 거기에 더해 삼일, 대성베르힐, 한라비발디, 코아루, 주공 4·5단지 등 대형 아파트 단지의 개발도 단계적으로 진행됐다. 택지개발과 아파트 단지 개발이 이어지면서, 괴산과 음성 등지에서 꽤 많은 인구가 유입됐다. 증평1·2산업단지와 여러 개의 농공단지도 개발됐다. 청주와 충주로 이어지는 국도가 4차로로 확장돼 뚫렸고, 이제는 고속화도로 시대가 열렸다. 1987년 중부고속도로가 개통하며 증평IC가 생겨난 후 증평 발전은 가속했다. 택지개발과 교통망 확충은 증평의 성장세에 날개를 달게 해주었다.

이 모든 건 독립 군 설치에 기인한다. 증평군은 충북 도내 11개 시·군 가운데 유일하게 타 시·도와 접하지 않은 군이다. 충북도 전체 인구의 절반 이상을 차지하는 청주시와 맞닿아 있고, 청주와 불과 10분~20분 이내에 접근이 가능하다. 그래서 청주와 통합해 청주시 구 행정구역이 돼야 한다는 주장이 일부 제기되고 있다. 일부 그런 주장에 동요하는 이들도 있지만, 전체 지역민 중 극히 일부에 지나지 않는다. 귀담아들을 만한 가치 있는 주장이 못 된다. 오히려 청주의 비대화를 막는 데 증평이 첨병 역할을 해야 한다는 주장이 더 힘을 얻고 있다.

증평의 독립 군 설치 후 괴산군의 군세가 너무도 빈약해져 자치군으로 기능을 유지하기 어려울 수 있는 상황에 이르자, 다시 괴산군과 증평군이 통합해야 한다고 주장하는 이들도 일부 있다. 이 또한 전체 지역민 중 지극히 일부에 지나지 않는다. 실현 가능성이 없는 주장일 뿐이다. 어림없는 얘기다. 증평은 충분히 자생력이 있고, 성장 가능성이 무궁하다. 이런 주장은 어렵게 독립군의 지위를 만들어 준 선배들의 노고에 반하는 터무니없는 주장에 불과하다. 증평은 충분히 자족도시로 성장할 기반이 돼 있다. 절대 뒷걸음질은 용납할 수 없다.

2001년 11월 23일. 증평 자치권 쟁취 군민 총궐기대회.

2003년 9월 1일. 증평군 설치를 축하하는 현수막.

증평이 독립 군이 되기까지

　증평이 괴산에서 분리해 독립 군이 되기까지 겪은 과정과 선배들이 이를 이루기 위해 투쟁한 이력에 관해 자료를 찾아보고, 경험자의 생생한 증언을 들어보면 한 마디로 눈물겹다. 선배들이 독립 군을 만들기까지 과정이 얼마나 처절하고, 간절했던지 조금만 관심을 두고 살펴보면 절로 숙연해진다. 그들이 경험한 각고의 노력이 없었다면, 오늘날과 같이 발전하는 복된 증평의 모습은 없었을 것이라 확신한다. 그러니 후배들은 그 노력을 이해하고, 고마움을 마음속 깊이 간직해야 한다.

　1913년 8월 18일 청안현에 증평리라는 지명이 역사에 처음 등장한다. 증천리에서 '증', 장평리에서 '평'을 따와 증평이란 작은 마을 이름이 탄생한다. 그리고 1914년 4월 1일 증평이 면으로 승격한다. 당시 면사무소는 현재의 미암3리 재평골 임시 청사에 들어선다. 이듬해인 1915년 6월 23일 면사무소가 증평리로 신축 이전하고, 1949년 8월 13일 인구 2만 명의 조건을 갖춰 읍으로 승격한다. 충북선 철도의 개통 이후 교통이 발달하면서, 증평역사 주변으로 발전의 축이 형성됐다. 역사 자료에 따르면 1955년 당시 증평읍의 인구는 2만 1654명이었다. 이후 증평읍은 날로 발전하고, 인구가 꾸준히 증가한다.

1990년 12월 31일 충청북도는 증평출장소를 설치한다. 출장소 설치는 시 승격에 대비한 행정조치다. 증평의 시 승격 또는 독립 군 설치를 위한 지역사회의 움직임은 앞서 1955년 무렵부터 시작됐다. 지역민을 중심으로 꾸준히 시 승격 또는 독립 군 설치 주장이 빠르게 확산했다. 이런 가운데 1963년 1월 21일 최초의 관 조직인 '증평 지방행정구역 변경 추진위원회'가 결성됐고, 얼마 후 민간단체인 '증평군추진위원회'가 훗날 증평극장이 된 당시 증평공회당에서 결성된다. 정승화 씨가 초대 위원장을 맡았고, 봉원동, 이광우, 송기민, 송석범, 권혁태, 안병률 씨 등이 부위원장을 맡았다.

곧바로 '증평군번영회'가 결성되고 이향노 씨를 초대 회장으로 선출했다. 얼마 후 정승화 증평군 추진위원장이 번영회장을 겸직하고 활동 보폭을 넓혔다. 1955년 정승화 위원장을 비롯한 지역 유지들은 1955년 6월 증평을 방문한 당시 정낙훈 충북도지사에게 증평읍의 군 승격을 정식 건의했다. 비슷한 시기에 충북신보에는 "증평읍 주민은 괴산군청과 거리가 멀어 불편을 겪고 있고, 같은 불편을 겪고 있는 괴산군 도안면과 청안면을 비롯해 청원군 북이면과 미원면, 진천군 초평면, 음성군 일부를 합해 하나의 군을 설치할 필요가 있다."라는 내용의 기획보도를 했다.

1957년 2월 8일 증평읍 의회는 행정구역 변경안을 상정하고 봉원동 읍장의 제안 설명을 청취했다. 1965년 3월에는 조국형 읍장이 '증평군 설치에 따른 실태조사서'를 작성해 정인무 괴산군수에게 접수했다. 제반 조건상 증평군이 설치되면 효율적 행정 수행이 예상된다는 내용을 논리적으로 담았다. 괴산군 관할 지역인 증평읍과 도안면, 청안면, 사리면을 포함해 진천군 초평면, 청원군 북이면, 음성군 원남면을 합해 311.26㎢ 면적이 대상이었다. 현재 증평군 면적의 4배 정도 되는 크기다. 당시 시행한 여론조사는 군민 응답자의 95.3%가 군 설치에 찬성하는 것으로 조사됐다.

　이 무렵 충청일보 증평 지역 기자단장을 맡았던 임원봉 기자는 증평군 설치의 당위성을 분석한 기획기사를 5회에 걸쳐 연재했다. "증평군이 설치되면 비약적 지역 발전을 촉진해 도내에서 가장 이상적인 농촌 도시로 발전할 것"이라는 내용이었다. 이런 각계의 노력 덕에 2003년 8월 30일 마침내 증평군이 독립 군으로 승격하였다. 1990년 증평출장소가 설치될 때부터 관할지역에 포함했던 도안면도 이때 증평군으로 편입됐다. 사리면과 청안면의 경우 출장소 관할 밖이어서 증평군에 편입하려면 국회의 동의를 얻어야 하는 등 절차와 조건이 까다로워, 혹여 증평군 설치 자체가 무산될 것을 염려해 편입 대상 지역에 포함하지 않았다. 이러한 내용은 증평출장소 총무과장을 역임한 박종권 씨가 직접 증언한 것이다.

　가까스로 증평읍과 도안면만 증평군으로 독립했지만, 이후 주변 지역 주민은 여러 차례 증평군 편입을 원하는 집단행동을 했다.

초평면 일부 지역이 집단 민원을 제기했다가, 진천군의 회유로 요구를 철회한 바 있다. 북이면 일부 지역 주민도 비슷한 일을 겪었다. 1990년 증평출장소 설치 당시의 관할 지역 상주인구는 4만 1017명으로 수년 안에 시 승격 조건인 5만 명 달성이 가능하다고 모두 확신했다. 하지만 1991년 12월 9일 내무부령 547호가 발령되며 상황은 급반전됐다. 시 승격 조건이 상주인구 5만 명 이상에서 주민등록 인구 5만 명 이상으로 바뀐 것이다. 당시 주민등록 인구는 3만 1339명에 그쳤다.

이때 지역민은 시민단체를 중심으로 주민등록 옮기기 운동을 대대적으로 전개했다. 출향인들도 나서 이 운동에 동참했다. 김영호 세림신경외과원장과 유종목 증평한의원장, 정원섭 원일한의원장 등은 의료봉사 단체를 조직해 편입을 희망하는 주변 지역을 순회하며 무료 의료 활동을 펼치는 방법으로 인구 확장을 위한 노력을 기울였다. 증평 지역민 누구 한 명 소홀함이 없이 증평의 독립과 시 승격을 위한 운동에 동참했다.

1998년 행정자치부가 '지방조직개편 지침'을 마련하고, 증평과 충남 계룡에 설치된 출장소를 폐지하려는 움직임을 보였을 때, 설명서 발표, 도지사 항의 방문, 대규모 규탄대회 개최, 시민단체 관계자 대책 회의, 주민총궐기대회와 삭발식 등을 조직적으로 벌여나갔다. 이런 노력이 이어진 끝에 2003년 마침내 국회에서 '증평군설치에관한법률안'이 본회의를 통과했다. 2002년 정우택 당시 지역 국회의원이 229회 임시국회 때 법안을 대표 발의한 후,

1년 22일이 지난 후에 얻은 성과였다.

본회의가 열리던 날 109명의 주민이 버스를 전세해 국회 본회의장을 직접 방문했다. 재적 272명 중 과반수를 넘겨 53.3%인 145명이 본회의에 참석했고, 투표 결과 출석의원의 52.4%인 76명이 찬성표를 행사했다. 의결정족수 3명을 넘는 아슬아슬한 통과였다. 상경한 주민은 국회 마당에서 정우택 의원을 헹가래 치고 대대적인 축하 행사를 벌였다. 오후 7시 반, 이 버스가 증평에 도착했을 때, 각지에서 풍물단을 앞세운 대대적인 축하연이 벌어졌다. 오늘날의 증평이 탄생한 역사는 참으로 애절하고, 가슴 벅차다. 우리 지역 선배들에게 깊은 존경과 감사의 마음을 전한다.

▲증평출장소 폐지 반대 범주민 총궐기대회(삭발식) 1998.6.30

증평을 독립 군으로 만들기 위한 선배들의 투지는 결연했다.

▲증평군 승격 결의대회(1998.2.21)

2003년 증평은 독립 군으로 역사적 첫발을 내디뎠다.

제1장 기억해야 할 증평의 정신

증평군 독립 역사문화공원이 필요한 이유

증평이 독립 군으로 승격하기까지 지역민이 투쟁하고 노력을 쏟은 기간은 자그마치 70여 년이다. 그러나 이런 역사적 사건을 재조명하고, 후세에 알리기 위한 어떤 공간도 지금의 증평군에 존재하지 않는다. 기념관을 포함한 역사공원 마련이 필요한 이유다. 증평의 정체성을 지키고, 증평군 탄생의 찬란한 역사를 기념하기 위한 공간의 마련은 우리가 꼭 실현해야 할 의미 있는 사업이다. 앞으로는 군민의 날 기념행사도 새롭게 조성한 역사기념관에서 진행해야 한다. 선배들이 이룬 역사를 조명하고, 널리 알릴 '증평군 독립 역사문화공원'은 반드시 조성해야 한다.

증평은 피눈물 나는 노력 끝에 군 설치라는 값진 성과를 얻어냈지만, 정작 그 노력을 후세에 알릴 어떤 공간도 마련돼 있지 않다. 증평군민의 끈질긴 투쟁의 역사는 반드시 후세에 전달돼야 한다. 우리의 역량을 가치 있는 역사의 산물로 기록해야 한다. 거기서 증평 정신은 출발해야 한다. 지금껏 '증평군 독립 역사문화공원' 조성을 위해 누구도 나서지 않았음은 부끄러운 일이다. 늦었지만, 지금이라도 당장 이 사업을 시작해야 한다. 당당한 독립 군민으로 살 수 있게 토양을 만들어 준 선배들의 숭고한 뜻은 기억돼야 한다.

이런 역사적 사실을 잘 알지 못하는 일부 군민은 증평군을 청주시에 편입해야 한다는 적절치 않은 발언을 하기도 한다. 선배들의 노력과 독립 군의 가치에 대한 깊이 있는 생각이 필요하다. 지난 2024년 총선 때 청주에서 출마한 한 후보가 "증평군을 청주시에 흡수해 100만 명 거주 도시로 만들어 청주를 광역시로 만들어야 한다."라는 망언에 가까운 주장을 폈다. 2018년 전국동시지방선거 때 충북도지사로 출마했던 한 후보도 같은 발언을 했다. 증평군은 이튿날 바로 군수가 반대 기자회견을 여는 등 즉각적인 반응을 보였다.

증평이 독립 군으로 탄생하기까지 과정을 많은 사람이 알고 있겠지만, 지금껏 누구도 '증평군 독립 역사문화공원'을 조성하겠다는 뜻을 밝힌 사실이 없다. '증평군 독립 역사문화공원' 조성은 다가오는 지방선거의 핵심 쟁점이 돼야 한다. 공론화 과정을 통해 주민의 공감대를 형성하고, 곧바로 실천에 나서야 한다. 이는 필요한 사업이다. 공원은 기록관, 공연장, 주차장 등을 두루 갖춰야 한다.

증평의 상징이 되어야 하는 만큼 적절한 장소에 상당한 규모로 조성해야 한다고 생각한다. 빠른 시일 내에 계획을 수립하고 점차적인 사전 준비절차를 이행해 나아가야 한다. 오는 2033년 증평군 독립 30주년을 기념해 공원을 개원하면, 의미가 있을 것으로 본다. 사업 실행에 앞서 주민 동의를 얻기 위한 공론화 작업을 선행해야 한다. 지금 시작하지 못하면 하염없이 미뤄진다. 그러니 당장 주민 공론화 작업을 시작해야 한다. 더 미뤄서는 안 될 시급한 문제임을 거듭 밝힌다.

더욱이 증평군은 4계절 대규모 행사를 벌일 공간이 마땅치 않다. 날씨에 관계없이 군민 모두가 참여하는 대형 행사를 치를 수 있는 공간 마련이 절실하다. '증평 독립 역사문화공원' 조성은 이러한 문제도 동시에 해결할 수 있다. 독립 군 설치를 위해 사재를 털어가며 수십 년 동안 투쟁한 선배들이 참으로 많다. 이들은 군민대상 수상자로 거론되기도 했지만, "누군가 그런 일로 상을 받으면, 논공행상 과정에서 군민 분열을 초래할 수 있으니 사양한다."라는 태도를 보였다. 그 말을 들으면 선배들의 뜻이 얼마나 숭고했는지, 다시금 생각하게 된다. '증평 독립역사문화공원' 조성은 더 미룰 일이 아니다. 당장 시작해야 한다.

행정구역 확대가 필요해

증평군이 안고 있는 가장 큰 문제점은 자치단체로서 면적이 지극히 좁다는 점이다. 증평읍과 도안면으로 구성된 증평군은 전체 면적이 81.84㎢에 불과하다. 초미니 지자체란 표현은 과언이 아니다. 전국 군 지역 중에서 72.9㎢의 울릉군을 제외하면 가장 작은 면적을 가진 곳이 증평군이다. 자치시 가운데는 증평군보다 면적이 작은 곳이 여럿 있다. 수도권에는 의정부시(81.6㎢), 안양시(58.5㎢), 의왕시(54.0㎢), 부천시(53.5㎢), 오산시(42.7㎢), 광명시(38.5㎢), 군포시(36.㎢4), 과천시(35.9㎢), 구리시(33.3㎢) 등이 증평군보다 면적이 작다. 비수도권에는 계룡시(60.7㎢)와 목포시(51.7㎢)가 증평군보다 작은 면적이다.

증평군의 동서 간 거리는 11.0㎞정도, 남북 간 거리는 18.0㎞ 정도다. 사실 이 정도면 한 개 면의 면적에 불과하다. 증평군보다 넓은 면적을 가진 읍이나 면 지역도 전국에는 얼마든지 있다. 이처럼 작은 면적은 증평군이 안고 있는 약점이다. 땅은 움직일 수 없고, 늘리거나 줄일 수도 없다. 그러니 증평군이 일정 이상의 면적을 더 확보하려면, 인접한 시·군의 일부 토지를 편입해야 한다. 하지만, 선뜻 토지를 내어줄 지자체는 단 한 곳도 없다. 토지를 떼어 준다는 건, 해당 지역의 인구도 내어준다는 의미이기 때문이다.

지역마다 인구 소멸을 걱정하고 있는 판국에 타 지자체에 관할 면적을 떼어 준다는 건 기대하기 어렵다. 그러나 여기서 합리적 생각을 해볼 필요가 있다. 행정을 떠나 주민의 의견이 중요하다는 관점에서 살펴보면, 효율적 판단에 이를 수 있다. 행정을 관청 입장에서 바라보지 않고, 주민 관점에서 바라본다면 더 다채로운 의견에 도달할 수 있다. 또한, 합리적이고 효율적인 판단에 이를 수 있다. 행정구역은 주민 삶을 더 편하게 하려고 설정한 가상의 선에 불과하다. 그걸 맹목적인 잣대로만 이해하려는 태도는 옳지 못하다.

증평군과 인접한 시·군의 지역 중에는 증평읍을 생활 근거지로 하는 곳이 의외로 많다. 증평에 와서 시장을 보고, 생활 편의를 누리는 이들이 의외로 많다. 특히 행정구역은 타 시·군이지만, 증평 지역 학교에 다니고, 학원까지 이용하는 학생이 많다. 행정구역은 달리하지만, 증평 스포츠센터에서 운동하고, 증평에 있는 도서관과 보강천 미루나무 공원에 와서 문화생활을 즐기는 이들이 얼마든지 있다. 심지어는 인접 지역에서 거주하면서 직장을 증평에 두었거나, 점포를 운영하는 이들도 상당수에 이른다. 이들은 행정구역상 타 지역민이지만, 실상 생활권을 기준으로 하면 증평군민과 다를 바가 없다.

지금보다 더 냉철한 시각으로 주민의 편에서 행정구역 조정을 논의해 봐야 할 단계에 이르렀다. 지역별로 살펴보면 구체적인 해결 방안을 모색해 볼 수 있다. 먼저 청주시 북이면은 증평읍 시가지와 바로 맞닿아 있다. 북이면 금대리, 옥수리는 행정구역만 청주시 관할일 뿐, 실상 모든 생활권이 증평읍이다. 걸어서 몇 분이면 증평 시가지 한가운데에 이를 수 있다. 이들 지역의 주민은 증평읍의 모든 생활 편의시설을 누리고 있다. 학교도 증평으로 다닌다.

청주시는 필요 이상으로 과대화 과밀화돼 있다. 특히 북이면은 청주시의 변방으로 청주시의 편의시설을 이용하기에는 무리가 따른다. 그래서 청주시에 속한 읍·면 가운데도 소외감이 가장 큰 지역이다. 도내 인구의 절반 이상이 한 도시에 집중돼 있다는 건 심각한 불균형 문제를 일으킨다. 주민의 다수가 원한다면 북이면 전체를 증평군에 편입하는 것도 심각하게 고민해 볼 필요가 있다. 우선은 금대리와 옥수리의 증평군 편입을 검토해 볼 필요가 있다.

괴산군은 사리면과 청안면이 고려 대상이다. 사리면 중흥리, 노송리, 소매리, 사담리, 방축리 등은 사실상 증평읍 생활권 지역이다. 보광산 모래재를 기준으로 증평에 치우친 이들 지역은 대개의 주민이 증평읍을 기반으로 생활한다. 이들 지역민 대부분이 증평에서 장을 보고, 증평에 있는 시설을 이용한다. 모래재를 기준으로 금강과 한강의 수계가 갈리는 가운데 이들 지역은 증평과 같은 금강 수계 지역으로 정서 면에서도 증평과 맥을 같이 한다.

청안면도 사정은 비슷하다. 칠보산 질마재를 기준으로 금강 수계에 속하는 청룡리, 조천리, 읍내리, 금신리, 효근리, 문방리 등이 증평읍 생활권 지역이다. 이들 지역민은 행정구역상 괴산군에 속하지만, 실상 모든 생활권은 증평읍에 기반을 둔다. 이들 지역 주민은 증평군으로 편입한다 해도 별다른 반대를 하지 않을 거란 합리적 의심을 해본다. 오히려 반길 거라고 예상한다. 그러니 주민 뜻을 정확히 파악해 볼 필요가 있다.

진천군 초평면 용기리, 용산리, 진암리 등도 증평읍 생활권이자 학군이 증평으로 묶인 지역이다. 행정구역은 진천군에 속해있지만, 증평을 거점으로 생활하는 곳이다. 백마령 고개 남쪽인 음성군 보천면 문암리도 학군이 증평읍에 속해있는 곳으로, 이곳 주민도 증평군에 편입된다면, 크게 반대하지 않을 거로 본다. 이들 지역 주민은 생활권 따로, 행정구역 따로인 어정쩡한 생활을 이어오고 있다. 증평읍에는 태어나 자란 곳이 초평면이나 보천면인 주민이 여럿 있다. 생활권이 묶여있기 때문이다.

앞서 밝혔듯이 행정구역은 행정기관의 입장에서 바라볼 일이 아니다. 해당 지역의 주민이 어떤 결정을 원하는지 면밀히 파악하고, 그들의 요구를 수용할 개방적 자세로 문제의식을 가져야 한다. 지역 이기주의를 과감히 떨치고, 100% 주민의 관점에서 그들이 원하는 대로 행정구역을 조정해 줄 필요가 있다. 주민이 원치 않는다면 재차 거론할 이유가 없겠지만, 원한다면 상황은 달라진다. 행정기관의 입장을 철저히 배제하고, 주민 뜻을 수렴하겠다는 자세를 견지해야 한다.

　현재 1읍 1면 체제인 증평군은 면적 확대가 절실하다. 위에서 밝힌 지역을 증평군이 편입할 수 있다면, 2~3개 면을 추가 설치할 수 있다. 1읍 3~4개 면 체제만 갖춰도 지자체로서 역량을 한껏 끌어올릴 수 있다. 그러니 증평군 차원에서 편입 가능한 지역을 추리고, 해당 지역민의 의중을 정확히 파악하려는 노력을 기울여야 한다. 물론 주민이 원치 않는다면 절대로 강행해서는 안 된다. 개방적 자세와 논의가 어느 때보다 절실하다. 이 문제는 증평의 미래에 대단히 중차대한 의미를 갖는다는 점을 증평군민 모두가 인식해야 한다.

이성산에서 바라 본 증평 전경

청주공항에서 증평까지 단 11㎞인데

청주-세종-대전을 연결하는 광역벨트 구축 논의가 활발하다. 여기에 천안과 아산을 얹으면 이들 5개 도시는 충청권 전체의 인구(555만여 명)면이나 산업 면에서 실상 대부분을 차지한다. 청주시에 86만 명, 세종시에 40만 명, 대전시에 144만 명, 천안과 아산에 102만 명의 정도의 인구가 살고 있다. 372만여 명의 인구가 이들 몇몇 도시에 집중해 있다. 충청권 전체 인구의 약 68% 정도가 불과 5개 도시에 집중해 있으니, 문제점이라 할 수 있다. 이들 외 다른 지역은 넓은 면적에도 불구하고 불과 30%의 인구가 살고 있을 뿐이다. 모든 산업도 이들 5개 지역에 편중돼 있다. 양극화를 염려하지 않을 수 없다.

충청권광역도시화의 핵심에는 충청권광역철도 사업이 자리 잡고 있다. 이와 함께 CTX(Chungcheong Train Express/충청권광역급행철도) 구축 사업도 핵심이다. 이 두 가지 사업 모두 이들 지역에 집중돼 있다. 두 개 사업 모두 대전을 시발점으로 해 세종과 청주를 거쳐 종점을 청주공항으로 잡고 있다. 충청권광역철도사업은 일부 구간 신설을 제외하면 경부선, 호남선, 충북선의 기존 철로를 활용해 도시철도 운행 기반을 만드는 일이다. 3개 철도 모두 복선화, 전철화, 개량화가 완료된 구간을 이용하기 때문에, 큰 비용 없이 추진할 수 있다는 장점이 있다.

CTX는 대전 도심에서 출발해 세종 도심, 조치원, 청주 도심을 차례로 거쳐 청주공항까지 고심도 지하철로를 새롭게 개설하고, 일부 구간은 기존 지상철로를 활용해 고속화 전철 운행 체계를 갖추는 사업이다. 수도권에서 한창 이용 중인 GTX 사업과 같은 방식의 철도 개설을 통해 충청권 주요 도시를 빠르게 연결하는 걸 골자로 한다. 충청권의 숙원사업이니만큼 서둘러 개통하길 기대한다. 그러나 여기서 반드시 짚어봐야 할 숙제가 있다. 두 개의 대형 프로젝트 모두 종점을 청주공항으로 한다는 점이다.

청주공항은 장차 활주로를 추가 개설하고, 공항 편의시설을 확충해 국제공항으로의 면모를 강화할 계획이다. 그러니 청주공항 활성화를 위해 도로와 철도 등 교통 인프라를 확충하는 건 옳다. 하지만 청주공항에서 불과 11㎞ 떨어져 주행 시간이 5분밖에 안 걸리는 증평역을 제외한다는 건 재고해야 할 문제다. 시가지화 된 좁은 면적에 3만 7000여 명의 주민이 사는 증평읍을 이 사업의 종점으로 잡으면 철도의 효율성은 크게 상승한다. 그 점을 간과해선 안 된다. 증평역을 종점으로 변경해야 한다.

청주공항역은 공항 외에 아무런 배후지가 없다. 말 그대로 허허벌판에 덜렁 공항만 있는 역이다. 충청권광역철도와 CTX의 종점을 증평역까지 연장하면 두 사업 모두 획기적인 전기를 맞을 수 있다. 아울러 증평은 성장에 날개를 달 수 있는 절호의 기회를 얻게 된다. 편협한 지역이기주의 관점이 아닌 효율성과 합리성을 기반으로 생각하면, 증평역으로 종점을 옮기는 건 필수다. 두 개의 철도사업 종점이 증평으로 바뀌면 증평은 완벽한 교통 여건을 갖추게 된다. 청주 도심까지 15분, 대전 도심까지 1시간이면 주파할 수 있다.

그러니 두 개 철도사업의 종점을 증평으로 연장하는 문제는 지역민이 관심을 두고 관철을 위해 적극 나서야 한다. 지역의 정치권도 여야를 떠나 의견을 모으고, 관철을 위해 힘을 결집해야 한다. 증평이 현재의 모습으로 주저앉을 것인지, 시 승격까지 치고 올라갈 것인지를 가를 핵심 열쇠는 이들 두 개의 철도사업에 달렸다 해도 과언이 아니다. 사업의 범위를 11㎞ 연장하는 일은 절대 어렵지 않다. 기술적 측면에서 달리 문젯거리가 될 것이 없고, 다만 사업비가 일부 상승할 뿐이다. 그렇지만, 지하화하지 않고 지상 철도로 개설한다면 사업비도 크게 부담스럽지 않은 범위 내에서 충분히 가능하리라고 판단한다.

증평 100년의 운명이 결정될 사업이다. 그러니 지역민이라면 누구랄 것 없이 이 문제에 관심을 두어야 한다. 1955년을 시작으로 30~40년 전부터 더 본격적으로 증평 지역 선배들이 몸을 아끼지 않고 투쟁의 전선에 뛰어들어 증평을 독립 군으로 만들어 성장의 기반을 마련했던 역사를 우리는 간과해선 안 된다. 그 정신을 본

받고 이어가야 한다. 충청권광역철도와 CTX는 반드시 증평까지 연장돼야 한다. 이 문제가 해결되면 증평의 앞날은 탄탄대로가 될 것이다. 지역에 살아갈 후배들에게 웃음거리가 되지 않고, 풍요로운 증평을 물려주는 첩경은 두 개 철도사업의 종점을 증평으로 전환하는 문제라는 점을 거듭 밝힌다.

제1장 기억해야 할 증평의 정신

진달래 축제 그리고 군문화 축제를 생각해 본다

　증평에는 지역을 대표하는 4개의 큰 산이 있다. 그것은 두타산, 좌구산, 삼보산, 그리고 이성산이다. 이 중 3개의 산은 타 시·군과 경계를 이루고 있지만, 이성산은 산 전체가 증평 관내에 자리잡고 있다. 이성산에는 추성산성이 있다. 한성백제 시대에 쌓은 것으로 추정되는 추성산성은 국가 사적으로 삼국시대에 증평이 얼마나 중요한 전략적 요충지였는지를 증명하고 있다. 이성산 밑에 자리 잡은 동네에서 나고 자란 나와 친구들은 수시로 이성산에 올라 사계절의 변화를 온몸으로 느꼈다.

　이성산 정상 추성산성 근처는 진달래 군락지였다. 이루 헤아릴 수 없을 만큼 많은 진달래가 온 산을 뒤덮었다. 그토록 진달래 꽃이 많은 곳은 아직 보지 못했다. 우린 어린 시절에 진달래를 참꽃이라 불렀다. 봄이 되면 참꽃을 따서 꽃술에 있는 꿀을 빨아 먹거나 꽃잎을 먹기도 했다. 그래서 이성산을 오르내리며 자란 우리 증평인은 이성산을 떠올리면 곧바로 진달래꽃을 연상한다. 그만큼 이성산에는 진달래꽃이 지천이었다. 이전만은 못할지언정 이성산에는 지금도 진달래꽃이 피어 봄이면 찾는 발걸음이 많다.

진달래꽃이란 말을 들으면 한국인 누구나 시인인 소월 김정식을 떠올린다. 한국인이 가장 좋아하는 시로 손꼽는 작품이 '진달래꽃'이다. 이것이 인연이 됐는지, 이성산 아래 도안면 화성리에는 김소월의 문학관이 있다. 더 구체적으로 '소월·경암문학관'이다. 소월 김정식과 경암 이철호 작가의 작품을 만나고, 그들의 문학세계를 탐구할 수 있는 공간이다. 전국 유일의 소월문학관이기도 하다. 평안도 구성 출신인 소월, 서울 출신인 경암. 그들의 문학관이 왜 증평 도안에 자리잡고 있을까. 여기에는 여러 원인이 있다.

경암은 동국대 국문학과 출신으로 국어교사를 하다가, 가업을 잇기 위해 다시 경희대 한의대에 입학해 학업을 마치고 한의사가 된 인물이다. 한의사가 된 후에도 그는 문학에 뜻을 저버리지 않고 왕성한 창작활동을 했다. 종합문예지인 '한국문인'을 창간한 발행인이기도 하다. 한의사로 비교적 여유있는 삶을 누리던 경암은 소월의 삼남 김정호 씨의 어려운 가정 형편을 알고, 수시로 그를 도왔다. 그러던 중 소월의 장손인 김영돈 씨를 비롯한 후손들로부터 김소월 문학기념사업의 모든 권한을 일임받기에 이르렀다. 경암은 이후 김소월 문학상, 김소월 백일장, 김소월 시 낭송대회 등을 꾸준히 열어 소월의 문학세계를 선양하고 있다.

경암은 근대 이후 최고의 시인으로 추앙받는 소월의 문학관이 없는 점을 안타깝게 여기고 문학관 건립을 결심했다. 전국 30여 곳의 후보지를 물색하던 중 도안면 현 부지를 낙점했다. 그리고는

3층 건물을 지었다. 1층에 소월문학관, 2층에 경암문학관을 꾸몄다. 1층에는 소월의 흉상을 비롯해 작품집 300여 권, 손편지 등 유품을 비롯해 가계도, 연보 등을 기록물로 만들었다. 2층에는 자신의 작품과 함께 인생 이야기를 자료화해 전시했다. 그의 문단생활 50년을 기념하는 공간이다.

소월과 경암은 한 가지 공통점이 있다. 이들 둘 모두 처가가 괴산이다. 소월은 괴산 출신의 천재 작가 벽초 홍명희의 사위다. 이런 이유로 경암은 과감히 사재 40억 원을 들여 이성산 아래 소월·경암문학관을 건립했다. 그게 2019년도의 일이다. 문학관은 지금도 전국 문인의 발걸음이 끊이지 않는 명소 역할을 다하고 있다. 그런데 마침 이성산은 진달래꽃이 온 산을 뒤덮는 진달래 명소다. 그러니 이곳에 문학관이 들어선 것은 결코 우연이라고만 할 수는 없다.

여기서 생각해 보아야 할 부분은 진달래꽃과 소월이란 불세출의 시인을 소재로 한 대규모 행사가 필요하다는 점이다. 더 쉽게 말하자면 진달래꽃 축제를 구상해봄직하다는 거다. 전국에 유일한 소월문학관이 있고, 봄이면 진달래가 만발하는 이 엄청난 관광 자원을 잘 활용하면, 전국적으로 유명세를 탈 수 있는 축제가 가능하다. 도안면을 전국적 명소로 발돋움하게 할 기회를 만들 수 있다. 개인이 사재를 털어 문학관을 지었다면, 그걸 활용해 축제로 발전시키고, 명소화 작업을 벌이는 건 지자체의 몫이다.

증평에는 가을에 여는 인삼골축제가 대표적 축제로 자리를 잡았다. 그러나 전국적 유명세를 타고 품격있는 축제로 발돋움하기 위해서는 전반적인 정비와 보완 그리고 킬러콘텐츠의 개발이 필요하다. 아울러 봄철에도 전국의 인파를 불러모을 대표 축제가 필요하다. 도안면을 중심으로 점진적 진달래 동산을 조성해가며 진달래축제를 기획해야 한다. 그래서 봄과 가을에 한 차례씩 증평을 알리고, 증평을 찾는 관광객을 끌어 모아야 한다. 봄철 이성산 진달래 축제를 소월문학관과 이성산, 추성산성을 연계해 열면 충분히 전국적인 축제로 키울 수 있고 확장성이 충분하다. 현재 6월초에 들노래축제가 있지만 시기가 겹치지 않는다. 지자체에서 적극적으로 나서야 한다.

진달래꽃 축제와 더불어 생각해봄직한 건 군문화축제다. 증평엔 향토사단인 육군 제37보병사단 충용부대와 제13특수임무여단 흑표부대(13공수)가 있다. 흑표부대는 육군 특수전사령부 예하로 특수부대 출신에게 이미 널리 알려진 곳이다. 이들 군부대는 증평의 지역경제에 미치는 영향도 크다. 전역 후 살기 좋은 증평에 정착하는 이들도 많고, 군은 지자체와 유기적 관계를 유지하고 있다. 충용부대와 흑표부대가 있는 증평은 후방지역 국내 대표적 군사도시다. 유사시 충북 전역을 관장하는 사단이 있고, 전국에 몇 안되는 특수부대가 있는 곳이 증평이다.

군부대의 지역 주둔은 주민의 소득과 고용 및 노동시장에 긍정적인 영향을 주고 국가와 지역의 안보 및 청소년 애국심 형성의 교육 측면에도 영향을 준다. 그리고 지역의 문화적 이해, 역사적 정체성 강화, 경제 및 사회적 혜택, 소비활동 확산, 지역소득 증가, 인구유지 효과, 지역의 축제와 관광산업 발전의 촉진 등 많은 긍정적 효과를 가져올 수 있다. 또한 직 간접적으로 지역내총생산(GRDP)에도 상당한 영향을 미친다고 생각한다.

국방도시 계룡이 군문화축제를 통해 정체성을 찾고 있듯이, 증평도 군사도시라는 특성을 살려 군문화축제를 기획할 필요가 있다.

이성산은 관광자원화할 가치가 충분한 산이다.

증평이 군사도시로서 차지하는 역할과 비중이 얼마나 큰지 지역민에게 각인시켜야 한다. 아울러 군문화 체험 프로그램 개발과 군문화축제 등의 개최를 통해 증평을 전국에 알리고 경제 효과도 누려야 한다. 군부대를 단순한 군부대로만 보면 안 된다. 지역 내 모든 시설은 자원화할 가치가 있다. 다른 지역에 없는 특수부대가 있으니, 그걸 활용한 축제를 기획하는 건 충분히 논의할 가치가 있다.

이성산을 진달래꽃 군락지로 연출하자

3대가 함께 살고픈 증평 만들기

산업화 이후 한국의 농촌사회는 빠르게 퇴보했다. 너도나도 일자리를 찾아 도시로 빠져나가는 이농현상이 수십년간 지속되니, 농촌은 젊은 사람을 찾기 어려운 어르신의 세상이 되었다. 그나마 연로한 어른들마저 빠르게 세상을 등지고 있어 지역소멸이란 말이 현실로 다가오고 있다. 날로 심각해지는 농촌소멸 문제를 해결하지 못하면, 한국의 미래는 어둡기만 하다. 도시로 떠난 이들은 고향이 싫어서 떠났다기보다는 더 나은 삶을 찾아, 즉 일자리를 찾아 떠난 것으로 보아야 한다. 그게 현실이다. 일자리가 생기면 출향인 상당수가 고향으로 돌아올 수 있다.

내 고향 미암리에서 함께 자란 나보다 1년 선배가 있다. 나는 그 선배를 몹시 부러워한다. 그 선배의 삶이 내가 그리고 있는 농촌의 미래와 직결되고 있기 때문이다. 그 선배의 직업은 고추 도매상이다. 전국의 농가에서 고추를 사들여 건조 후 판매하는 직업이다. 그 선배의 아버지는 직접 고추 농사를 짓는 농부였고, 고추 도매상을 겸했다. 그 선배는 직접 농사를 짓지는 않지만, 고추를 대량으로 구입해 건조해 되파는 도매업을 어린 나이부터 부친으로부터 배워 평생의 직업으로 삼았다. 선배는 성실한 성품을 지녀 지금 모두가 부러워하는 거상으로 성장했다.

그 선배는 두 아들을 두었다. 큰아들이 아버지 일을 배우겠다고 나서, 군 전역 후 5년간 아버지를 따라다니며 고추 도매업을 익혔다. 고추 전문가로 성장한 아들은 단순히 건고추를 판매하는 데서 그치지 않고, 가공해서 더 많은 수익을 낼 필요가 있다며 증평에 고추방앗간을 차렸다. 참기름과 들기름을 짜는 기름방앗간도 겸하고 있다. 젊은이답게 재래식 방법에서 벗어나 눈에 띄게 청결하게 방앗간을 운영한다. 더욱이 찾아오는 손님에게 고추와 기름을 판매하는 데 그치지 않고, 인터넷 쇼핑몰을 운영하며 전국으로 판로를 개척했다.

아들이 방앗간을 운영하자 어머니가 일손을 돕기 시작했지만, 날로 사업이 번창하며 둘이서 감당 못 할 규모로 확장했다. 그러자 둘째아들도 도시생활을 접고 증평으로 돌아와 방앗간 일을 거들기 시작했다. 질 좋은 고추와 기름을 위생적으로 판매한다는 소문이 퍼지며 매출이 날로 급성장하고 있다. 불과 수년 만에 연매출은 10억 원을 훌쩍 넘어섰다. 거래처는 전국으로 넓혀지고 있다. 두 아들은 대대적인 사업 확장을 구상하고 있다. 3층 건물을 사서 1층만 방앗간으로 사용하고 있지만, 조만간 건물 전체를 사업장으로 확대할 계획이다. 소매 유통이 급증해 1층 방앗간 공간으로는 감당을 할 수 없기 때문이다.

제1장 기억해야 할 증평의 정신

아버지는 질 좋은 고추를 전국에서 구입해 아들에게 공급하는 역할을 맡고, 어머니는 아들과 함께 방앗간을 운영한다. 방앗간 업주인 아들은 증평에 정착해 결혼도 했다. 선배 부부는 두 아들을 도시로 떠나보내지 않고 함께 한 지역에서 살고 있다. 가족이 함께 일하고, 같은 지역 내에 산다는 건 축복이다. 더욱이 사업적으로 성공해 날로 번창하고 있다. 가족기업은 이제 웬만한 외풍을 거뜬히 견뎌낼 수 있을 만큼 건실한 규모로 성장했다. 선배는 곧 태어날 손주를 가까이에 두고 그들이 커나가는 모습을 지켜보며 행복감에 빠져들 것이다.

남들처럼 1년에 한두 번 명절에만 자식과 손주를 만나는 게 아니라 늘 가까이 곁에 두고 함께 살아가면, 그보다 더한 행복이 있을까 싶다. 아들의 방앗간 사업이 번창하며 고추를 공급해주는 선배의 사업도 덩달아 번창하고 있다. 1000평이 넘는 건조장을 운영하고 있고, 연간 거래하는 고추의 양도 수만 근에 이른다. 이런 성장 과정을 통해 고추를 매개로 한 이들 부자의 사업은 날로 번창하고 있고, 증평의 대표적 가족기업으로 성장하고 있다. 난 이 선배가 한없이 부럽다. 또 자랑스럽다.

증평에 일자리가 넘쳐나고, 증평에서 경제적 윤택을 누릴 수 있다면 굳이 도시로 나가지 않고 고향을 지킬 사람이 많을 거다. 난 이 선배가 증평의 모범 답안이라고 여기고 있다. 가족이 고향에 같이 살며 서로 돕고 사업적으로 남 부럽지 않은 성장세를 꾸준히 이어가고 있으니, 어찌 부럽지 않겠는가. 내가 꿈꾸는 증평의 미래는 이런 가정이 많아지는 거다. 고향을 떠나지 않고도 풍요롭고 행복하게 살아간다면, 이보다 좋은 선택은 없다. 이 선배의 가족이 증평인의 롤모델이 되어주길 바란다. 3대가 함께 행복을 누리는 증평. 나는 실현할 수 있을 거라 확신한다.

미암리 후배 한 명은 초중학교를 증평에서 다니고 이후 고등학교와 대학을 도시에서 다녔고, 취업해 도시생활을 했다. 그러다가 지난 23년 문득 귀농을 결심하고 고향으로 돌아왔다. 모두가 그 결심을 궁금해 했다. 그 후배가 시작한 건 시설하우스에서 딸기를 재배하는 일이다. 그 후배의 매형의 고향인 논산에서 딸기 전업농들이 농사짓는 걸 보고, 답을 찾은 거다. 후배는 딸기 영농 선진 지역의 딸기 농사법을 배워 증평으로 돌아왔다. 이후에도 농사를 지으며 꾸준히 딸기에 관해 연구하고, 신기술을 배웠다.

귀농 첫 해 뜻한 대로 되지 않아 손해를 감수해야 했지만, 이듬해부터 상당한 이익을 내기 시작했다. 나이 쉰에 이르러 귀농했지만 성실하게 농사를 익혔다. 욕심을 부리지 않고, 감당할 수 있는 만큼 농사를 지었다. 그러면서 정부 보조금 등을 이용해 차츰 조금씩 규모를 키워갔다. 그 후배가 재배한 딸기가 여느 농가와 비교할 수 없을 만큼 품질이 좋다고 입소문이 나기 시작했다. 지금은 증평 로컬푸드 매장에서 최고의 인기 상품으로 자리를 잡았다. 연중 두 차례 짓는 딸기 농사를 통해 그 후배는 큰 성공을 거두고 있다.

일손이 달리면 청주에서 도시근로자를 공수해 해결하고 있다. 귀농 3년만에 그 후배는 도시생활할 때보다 몇 곱절 많은 수익을 올리며 부농을 꿈꾸고 있다. 후배의 아내도 처음엔 귀농을 탐탁하게 생각하지 않았지만, 딸기가 입소문을 타기 시작한 후, 증평의 브랜드로 성장하고 소득도 늘자 증평 생활에 재미를 느끼고 있다. 이 후배 또한 내가 꿈꾸는 고향 증평의 모습을 그려내는 사례다. 도시생활보다 안정감 있게 고향에서 만족감을 느끼며 정착해 살고 있으니, 얼마나 행복한가. 이 후배의 생활도 참 부럽다.

내 이웃 중에는 우연한 계기로 증평생활을 시작한 이후 삶의 만족도가 높다며 친·인척을 대거 이주해 증평에 정착하게 한 사례도 있다. 남편은 경기 출신, 아내는 부산 출신인 이들 부부는 괴산에 새로운 사업장을 마련했다. 직장은 괴산이지만, 주거 환경이나 교통이 편한 증평에 삶의 터전을 마련했다. 사업장 일손이 부족해 부산에 거주하는 처형과 동서를 설득해 증평으로 이사오게 했다. 반신반의하고 증평으로 거처를 옮긴 그의 처형 부부는 살아보니 증평이 참 살기 좋은 곳이라며 미련없이 새로운 정착지로 삼았다.

거기서 그치지 않고, 부산에 거주하는 처부모도 증평으로 모시고 왔다. 장인과 장모도 증평으로 이사 온 후 증평 생활에 높은 만족도를 보였다. 그러더니 서울에 사는 동생 가족도 증평으로 이사와 장착하게 했다. 불과 수년 사이에 가족 모두가 서울과 부산에서 증평으로 이사와 자리를 잡은 거다. 대도시 생활에 익숙했던 이들 가족은 낯선 충청도 증평에서 인생 후반부를 살기 시작했지만, 생각했던 것보다 만족도가 높다며 증평으로 이사오길 잘했다고 누굴 만나든 이야기 한다.

이들 가족의 삶을 지켜보며 증평의 무한한 가능성을 확인했다. 생계를 위한 최소한의 조건만 갖춰지면, 증평은 전국 어느 곳과 비교해도 손색 없을 훌륭한 주거환경을 가졌다고 자부한다. 기후 조건도 좋고, 교통 여건도 좋다. 훌륭한 명소 관광지도 많고, 생활 편의시설도 다양하게 잘 갖춰져있다. 튼튼한 일자리만 갖춘다면 증평은 전국 어느 곳과 비교해도 손색 없는 주거지라 생각한다. 일자리를 만들고, 삶의 질을 끌어올릴 제반의 조건을 조성하는 건 지자체의 몫이다. 증평은 3대가 살고 싶은 그런 고장이 될 충분한 조건을 갖춘 지역이다. 3대가 살고 싶은 증평, 반드시 이루어야 할 우리의 숙제다.

2025 증평인삼골축제 어울림 한마당

제2장

증평이 가야 할 길

청주공항 배후신도시, 남부5리 택지개발

　김포공항을 대체할 국내 최대 공항으로 건설할 계획이던 청주공항은, 국가 정책이 인천공항 신설로 변경되면서 지방의 군소 공항으로 전락했다. 최초 개항할 때 청주공항은 제주 왕복 노선만 있는 초라한 국내 지방공항에 불과했으나, 점차 이용객이 늘어 지금은 인천-김포-제주-김해 공항에 이어 이용객이 다섯 번째로 많은 공항이다. 청주공항의 연간 이용객은 국제선 146만 명 포함 458만 명이다. 전국 공항 중 가방 빠른 속도로 이용객 수가 증가하고 있다. 향후 청주공항은 연결 도로망과 철도망 추가 개설 계획이 있어 더 빠르게 성장할 것이 자명하다.

　청주공항은 2027년 국내선 터미널을 완공할 예정이고, 주차면을 5454면까지 확충하기로 했다. 주기장도 최대 20개까지 늘어날 예정이다. 더 중요한 건 활주로 연장 및 신설과 화물터미널의 신설도 추진한다는 점이다. 충청권 주요 도시를 연결하는 충청권 광역철도와 CTX(충청광역급행철도)의 개설도 추진된다. 덧붙여 최근에는 강남권에서 진천을 거쳐 청주공항으로 연결하는 광역급행철도의 신설도 검토 단계에 접어들었다. 수도권의 이용이 증가하면 국내 제2의 공항으로 발돋움할 수도 있을 것으로 예상한다.

이렇듯 청주공항이 중부권 거점 공항을 넘어 국내 주요 공항으로 부상하면서 청주공항을 배후로 하는 신도시 건설의 필요성을 역설하는 주장이 끊임없이 제기되고 있다. 아직 구체적 실체는 없지만, '청주공항 배후 신도시' 건설의 필요성은 공감대를 얻어가고 있다. 실제로 중요 선거 때마다 증평을 선거구로 하는 후보자들은 공항 배후 신도시 건설을 공약으로 제시하고 있다. 이들이 주장하는 구역은 송산택지지구와 맞닿은 곳으로 면적은 30만~35만㎡ 규모다. 이와 관련해 결정된 건 아무것도 없다.

면적은 상황에 맞게 신축적으로 조정하면 될 일이지만, 구역을 어디로 할 것인가에 관해 나는 지금껏 나온 여러 주장과 생각을 달리한다. 내가 생각하는 배후 신도시 최적지는 송산지구와 맞붙은 곳이 아닌 삽사리 일대다. 중부로를 기준으로 1.7㎞쯤 떨어진 곳을 최적지로 본다. 이유는 미암리에서 연탄리를 연결하는 군도가 개설되고 있어, 이 도로를 활용할 수 있어야 한다고 보기 때문이다. 또한 현재 거론되는 곳은 지가가 너무 높아 개발 후 토지의 분양가가 높을 수밖에 없고, 그로 인해 주택이나 상가 등의 공급가도 지나치게 높아질 수 있기 때문이다. 기존 도심과 인접한 송산지구와 닿은 구역은 언제라도 개발이 진행될 것이기 때문에 서두를 필요는 없다.

증평은 인구가 꾸준히 증가하는 지역이다. 도내에서 인구증가율

폭이 가장 큰 지역이고, 실제로 적게나마 꾸준히 인구가 늘고 있다. 증평은 인구의 사회적 증가와 자연적 증가가 동시에 진행 중인 전국 몇 안 되는 농촌 지역 중 하나다. 이러한 인구 증가를 살펴볼 때, 배후 신도시는 3000명~5000명 안팎의 인구를 수용할 수준이면 적당하다고 본다. 지나치게 큰 면적으로 조성하면 미분양과 공실이 발생할 염려가 있고, 기존 도심이 공동화를 보일 수 있으므로, 완급 조절할 필요가 있다.

공항이 활성화되면 공항 종사자와 이용객이 크게 늘기 마련이다. 그들이 주거할 공간과 머물 공간이 필요하다. 말 그대로 배후 기능이 필요하다. 배후 신도시를 조성하는 데 청주보다 지가가 저렴하고 생활환경이 쾌적한 증평이 여러모로 유리하다. 아울러 지역 균형 발전에도 보탬이 된다. 적절한 기능 배치를 하는 건, 무엇보다 중요하다. 신도시도 살리고, 증평 경제도 살리는 최적의 방안을 신도시에서 찾아야 한다. 증평에 청주공항 배후신도시를 조성해야 한다는 얘기는 오래전부터 회자되어 다수의 공감대를 얻고 있다.

이런 면에서 신도시를 조성하면 소규모 컨벤션 기능과 함께 예식을 비롯한 각종 대형 연회를 개최할 공간을 배치해야 한다는 점을 강조하고 싶다. 증평은 농협이 운영하던 예식장이 폐업한 이후 20년 넘게 예식장이 없는 지역이 됐다. 현재 지역인의 대부분이 청주 시내에 있는 예식장을 이용하고 있다고 예측한다. 한 번 예식을 할 때마다 수천만 원이 역외로 유출되고 있는 거다. 증평에 예식장이 있으면, 증평에서 순환되어야 할 자금이 청주를 비롯한 역외로 빠져나가고 있는 거다. 참으로 안타까운 일이다. 당장 개선해야 할 문제다. 어떤 일보다 시급하다.

민간은 수익성을 이유로 예식장 사업을 꺼리고 있으니, 군을 비롯해 공공기관이 참여하는 공공형 예식장이 적합해 보인다. 이럴 경우, 공공형의 장점을 살려 최대한 저렴한 예식 비용으로 지역민이 이용할 수 있게 하되, 식당 등은 지역에 위탁하는 방법도 고려해 볼 만하다. 시가지 상권을 살리기 위해 혼주가 지정 식당 식권을 나눠주고, 식사할 수 있게 하는 방법도 생각해 볼 수 있다. 서울 등에서 운영되고 있는 공공형 예식장은 그런 방식으로 운영하고 있다.

지역 내 예식장 이용을 활성화하기 위해, 지역민이 지역 예식장을 이용할 경우, 지자체 재원을 활용해 결혼축하금 형식으로 예식비를 지원해 주는 방안도 고려해 볼 대상이다. 그동안 예식장이 없어 다른 지역에서 예식하면서 유출된 지역 자금은 천문학적인 액수일 거로 예상한다. 그런 자금이 지역 내에서 순환하며 지역 경제 살리기의 마중물이 되어야 한다. 배후 신도시를 건설할 때 컨벤션 기능을 겸한 예식장을 꼭 유치해야 한다는 게 내 생각이다. 컨벤션 기능도 최대한 살려 크고 작은 모임과 회의 등을 유치하는 것도 꼭 필요하다. 공항이 있고, 공항과 연결되는 각종 철도 교통망이 여러 노선으로 개설될 것이니, 컨벤션 기능을 활성화한다는 건 허황한 생각이 아닐 것이다.

공항 배후 신도시와 함께 개발을 고려해 볼만한 곳이 증평읍 남부 5개 리 일대다. 남하리, 덕상리, 남차리, 중리, 율리 5개 리는 지역 내에서 상대적으로 개발이 미흡한 곳이다. 그런 만큼 지가도 저렴하다. 새로 개통한 충청내륙고속화도로와 인접하여, 개발하면 주택 가격의 우위를 통해 청주 지역 젊은 층을 유입할 수 있는 장점이 있다. 이곳은 율량동, 사천동 등 청주 북부지역에서 불과 10분이면 다다를 수 있는 곳이다. 여기에 택지를 조성해 소형 아파트를 저렴하게 공급하면, 신혼부부를 비롯해 많은 청주 지역 젊은이가 이곳으로 유입될 것이라고 본다.

좌구산과 인접해 자연경관이 뛰어나고, 어디든 짧은 시간에 갈 수 있는 교통 여건을 갖춘 곳이어서 개발하면 경쟁력 있는 택지가 될 것이다. 또한 보건복지타운 등 노인을 위한 시설도 가까이 자리 잡고 있어, 노인을 위한 주거지로도 손색없다는 평을 받을 것이다. 지리적 조건이 좋지만, 개발 계획이 마련되지 않아 낙후된 지역에 택지개발 사업을 벌여 양질의 주거 공간을 제공하면 지역의 균형발전에도 큰 보탬이 될 것으로 확신한다. 충분히 검토할 가치가 있는 사업이다.

도청 이전 필요성과 증평 유치 당위성

수도권에 국내 인구 절반 이상이 몰려 사는 건 각종 사회적 문제를 야기한다. 이와 똑같은 현상이 충청북도 내에서 이루어지고 있다. 청주라는 하나의 도시에 도내 인구 절반 이상이 몰려 살고 있다. 인구뿐 아니라 모든 것이 청주에 집중돼 있다. 산업을 비롯한 경제도 청주에 집중돼 있고, 교육도 청주에 몰려있다. 문화와 예술도 마찬가지고, 정치나 사회와 관련된 모든 시설도 청주에 집중돼 있다. 도내 대부분 지역이 소멸 위기를 겪고 있지만, 청주만 꾸준히 성장 가도를 달리고 있다.

그래서 언제부터인가 뜻있는 선각자들 사이에선 충북도청을 청주가 아닌 지역으로 옮겨야 한다는 여론이 형성되고 있다. 도청을 이전하면 의외로 많은 기능이 분산되는 효과를 거둘 수 있기 때문이다. 도청을 이전한다고 하면 여러 지역이 경쟁적으로 도청 유치전에 뛰어들 것은 자명하다. 어느 지역인들 황금알을 낳는 거위가 될 도청 이전을 반대하겠는가. 모든 지역이 저마다의 논리를 앞세워 도청을 유치하겠다고 경쟁에 뛰어들 게 분명하다. 물론 도청이 이전한다면 증평군도 유치전에 뛰어들어야 한다. 증평은 여러모로 도청이 입지하기에 좋은 조건을 갖고 있다.

우선 객관적으로 볼 때, 도청이 어느 한쪽에 치우쳐서는 안 된다는 데는 공감대가 형성된다. 즉 북부 지역인 제천이나 단양은 지리적 여건상 도청 이전 대상지로 부적합하다. 충주도 사정은 비슷하다. 도내 전체를 놓고 볼 때 치우쳐 있어 불합리하다. 남부 지역인 보은, 옥천, 영동도 도청을 유치하는 데는 적합지 않아 보인다. 그러면 증평, 괴산, 음성, 진천이 남게 된다. 이들 지역을 객관적으로 비교할 때 증평은 여러모로 장점이 많다. 어느 지역보다 교통 여건이 좋고, 분야별 인프라가 잘 갖춰진 청주와 인접해 있다는 점을 장점으로 살릴 수 있다.

현재 충북도청은 일제강점기인 1937년에 현 위치에 건축한 이후 줄곧 그 자리를 지키고 있다. 건물이 낡은 건 당연하고, 비좁아 여러 불편이 발생하고 있다. 아울러 주차장을 비롯해 여러 시설이 부족해 민원인이 큰 불편을 겪고 있다. 더욱이 도청 주변이 공동화가 발생하는 구시가지에 자리잡고 있어 지역 경제에 큰 도움을 주지 못하고 있다는 지적을 받고 있다. 그러니 백 년 앞을 내다보고 도청 이전을 준비해야 한다. 최근 도의회청사를 신축하는 등의 여건 변화로 당장은 쉽지 않겠지만, 서서히 준비해 여건이 충족되면 곧바로 움직여야 한다.

청주시가 광역시 또는 특례시가 된다면 도청이전의 명분은 더 커질 수 있다. 도청이 청주에 있어야 한다는 건 관습일 뿐 타당한 이유는 없다. 광역시가 분리된 후 도청을 옮겨 간 도 지역은 도청 이전 이후 도세가 회복되고 있고, 도청 이전 신도시를 중심으로 성장세를 이어가고 있다. 도청을 홍성과 예산 중간지점으로 옮긴 충청남도가 그러하고, 무안으로 도청을 옮겨간 전라남도도 사정이 같다. 안동과 예천에 걸친 지역에 신도시를 조성해 도청을 이전한 경상북도도 도청 이전 후 주변 지역의 경제가 살아났다. 충북은 청주가 광역시로 분리된 상황은 아니지만, 개방적 자세로 도청을 도내 다른 지역으로 옮기는 방안을 검토해 볼 필요가 있다.

이럴 경우, 증평은 가장 유력한 후보지가 될 수 있다. 청주와 너무 가깝다는 점이 단점일 수 있겠지만, 그건 장점이 될 수도 있다. 새로운 도청 이전 신도시를 중심으로 성장세를 이어가되, 청주에 잘 갖춰진 각종 인프라를 적극적으로 활용할 수 있기 때문이다. 증평은 험한 산악지대도 아니고, 교통의 오지도 아니다. 충청권 광역철도와 광역급행철도의 종점이 증평까지 연장된다면 최적의 입지 조건을 갖추게 된다. 적당한 규모의 신도시를 조성해 도청을 유치한다면 증평은 얼마든지 좋은 조건의 장소를 제시할 수 있는 곳이다. 증평은 도청 이전 대상지로 최적의 조건을 갖췄다.

충청내륙고속화도로 개통 후 변화 대비

충북 도내 3개 도시지역인 청주-충주-제천을 최단 거리로 연결한 충청내륙고속화도로가 2025년 12월 전 구간 개통했다. 충북의 핵심축을 최단 거리로 연결하는 이 도로가 안길 지역 사회의 변화는 실로 엄청날 거로 예상한다. 유료 고속도로가 아니지만, 고속도로와 같은 편의성을 제공하는 이 도로는 신호로 인한 막힘 없이 최단 거리로 청주와 충주, 제천을 연결한다. 청주와 충주 사이에 있는 증평과 음성도 이 도로의 영향권에 든다. 증평의 경우 청주까지 이동하는 데 걸리는 시간이 종전의 20분에서 10분으로 대폭 단축됐다. 그러니 생활에 큰 변화를 동반하는 건 당연하다.

증평은 남서쪽에 청주, 북동쪽에 충주를 두고 있다. 그러니 이 도로의 영향력이 지대할 수밖에 없다. 이 도로를 어떻게 활용할 것인가에 따라 증평은 큰 이익을 얻을 수도 있고, 큰 손해를 볼 수도 있다. 즉, 증평 지역의 정치가와 행정가가 어떤 준비를 통해 변화에 대응하는가에 따라 막대한 손해를 입을 수도 있고, 엄청난 이익을 얻을 수도 있는 구조가 된다. 그러니 모든 수단과 방법을 가리지 말고, 이 도로의 개통으로 인한 사회적 변화가 지역경제에 보탬이 되도록 준비해야 한다. 어떻게 준비하는가에 따라 지역의 명운이 달라질 수 있다.

직관적으로 생각할 때 이 도로의 개통은 핵심축 도시인 청주와 충주의 경제가 통과 지역인 증평, 음성 등지의 지역경제를 종전보다 더 빠르고 표시 나게 잠식하는 효과를 낼 것으로 본다. 지금까지도 증평이나 음성은 청주와 충주 경제에 예속되고, 상권을 빼앗기는 피해를 감내해야 했지만, 앞으로는 이런 현상이 더 심화될 것으로 예상한다. 서둘러 대비책을 마련하지 않으면 증평 경제는 무너지고 말 것이다. 모든 군민이 이 심각성을 이해하고 대비해야 하는 건 물론이고, 지역 정치권과 행정기관이 철저한 대비책을 강구해야 한다.

개인적으로 남부 5개 리에 택지를 조성해 청주 지역 거주 인구를 유입하는 방안을 마련하는 게 최선이라고 생각한다. 남부 5개 리 지역은 충청내륙고속화도로와 바로 맞닿아 있어 접근성이 뛰어나다. 이곳은 지역 내에서도 발전이 더뎌 해당 지역 주민이 소외감을 느끼고 있는 곳이다. 지가도 상대적으로 저렴해 이곳에 택지를 조성해 염가에 공급하면, 청주에서 많은 인구를 유입할 수 있을 거로 본다. 청주보다 상대적으로 우위에 있는 가격 경쟁력을 앞세우면 충분히 가능한 일이다.

이 일대에 골프장을 비롯한 레저시설을 조성해 일자리를 창출하고, 소비를 유도하는 경제 정책을 마련하는 방안도 생각해 볼만

하다. 청주에서 불과 10분 안팎이면 접근할 수 있기 때문에, 충분한 경제 파급 효과를 낼 수 있다. 골프장은 예시일 뿐 그밖에 어떤 시설도 유치가 가능하다. 승마장을 유치할 수도 있고, 드론 교육장이나 반려동물 공원을 유치하는 등 생각해 볼 일이다. 이런 대책 없이 손 놓고 있으면, 증평 지역경제의 청주 예속이 더욱 심화될 것이 분명하다. 어떤 방식으로든 대비책을 마련하고 실행해야 한다.

청주와 가까운 증평은 주말이면 많은 주민이 청주로 나가 문화생활을 즐긴다. 영화 관람을 위해 나서기도 하고, 쇼핑을 하기도 한다. 증평에 이런 문화 인프라가 절대 부족해서 이런 현상이 나타나는 거다. 앞서 밝혔듯 남부지역에 택지를 조성해 대규모 주거지를 조성한다 해도 이 같은 현상을 완전히 차단하기는 어려울 것이다. 그렇다면, 그에 따른 대비책도 마련해야 한다. 조성하는 택지지구에 영화관을 비롯해 각종 오락과 휴게시설을 설치하는 방안도 그중 하나다. 영화를 보기 위해 나가는 주민이 있다면, 영화관을 만들어 굳이 나가지 않게 하면 된다.

그러나 그런 노력만으로는 역부족일 수 있다. 그렇다고 손 놓고 이런 상황을 방치할 수는 없는 노릇이다. 예를 들어 증평 주민이 지역에서 주말과 휴일을 보내면 경제적 이익이 돌아가게 대책을 마련하면 된다. 지역 주민이 지역 상권을 이용할 경우 지역화폐 등을 이용해 캐시백 서비스를 하는 사례는 많다. 이 캐시백 서비스를 주말과 휴일에 강화하면 일부나마 지역 자금의 역외 유출을 막을 수 있을 것으로 본다. 주말이나 휴일에 증평에서 물건을 구매하거나, 문화생활을 즐기면 과감하게 20%의 캐시백을 제공하면 된다.

청주에 나가서 10만 원을 쓰면 고스란히 10만 원이 소멸하고 말지만, 증평에서 같은 소비를 하면 2만 원이 캐시백으로 돌아오게 해주면 된다. 그렇게 되면 10만 원을 쓰고도 8만 원만 쓰는 효과를 얻을 수 있다. 그래도 청주에 나가 더 규모화된 시설을 이용하겠다는 생각을 가진 이들도 있겠지만, 다수는 경제적 이익을 고려해 증평에서 소비활동을 할 것으로 예상할 수 있다. 이런 정책은 행정 관청이 마련해야 한다. 이런 노력이 없으면 증평의 자금은 액체가 빨대로 빨리듯 청주로 쏠려 들어갈 것이다. 서둘러 대책을 마련해야 한다.

보강천 미루나무숲 자원화와 축제 필요성

증평 보강천 변 미루나무 공원은 전국적으로 소문난 명소다. 내가 지금껏 다녀본 수많은 지역 중 지역 하천 주변에 다채롭게 공원을 조성한 사례는 많지만, 증평 보강천처럼 울창한 미루나무 숲이 조성된 곳은 없다. 멀리서 봐도 장관이고, 가까이 가보면 '이 보다 더 좋은 공원이 있을까' 싶은 생각이 들 정도로 정감 가는 곳이다. 지역 주민은 늘 지켜보는 풍경이라 감회가 덜할지 몰라도 외지에서 증평을 방문하는 이들에게는 엄청난 관광자원이 될 수 있다. 우리 증평은 이 엄청난 자원을 제대로 활용하지 못하고 있는 측면이 있다.

가까이 있는 자산이 제대로 가치를 인정받지 못하는 사례이다. 증평의 센트럴파크라는 별칭으로 통하는 보강천 미루나무숲은 이미 널리 알려진 명소이다. 인접지뿐 아니라 멀리서도 소문을 듣고 찾아오는 이들이 적지 않다. 공원화를 완성해 꽃을 가꾸고 있지만, 활용도는 참으로 미약하다. 아이디어를 입히면 관광 자원화할 충분한 가치가 있다. 현재의 공원을 확장하고, 새로운 시설을 보강해 전국적 명소로 거듭나게 해야 한다. 자원은 훌륭하지만, 홍보가 미흡해 제대로 알려지지 않은 측면이 있다. 이를 보강해야 한다.

보강천 미루나무 숲은 37향토사단이 70여 년 전인 1955년 증평으로 이주해 오면서 연탄리에 부대가 정착하기 전 보강천 일대를 훈련장으로 사용할 때 식재한 것으로 알려졌다. 당시 2~3년 수령의 나무를 심었으니, 지금 그 나무의 나이는 70년에 가깝다. 1000여 그루가 식재된 보강천 미루나무는 나무 둘레가 3~4m에 이른다. 전국 어딜 가도 이렇게 굵은 미루나무가 주변 환경과 조화를 이뤄 군락을 형성한 곳은 없다. 확실한 증평의 명물이다. 증평 하면 보강천 미루나무 군락지가 떠오른다는 이도 적지 않다. 자원화가 절실한 이유다.

앞서 밝힌 대로 젊은 층이 주말과 휴일이 되면 문화시설을 찾아 청주 등 도시로 나가는 일을 막는 건 한계가 있다. 삶의 질을 위해 주말, 휴일 동안이라도 도시지역으로 나가 즐기겠다는 걸 무한정 막을 수는 없는 노릇이다. 그렇다면, 증평에서 청주로 나가는 수만큼, 청주에서 증평을 찾아오게 하고, 이곳 증평에서 소비하게 하면 될 것 아닌가. 농촌 주민은 주말 동안 도시 생활을 찾아가지만, 반대로 도시 주민은 농촌 지역으로 삶을 힐링하러 몰려든다. 미루나무 숲 공원의 자원화를 통해 그 수요를 확보해야 한다고 생각한다. 그럴 가치가 충분히 있다.

무턱대고 방문자 수만 늘리는 건 큰 의미가 없다. 이곳에 와서 소비에 참여하게 해야 한다. 증평을 방문했을 때 반드시 사 가는 물건이 있어야 하고, 꼭 맛보고 싶은 음식이 있어야 한다. 그래서 반드시 들렀다 가는 핵점포를 개발해야 한다. 핵점포가 생겨나면 그 품목이 유명세를 타고 주변에 유사한 상점이나 음식점이 생기고, 그것이 유명 거리를 형성하면 지역 명소가 된다. 강원도 안흥과 같은 작은 시골 마을이 찐빵 하나로 전국적 유명세를 치른 사실을 모델로 삼아야 한다. 그걸 개발하고 지역민과 합동 작품을 만드는 것도 지자체의 역할이다.

지금 증평은 인삼골축제를 한다. 지금의 축제방식에 대하여 우리는 냉정하게 평가해야 하며, 인삼골축제를 어떻게 개선해야 할지 심도있는 고민이 필요한 시점이다. 군 전체의 면적이 작은 증평은 인삼 경작지로서도 다소 미흡하고, 유통지로도 미흡하다. 가공 공장이 있을 뿐이고, 일부 경작지가 있을 뿐이다. 미래에도 언제까지 증평의 중심 특산물이라고 할 수 있으면서 이것을 소재로 얼마나 확장성 있는 전국적 또는 글로벌 축제로 발돋움 할 수 있을지 면밀히 살펴봐야 한다. 인삼을 소재로 축제를 운영하기 시작한 건 1999년년도부터다. 벌써 4반세기가 지났다. 증평인삼골축제는 딱히 내세울 킬러콘텐츠가 부족하고, 지역을 브랜드화하는 데도 한계가 있다. 축제는 열되, 부가가치로 연결되지 않는다. 축제를 통한 지역브랜드 제고와 경제적 부가가치 창출로 지역 발전에 큰 소득이 있어야 하는데 그렇지 못하다는 게 많은 주민의 냉정한 평가이다.

나는 보강천 미루나무숲을 소재로 축제를 열면 한결 우리의 정체성을 찾을 수 있을 것으로 본다. 일부 주민이 과소평가할지 몰라도, 보강천 미루나무 숲은 우리가 생각하는 것보다 훨씬 더 관광자원으로서 가치가 있다. 충청권은 물론이고, 전국 어디에도 이런 미루나무 명소는 없다. 이걸 관광자원화하지 못하면 큰 손해다. 이토록 무한한 가치가 있는 공원을 그저 증평 주민만을 위한 공간으로 머물게 하는 건 너무 아쉽다. 아이디어를 모으면 충분히 성공적인 축제를 이끌 수 있다. 민과 관이 협심하면 큰 소득을 올릴 수 있을 거라 확신한다.

보강천을 명소로 만들기 위해서는 이곳과 연결되는 이야기, 즉 스토리텔링이 있어야 한다. 보강천 미루나무가 심어지게 된 배경과 관련한 재미있는 이야기가 필요하고, 이곳을 배경으로 하는 영화나 드라마, 뮤직비디오 등의 제작도 고려해 볼 만하다. 이런 것들이 있어야 이야기를 찾아 방문객이 찾아오게 마련이다. 단순한 관광자원은 흡입력이 부족하다. 이야기가 더해져야 그 이야기를 찾아 방문하는 이들이 늘어난다. 전국적 또는 세계적 명소로 알려진 곳들의 공통점이 스토리텔링을 품고 있다는 점이다.

최근 추영우 시인이 보강천을 배경으로 한 반여울 설화를 엮어 정리했다. 보강천의 다른 이름은 반탄(半灘)이다. 반탄을 우리말로 하면 '반여울'이 된다. 추 작가는 산중에 아버지를 모시고 사는 여인의 이야기를 '반여울 연가'라는 작품으로 엮어냈다. 이 설화를 기반으로 더 다듬고 각색해 완성도 높은 이야기를 만드는 것도 고려해 볼 일이다. 이런 제반의 준비를 마친 후 보강천 미루나무 축제를 열면 충분히 흥행몰이할 수 있을 거다. 증평을 브랜드화하고, 새로운 축제 도시로 거듭날 수 있을 것이다. 보강천 미루나무 숲을 어떻게 가공하고 포장할지 고민이 필요하다.

지금의 인삼골축제는 반드시 개편이 필요하다. 인삼골축제를 보강해서 보강천 미루나무 축제와 엮어 새로운 콘텐츠를 만드는 일도 연구해 볼 만하다. 나름 오랜 기간 많은 주민과 공무원이 노력을 기울여 끌고 온 인삼골축제를 하루아침에 폐기하기보다는 수정과 보완을 할 필요가 있다. 아울러 보강천과 미루나무 숲은 어떤 형태로든 관광자원화해야 한다. 무궁한 가치가 있는 관광자원을 활용하지 못하고, 묵히는 건 현명하지 못하다. 사라진 나비와 반딧불이를 잡아다 축제의 소재로 삼는 시대다. 있는 자원도 활용 못하는 것은 직무유기다. 미루나무 숲은 증평의 대단한 자원임을 인지해야 한다.

보강천 미루나무숲은 증평을 대표하는 관광자원이다. 활용 극대화를 위한 노력이 필요하다.

교육도시 증평을 꿈꾸며

서울은 소득 수준과 생활 수준이 높은 도시다. 정치, 경제, 사회, 문화의 1번지가 서울이란 데는 이견이 없다. 서울은 대한민국에서 삶의 질이 가장 높은 도시다. 그렇다면, 서울이 그토록 높은 소득 수준과 생활 수준을 유지하는 비결은 무엇일까. 여러 요인이 있겠지만, 교육 특화도시라는 데서 원인을 찾을 수 있다. 모두 인정하는 대로 서울과 수도권에는 전국 최고 수준의 대학이 즐비하다. 세계 어느 나라와 비교해도 뒤지지 않을 대학이 즐비한 도시가 서울이다. 과거에는 지방에도 서울 소재 대학과 견줄만한 경쟁력 있는 대학이 있었지만, 지금은 사정이 달라졌다.

그렇다면 서울 소재 대학이 전국 최고 수준을 유지하는 비결은 무엇일까. 그 대답은 아주 간단하다. 전국 각지에서 인재라 할 수 있는 우수 학생이 서울에 있는 대학으로 몰려들고 있기 때문이다. 서울에 좋은 일자리가 몰려 있고, 대한민국을 움직이는 중추 기관이 모두 서울에 자리 잡고 있으니, 전국 각 지방에서 인재가 서울로 몰려들고 있는 거다. 그러다 보니 서울은 고급 인력이 몰려드는 도시가 됐고, 그들이 고부가가치 산업을 일으켜 고소득이 보장되고 있는 거다. 서울 자체의 경쟁력이라기보다는 전국 각 지방에서 경쟁력을 갖춘 인재가 서울로 몰려들어 서울의 경쟁력이 갖춰지게 된 거다.

충북 도내도 사정은 비슷하다. 청주라는 도청소재지로 각 시·군의 인재가 몰려들면서 청주가 가장 소득이 높고, 일자리가 풍부한 도시가 됐다. 청주를 이끄는 인재들이라고 해서 모두 청주 출신이 아니다. 각 시·군에서 우수한 재능을 가진 이들이 청주로 몰려들어 청주가 수부(首府) 도시로 성장할 수 있었다. 청주에는 도내 최고 수준의 대학이 몰려 있고, 그 대학에 진학하기 위해 각 시·군의 인재들이 청주에 터를 잡고 살고 있다. 결국 교육이 인재를 모으는 핵심 요소다. 도시 성장은 교육을 기반으로 한다.

과거에는 지역 인재가 고등학교 진학부터 고향을 떠나 대도시로 이동했다. 각 지역의 인재가 여건이 좋은 고등학교 진학을 위해 도시로 몰려들었고, 거기서 다시 우수한 인재를 선발해 서울 소재 대학으로 진학했다. 이런 상황은 적어도 수십 년간 지속됐다. 이러한 현상이 지속되며 도시와 농촌의 격차는 점점 더 벌어졌다. 지역 출신의 인재는 낱낱이 대도시로 빠져나갔다. 그러니 지역의 학교는 고등학교부터 경쟁력을 잃을 수밖에 없는 구조였다. 증평을 비롯해 모든 농촌지역이 그러했다.

정부는 이러한 문제점을 인식하고 대입 제도를 바꿔 시골 학교에 재학하며 입시를 준비하면 대도시로 진학해 입시를 준비하는 것보다 월등히 유리한 조건으로 대학에 진학할 수 있게 했다. 그렇게 내 고장 학교 진학 시스템이 자리를 잡게 됐고, 이제는 더 이상 고등학교 진학을 위해 도시로 떠나지 않아도 되는 체계가 자리를 잡아가고 있다. 특별한 사정이 아니면 누구나 출신 지역 고등학교에 진학해 대입을 준비하게 됐다. 지역 인재가 지역 내 고등학교에 진학하는 건 이제 당연한 일이 돼가고 있다. 대학은 몰라도 당장 고등학교 진학을 위해 고향을 떠나는 일은 없게 만들었다.

이렇게 지역 인재가 고향에서 고등학교에 다니는 일이 일반화되면서 교육에 변화의 바람이 불어닥쳤다. 그 변화의 바람을 가장 직접적으로 경험한 지역이 바로 증평이다. 청주와 가까운 증평은 과거에 중상위권 이상의 학생을 모두 청주로 빼앗겼다. 그러면서 증평 소재 고등학교는 입시에서 제대로 실력을 발휘할 수 없었다. 그러나 이제는 상황이 달라졌다. 증평의 인재가 증평에서 고등학교에 진학해 대입을 준비하게 됐다. 이런 상황이 정착한 후 증평의 교육은 확연히 달라졌다. 청주나 충주 등 도시지역 학교를 제치고 입시 명문 학교로 부상하기 시작했다.

지금 증평의 고등학교는 입시에서 도내 최상위 그룹을 형성하고 있다. 이런 상황이 전해지면서 증평 지역 인재가 타 지역 도시 학교로 진학하는 일은 거의 사라졌다. 오히려 타 지역에서 증평 지역 학교로 진학하는 사례가 빈발하고 있다. 이는 교육이 지역 사회에서 차지하는 역할이 얼마나 중요한지를 제대로 증명해 보이는 사례다. 교육이 제대로 작동하면 교육을 핑계로 굳이 타 지역으로 나가지 않아도 된다. 도내에서 가장 대표적 사례가 증평이다. 증평은 대입 명문 지역으로 부상하고 있다.

교육을 살려 지역 인재가 유출되지 않고, 지역 학교에 진학하게 하는 건 물론이고, 그들이 훗날 지역을 위해 큰일을 할 수 있는 재목으로 키워야 한다. 그들이 역량을 키워 지역 발전을 이끌게 하고, 그로 인해 양질의 일자리를 만들게 해야 한다. 그것이야말로 가장 바람직한 선순환 구조다. 선순환 구조를 한 번 구축해 놓으면, 지역은 성장과 발전의 토대를 갖추게 된다. 인재가 고향을 지키고 후배를 길러내는 구조는 이제 시작 단계다. 교육에 대한 투자를 아끼지 말아야 하는 이유다.

증평은 최근 수년 사이 타 지역이 귀감으로 삼는 모범적 교육 도시로 성장해 가고 있다. 최근 증평이 이룬 교육적 성공 사례를 다른 지역은 배우려 하고 있다. 지역 고등학교가 명문으로 되살아

나면서 지역민의 자긍심도 커지고 있다. 지역민이 지역 학교에 대한 애정을 키워나갈 때, 지역은 자연스럽게 발전할 수 있다. 증평은 이제 모두가 부러워하는 교육도시로 변모하고 있다. 이 기회를 놓치면 안 된다.

　2024년 괴산군이 교육발전특구 시범지역으로 선정된 데에 이어 2025년 8월 증평군도 교육발전특구 시범지역으로 선정된 만큼 교육에 더 많은 관심을 가지고 투자해야 할 시점이다. 증평은 할 수 있다. '교육도시 증평'이란 구호를 현실화해야 한다. 교육이 살아나고, 지역 인재가 외지로 떠나지 않고 지역을 지키면, 그 지역은 경쟁력을 갖출 수 있다. 아울러 일자리까지 갖춰진다면 그야말로 금상첨화다. 학생에게는 좋은 학교 환경을 조성해주고, 젊은이에 게는 양질의 일자리를 제공해 주는 게 최고의 복지다. 그 단초를 마련한 증평은 교육도시로 계속 성장해야 한다.

형석고등학교
Hyeongseok High School

심우당 김맹석 선생이 남긴 교훈

오늘의 증평 교육이 주목받게 된 것은, 여러 요인에서 찾을 수 있지만, 심우당(尋牛堂) 김맹석(1932~2021) 선생에게서 답을 찾을 수 있다. 경북 상주 화북면 출신인 심우당 선생은 초등학교 2년을 다닌 것이 평생 정규 학업의 전부다. 선생은 일찌감치 청주에 터를 잡고 남주동 일대에서 장사를 시작해 크게 사업에 성공한 여성 실업가이다. 그는 돈을 벌기 위해 안 해본 일이 없다고 할 정도로 다양한 일을 했다. 맨손으로 사업을 일으켜 큰돈을 벌었지만, 평생 검소하게 살았다. 그의 관심은 오로지 교육이었다.

정규 학력이 2년이 전부인 심우당은 불학의 아픔을 평생 간직하며 살았고, 교육사업을 통해 사회에 봉사 헌신하겠다는 각오를 잠시도 잃지 않았다. 노동일로 연명하던 그는 남주동시장에서 석유 가게를 시작해 자산을 모았고, 이후 벽지 사업으로 전환해 성장세를 이어갔다. 사업이 번창해 큰 부자가 되었을 때도 늘 검소함을 유지했고, 늘 손에서 일을 놓지 않았다. 평생토록 개인적 부귀영화를 누리는 일에는 관심이 없었고, 학교를 설립해 돈 없어 공부하지 못하는 사람이 없게 하겠다는 의지를 불태웠다.

심우당은 훗날 사업에 크게 성공한 후 충북교육청을 찾아가 사학재단 설립 의사를 밝혔다. 그러나 학교법인을 설립하는 일은 말처럼 쉽지 않았고, 좌절 위기에 처했다. 이때 충북교육청 부교육감이 제안한 것이, 기존 사립학교 재단을 인수하는 것이었다. 당시 중학교를 운영하던 증평 평안학원을 인수하면 새로운 재단을 설립하는 것보다 수월하다고 길을 일러준 거다. 심우당은 망설이지 않고 평안학원을 인수했다. 그러고는 형석(亨碩) 학원으로 재단 명칭을 변경했다. 평안중학교도 형석중학교로 개명했다.

그리고 이듬해 형석고등학교를 설립했다. 꿈에도 그리던 사립학교 재단 이사장이 된 심우당은 직접 작업복을 입고 학교 공사에 직접 참여했고, 현장 근로자들의 식사를 직접 제공하는 등 열정을 불태웠다. 학생들은 심우당 선생을 '몸빼아줌마'라고 불렀다. 그가 늘 작업복을 입고 현장에서 인부들과 일하는 모습을 직접 목격했기 때문이다. 사학재단 이사장이란 자리의 권위를 전혀 앞세우지 않았다. 그래서 모두 심우당을 존경했다. 1979년 평안중학교가 형석중학교로 이름을 바꿨고, 1979년 형석고등학교가 개교했다.

나는 1976년에 평안중학교에 입학하여 1979년 졸업과 동시에 형석고등학교에 입학했다. 그리고 1982년 2월 제1회 형석고등학교 졸업생이 됐다. 고교 3년내내 심우당 선생과 표세연 교장이 콜라보가 되어 형석 중고교 학생을 애지중지하며 투철한 교육철학을 학교 현장에 펼치려는 열정을 지켜보았다. 형석고등학교는 증평 지역 최초의 남자 인문계 고등학교다. 이전까지 증평엔 공업고등학교가 있었을 뿐이지만, 형석고등학교가 개교하며 인문계 고등학교가 생겨났다. 그러나 개교 초기 형석고등학교는 학업 성적이 청주로 진학한 학생들만 못했다. 말썽꾸러기들도 많았다.

지역의 인재가 모두 타 지역으로 진학하고, 타 지역에서 입시에 성공하지 못한 외지 학생이 몰려들었으니, 학교 운영은 심우당 선생이 꿈꾸던 모습과는 전혀 다른 모습으로 자리를 잡아갔다. 그러나 선생은 포기하지 않고 열심히 학교를 키워갔다. 오로지 학생에게 배움의 길을 열어주어야 한다는 일념으로 학교를 운영했다. 그러던 중 2007년 남녀공학으로 변경됐고, 이 무렵부터 지역 인재가 몰려드는 학교가 됐다. 학교는 빠르게 변화했다. 불과 10수년 사이 입시 명문교로 부상했다.

금상첨화로 투철한 교육철학의 소유자인 노재전 선생이 학교장으로 부임하면서 학업 성취도를 끌어올린 것은 물론이고, 인성교육에 열중해 빠른 속도로 명문고 반열에 오르기 시작했다. 형석고등학교가 변화하는 모습을 지켜본 지역민은 환호하고 갈채를 보냈다. 교육이 성공하면 지역이 변화할 수 있다는 확신을 얻게 됐다. 그러면서 증평군민은 교육의 중요성을 절감하게 됐다. 심우당 선생이 뿌린 씨앗이 이제야 결실을 거두게 된 셈이다. 심우당 선생은 증평의 성장 가능성을 싹틔운 인물이다. 이제야 그분의 숭고한 뜻이 알려져 사람들 사이에 회자되고 있다.

심우당 선생의 사후 아들 채훈관 선생이 유훈을 이어받아 형석학원 이사장으로 재임 중이다. 채훈관 선생 역시 어머니의 뜻을 받들어 학교를 잘 이끌어가고 있다. 이제 형석고등학교는 증평의 미래를 책임질 막중한 역할을 부여받게 됐다. 심우당 선생은 나눔과 베풂을 통한 교육철학을 증평에 뿌리내리게 한 인물이다. 그분이 고등학교를 설립하지 않았다면, 오늘날과 같이 증평이 교육도시로 성장할 기회를 얻지 못했을 거다. 오늘날 증평 교육의 성장과 발전은 심우당 선생이 마련한 토대 위에 이룬 것이다.

형석고등학교 1회 졸업생인 나는 고교시절 내가 공부할 수 있는 공간을 만들어 주고 지금의 내가 있게 해주신 심우당 선생께 심심한 감사를 드린다. 심우당께서 증평에 고등학교를 설립하지 않으셨다면, 아마도 나는 다른 지역으로 진학했을 것이며 현재까지도 많은 지역 인재가 증평을 떠나 외지에서 어렵게 학교를 다녔을 것이다. 오늘날 증평이 입시 명문 지역으로 성장해가고 있는 건 심우당 선생과 형석학원의 덕이 크다. "교육이 지역사회를 바꿀 수 있다."는 확신은 증평 지역민에게 깊이 각인되었다. 증평은 교육으로 일어서야 한다.

배움과 나눔의 **덕풍형석(德風亨碩)**

德風亨碩

형석고등학교의 전경

형석고등학교에서 보강천과 장뜰을 바라본 전경

登高望遠

등고망원 – 높이 올라 멀리 보라

인성교육 특화도시로 가는 길

교육은 비단 입시를 통해 명문대학에 많은 학생을 진학시키는 것으로 완성되지 않는다. 물론 교육의 시작은 가시적 성과에서 비롯된다. 가시적으로 드러나는 성과가 있을 때 주목받게 되고, 그를 통해 인재가 몰려들기 때문이다. 증평은 눈에 띄게 나타난 성과를 통해 교육도시로 성장할 가능성을 확인했다. 지금 어렵게 마련한 이 기회를 놓치면 안 된다. 학업 성취도를 더욱 높이 끌어올려야 하는 것은 물론이고, 인성을 겸비한 인재를 길러내는 진정한 교육도시로 도약해야 한다.

심우당 선생의 교육철학을 실현하고 있는 형석학원은 지난 2024년 3월 4일 '덕풍(德風) 형석 선포식'을 갖고 인성교육 중심학교로 성장할 것을 대외에 선포했다. "배움과 나눔의 실천을 위해 크게 배워서 널리 베풀라." 이는 덕풍 교육의 요체다. 존중과 공감, 감동 있는 학교를 실현하겠다는 게 덕풍 교육의 목표다. 이제 증평교육은 성취도 일변도의 교육을 벗어나 실력과 함께 인성을 제대로 함양시키는 교육으로 옮겨가야 한다. 날로 각박해지는 경쟁사회에서 인간성을 회복하는 교육이 자리를 잡아야 한다.

배움과 나눔의 덕풍형석. 인성교육의 중심전당 형석고등학교

　인성교육은 학교에만 맡길 문제가 아니다. 학교 및 교육행정기관을 필두로 지자체와 지역사회공동체가 연대해 공동의 목표로 삼고 협력해 이뤄나가야 한다. 특히 지자체가 교육 당국과 유기적으로 결합해 인성교육의 토대를 지원해야 한다. 각급학교가 효율적으로 인성교육에 동참할 수 있도록 프로그램을 개발해 보급하는 한편, 학부모를 비롯한 지역민이 인성교육의 동반자가 되도록 이끌어야 한다. 교육성과에 자신감이 붙어있는 지금이 인성교육 강화의 적기라 할 수 있다.

　지자체는 국비와 민자를 유치해 교육 관련 개발 사업을 끌고 가야 한다. 인성교육 전문 기관을 설립하는 방안도 강구해야 하고, 최적의 프로그램을 개발해 지역사회에 보급하는 역할도 맡아야 한다.

"증평에서 배우면 다르다."라는 인식이 널리 확산돼야 증평 교육은 완전한 결실을 맺게 된다. 이를 위해 여러 구상을 해보았다. 우선은 현대 학생들에게 절대 부족한 토론식 교육을 보급해야 한다. 토론캠프를 운영하는 전문기관을 지자체와 교육 당국이 손잡고 설립할 필요가 있다. 토론은 상대의 말을 경청하고, 합의점을 찾아가는 가장 완성도 높은 교육 형태이기 때문이다.

아울러 증평 지역이 군사도시라는 점을 활용해 군부대와 함께 인성교육 강화 프로그램을 개발해 보급하는 것도 지자체가 중심이 돼 시도해 봄직한 일이다. 한때 유행했던 군부대 입소 교육을 현대에 맞게 개편하고, 세련되게 가다듬어 보급한다면 인성교육의 실현에 큰 역할을 할 것이라 확신한다. 인성교육은 순종하는 인간을 육성하는 걸 지상 목표로 삼았던 유교식 전통교육의 범주를 벗어나야 한다. 이해하고 공감하며 합의해 나가는 길을 찾도록 교육하는 게 인성교육의 핵심이 돼야 한다.

증평에는 초등학교 4곳과 중학교와 고등학교가 각 3곳씩이다. 타 지역과 비교할 때 학교 수가 지극히 적다. 그러나 학교 수가 적다는 것이 인성교육에 집중적으로 투자할 수 있는 오히려 좋은 여건이 될 수 있다. 유대인의 교육방식으로 세계가 주목하는 하브루타식 교육이 좋은 사례가 될 수 있다. 토론을 통해 상대를 이해하고 합의에 이르게 하는 교육이야말로 진정한 인성교육으로 가는 첩경이다. 증평은 인성교육 일번지로 성장할 여건이 다른 어느 지역보다 양호하다. 무엇보다 지역민의 교육에 관한 열정이 남다르다는 점은 손꼽히는 장점이다.

교육을 통한 사회 변화는 단기적으로 실현하기 어렵다. 지역사회 모든 구성원이 합의해 장기 플랜을 마련해야 한다. 국내 최정상급 교육 전문가를 끌어들여 방향성을 잡는 용역을 진행하고, 이를 토대로 지역 실정에 맞는 교육 정책을 마련해야 한다. 교육을 교육 기관에만 일임한다는 건 위험한 생각이다. 지자체를 중심으로 모든 지역민이 협심해서 참여해야 한다. 증평은 교육 일번지가 될 여건을 두루 갖췄다. 교육을 통해 지역의 변화를 이끌겠다는 의지가 모아져야 한다. 지자체가 견인차 역할을 맡아야 한다.

미래를 향한 체육복지

체육은 복지국가로 가는 선도적 역할을 한다. 건강한 신체에 건강한 정신이 깃들고, 건강해야 모든 일에 열정적으로 나설 수 있다. 과거 대부분 국민이 생각하는 체육은 엘리트 선수에 의한 체육활동이었다. 엘리트 선수가 벌이는 활약상을 기반으로 국민적 총화를 선도하고, 자긍심을 한껏 높여주는 게 체육의 역할이었다. 그 시절 체육은 전문 선수의 영역이었다. 대다수 국민은 일부 선수가 행하는 체육활동을 보며 대리 만족을 얻는 데 그쳤다.

그래서 체육은 당연히 엘리트 체육을 지칭했다. 체육활동에 직접 참여하고 스스로 체력을 기른다는 건 하루하루 생계를 위해 매진하던 저소득 국민에게 사치처럼 받아들여졌다. 그러던 중 1990년대 초반 생활체육이란 개념이 국민 사이로 빠르게 침투하기 시작했다. 더 이상 남이 하는 체육활동을 지켜보는 데서 그치지 않고, 직접 체육활동에 참여하며 체력을 기르는 활동을 시작한 거다. 말 그대로 남녀노소 누구나 체육활동을 통해 일상에 쌓인 스트레스를 풀고, 건강을 스스로 지켜나가기 시작한 거다.

생활체육 개념이 처음 도입된 지 30년 넘는 세월이 흘렀다. 이제는 전 국민 1인 1기 생활체육 전성시대가 왔다. 도시와 농촌 모두 마을 단위 직장 단위 등으로 체육 동호인 결성이 봇물을 이루고 있다. 언제라도 체육활동을 즐기는 시대가 됐다. 생활체육은 정착단계에 접어들었지만, 국민이 느끼는 갈증은 여전하다. 아직 시설 인프라가 부족하기 때문이다. 과거에 비해 주민이 직접 참여할 수 있는 공간이 확충되고 있다고는 하지만, 늘어나는 수요에 비하면 시설 인프라가 따라오지 못하는 건 사실이다.

시설은 단계적으로 늘어가지만, 동호인 수는 더 빠르게 늘어나고 있기 때문이다. 또한 새로운 종목이 생겨나면서 종전의 시설과 구분되는 새로운 시설에 대한 요구가 증폭되고 있는 것도 현실이다. 그러니 생활체육 저변 확대와 활성화를 위해서는 끊임없는 시설 확충이 필요하다. 가장 완벽한 체육복지는 주민이 원하는 종목을 시간과 장소에 구애받지 않고 즐길 수 있는 여건의 조성이다. 완벽하게 해결하기는 쉽지 않겠지만, 지자체가 체육시설 기동반을 운영하는 게 좋은 해결책이 될 수 있다.

주민이 전화로 요청하면 긴급 출동해 필요한 시설을 설치해 주거나 기구를 제공하는 서비스다. 주민이 감동하는 체육행정 서비스를 운영할 필요가 있다. "체육서비스가 너무 좋아 다른 곳으로 이사하지 못하겠다."고 할 때가 진정한 체육행정 서비스 완성 시점이다. 기동 서비스와 더불어 동네 구석구석 전문가가 찾아가 생활체육을 지도해주는 서비스도 필요하다. 이미 가동 중인 프로그램도 많지만, 늘어가는 요구를 충족시키기엔 역부족이다.

전문가를 더욱 많이 확보하고, 그들이 수시로 현장을 방문해 주민의 체육활동을 돕도록 해야 한다. 그것이 진정한 복지국가의 실현이다. 증평군의 면적은 다른 시군에 비해 매우 좁다. 그러니 이런 서비스를 전국 최고 수준으로 시행할 수 있는 여건이 그만큼 좋다고 할 수 있다. 이런 장점을 잘 살려내면 증평군은 전국 최고의 생활체육 성지가 될 수 있다. 생활체육의 성지가 된 증평을 생각하는 것만으로도 행복하다. 지자체가 관심 가지면 충분히 실현 가능한 현실이 될 수 있다.

생활체육은 종전의 종목에 머물지 않는다. 시대에 맞는 새로운 종목이 끊임없이 개발되고 있다. 파크골프가 불과 수년 새 전국을 강타한 것이 좋은 사례다. 급확산하는 종목이 있다면 거기에 맞춰 빠르게 시설 인프라를 확충해 주어야 한다. 유휴지나 미개발지 등을 적극적으로 활용해 주민이 원하는 생활체육 인프라를 빨리 보급해 주어야 한다. 다변화하는 생활체육 여건에 맞춰 얼마나 민첩하게 대처하는가가 중요하다. 지금과 같은 행정 속도는 폭증하는 주민 수요를 감당하지 못한다. 더 빠르게 대처할 준비 태세를 갖추어야 한다.

생활체육 분야에서 특히나 신경 써야 할 부분은 노인체육 지원이다. 노년기를 건강하게 보내는 게 수명 연장과 더불어 과다한 의료비 지출을 줄이는 가장 효율적인 방법이기 때문이다. 실제로 체육지원 등을 통한 복지 확대는 의료비 지출을 줄이는 효과가 있다는 사실은 여러 사례를 통해 입증되었다. 노인 생활체육 보급 확산은 건강백세 증평을 실현하는 가장 좋은 방법이다. 노인이

체육활동을 통해 활기차게 생활할 수 있는 여건을 조성해야 한다. 생활체육에 대한 투자는 더 과감해야 한다.

엘리트 체육에 관한 관심도 키워야 한다. 씨름을 예로 들면 증평 지역엔 초·중·고 팀이 체계적으로 육성되고 있고, 군청에 실업팀까지 잘 연계되고 있다. 그러면서 증평이 씨름의 고장이란 인식도 빠르게 확산하고 있다. 증평 씨름이 성과를 내고, 우뚝 설 때 증평 지역민의 자긍심은 그만큼 커진다. 1970년대 충북이 전국소년체전을 8연패하며 신화를 일궈 나갈 때 충북도민의 자긍심은 하늘을 찔렀다. 엘리트체육의 중요한 역할이 바로 그런 거다. 그래서 생활체육만큼 중요성을 인정하고, 엘리트 체육 육성에도 지자체가 관심을 가져야 한다.

제1회 어울림 장애인파크골프대회가 증평파크골프연습장에서 열렸다 2025.9.23.사진제공 동양일보

　　　　　　　　　　　　　제2장 증평이 가야 할 길

품격 있는 삶의 동반자 생활예술

생활체육은 전문 선수가 아닌 일반 주민이 즐기는 체육활동이다. 생활체육이란 개념이 등장하면서 국민 건강은 크게 개선됐다. 의료 기술의 발전과 함께 국민 건강 수준을 끌어올린 결정적 원인이 생활체육의 보급 확산이었다. 생활체육 개념이 보급된 후 30년 만에 1인 1종목 참여의 시대가 구축됐다. 대한민국 국민이라면 누구나 생활체육에 참여하며 건전한 삶을 영위하고 있다. 더불어 건강을 지키고 삶의 활력을 찾고 있다. 우리 국민이 생활체육을 즐기기 시작한 건 축복의 서막이다.

이런 측면에서 볼 때 이제는 생활예술의 시대가 열려야 할 시점이다. 체육이 건강한 신체를 안기는 요소라면 삶의 품격을 높이고, 보람을 느끼게 하는 최고의 방법은 예술활동 참여라 할 수 있다. 그러나 예술활동은 여전히 전문가 영역으로 치부되는 경향이 강하다. 예술가가 되기 위한 진입 벽은 여전히 높다. 그러나 전업 작가가 아니더라도 음악, 미술을 통한 취미생활 인구는 빠르게 늘어가고 있다. 이처럼 생활 속에서 예술활동을 즐기는 활동을 생활예술이라고 정의할 수 있다.

생활체육을 국가적 차원에서 적극적으로 지원하는 것에 비하면 생활예술에 대한 지원은 아직 걸음마 수준도 못 된다. 소득 수준, 생활 수준이 올라가면서 생활체육만큼이나 빠르게 성장하고 있는 분야가 생활예술이다. 악기를 배우거나 공예활동에 참여하는 등 생활 속에서 음악이나 미술, 문학 등의 활동에 참여하는 인구는 폭증하고 있다. 부유층의 전유물이던 예술활동 참여는 이제 전 국민이 동참하는 단계로 접어들었다. 전문 예술가 집단과 비교할 때 생활예술인 규모는 몇십 배 수준에 이를 것이다.

이런 상황에 편승하지 못하고, 생활예술에 대한 국가 또는 지자체의 지원은 미미하다. 여전히 공연이나 전시를 위한 공간은 부족하고, 전문가 집단의 독차지 현상이 빚어지고 있다. 생활예술인이 공연하고 전시할 수 있는 공간의 확충이 무엇보다 시급하다. 아울러 생활체육 단체를 지원하듯 생활예술 단체의 자생과 자립을 위해 재정 지원을 확충하는 일도 시급하다. 지금은 생활예술에 대한 지원이 지극히 미미하다. 참여는 기하급수적으로 늘어나는 데 반해 지원은 따르지 못하는 현상이 이어지고 있다.

생활 속에서 예술활동을 하는 이들이 격식을 갖춘 공연장에서 무대에 오르거나, 제대로 시설을 갖춘 전시장에서 작품을 전시하면 자긍심이 크게 향상되는 경험을 하게 된다. 그런 경험이야말로 삶의 질을 단번에 끌어올릴 수 있는 계기가 된다. 예술인으로 인정받는 이들이 늘어나는 만큼 참여는 확산할 것이고, 삶의 질은 상승할 것이다. 예술 단체 간 교류의 길을 터주고, 모든 생활예술인이 참여하는 생활예술대축제를 열어주면, 그것보다 훌륭한 축제는 없을 것이다. 연예인을 불러 공연을 하는 축제가 아니고, 지역인이 직접 참여하는 예술 마당을 펼쳐줄 필요가 있다.

증평을 참여예술의 본고장으로 만들어야 한다. 타인의 예술활동을 간접 경험하는 것도 중요하지만, 주민이 직접 예술인으로 나서 재능을 발휘할 기회를 터줘야 한다. 그게 지자체의 몫이다. 생활예술 분야는 전문예술 분야와 차별화해야 한다. 뜨개질, 자수, 종이접기, 목공예 등등 생활 소품을 만드는 활동부터 예술로 인정해 주어야 한다. 인정해 주는 데서 그치지 않고, 지원책을 적극적으로 마련해야 한다. 증평을 생활예술 천국으로 만들어야 한다. 그게 증평주민 삶의 질을 끌어올리는 첩경이다.

모든 공간에서 지역민의 작품을 접할 수 있고, 거리마다 주민의 공연이 이어지는 증평을 생각하는 것만으로도 행복하다. 이런 환경을 조성하기 위해 지자체는 전시와 공연공간을 대폭 확대하고, 지역민의 생활예술 단체를 폭넓게 지원해야 한다. 그래야 품격 있는 도시 증평이 실현된다. 도시의 품격은 지역민 스스로 높여가야 한다. 아름다움을 추구할 때 인간의 본성은 선해지고, 삶의 재미는 커진다. 전문예술 활동의 지원도 중요하지만 지금부터는 생활예술 지원에 힘써야 할 시점이다. 증평은 생활예술을 통해 한결 품격 있는 도시로 성장하게 될 것이다.

제3장

성과로 인정받은
공직생활

성과로 인정받은 자리

　조직 생활하는 모든 이들은 승진과 인사에 집착한다. 입사 초기 별 관심을 두지 않다가도 일정 시간이 지나면 자기도 모르게 승진에 집착하는 경향을 보인다. 공직자에게 승진이란 그 무엇보다도 성취욕을 느낄 수 있는 소중한 가치이다. 얼마나 충실하게 일했고, 얼마나 실효적 성과를 냈는지 평가받는 기준이기 때문이다. 절대적이지는 않겠지만, 공직자가 주어진 환경에서 어느 위치까지 승진했는가는, 얼마나 열심히 주민과 지역의 발전을 위해 일했나를 평가받는 것이라 할 수 있다. 그래서 공직자는 승진을 위해 전력한다.

　공직의 경우, 조직의 규모에 따라 승진할 수 있는 한도가 어느 정도 제한된다. 정부부처나 광역지자체 등 큰 조직은 구성원이 많기도 하지만, 승진해 오를 수 있는 자리가 광범위하다. 상대적으로 조직 전체가 높은 직급으로 구성돼 있어 승진할 기회가 그만큼 많다. 반대로 조직의 규모가 작으면, 지극히 제한된 자리를 놓고 치열한 승진 경쟁을 벌여야 한다. 이건 어쩔 수 없는 구조다.

피라미드 모양으로 구성된 조직에서 상부에 오를 기회는 제한돼 있다. 연차가 더해갈수록 승진 경쟁은 더 치열해진다.

직렬도 중요한 변수가 된다. 승진해 도달할 수 있는 몇 안 되는 고위직 자리를 놓고 경쟁하다 보면 직렬이 참으로 중요한 변수가 된다. 직렬이란 일하는 직무의 종류를 일컫는 말이다. 공무원의 경우 행정직이 가장 많은 수를 차지하는 직렬이다. 보편적인 행정 업무를 맡는 직렬이다. 사회복지직이나 보건직도 다수를 차지하는 직렬이다. 이들을 다수 직렬이라 한다. 조직의 성격에 따라 다르지만, 농촌지역 자치단체에서 토목직이나 농업직도 적지 않은 비중을 차지하는 직렬이다.

그러나 공업직, 기계직, 임업직, 환경직, 전산직 등은 소수 직렬로 분류된다. 전체 공무원 중 소수로 분류될 만큼 인원이 적다는 의미다. 내가 몸담았던 지적직도 대표적 소수 직렬로 분류된다. 괴산군청 전체 직원은 760여 명이며 이 중 지적직은 15명 안팎이다. 그러니 대표적 소수 직렬이다. 소수 직렬은 인사와 승진 부분에서 불이익이 많다. 업무 다양성이 부족할 뿐 아니라, 다른 분야 업무를 접할 기회도 적기 때문이다. 승진과 관련해 소수직렬은 여러모로 불이익을 감내하는 구조다. 그런 인식이 일반적이다.

특히 소수 직렬은 업무와 관련해 기관장을 직접 만나 결재받고 진행 상황을 자세히 보고할 기회가 적다. 웬만한 일은 과장 선에서 전결 처리한다. 기관장이나 부단체장, 국장급 등 고위 공무원을 만날 기회가 적다는 건, 나를 알리고, 내 업무를 알리고, 내 노력을 알릴 기회가 그만큼 적다는 걸 의미한다. 여러 여건상 소수 직렬은 승진의 문이 유난히 좁다. 그래서 소수 직렬에서 고위직까지 승진했다는 건 공직 전체에 화젯거리가 된다. 도내 전체에 삽시간에 소문이 퍼진다. 그만큼 어렵고 희소한 일이다.

대개 기초 지방자치단체인 군청이나 시청에 근무하는 공직자가 목표로 삼는 직급은 5급 사무관이다. 정부부처나 외청, 광역지방자치단체 근무자의 경우, 사무관은 특별한 과오가 없으면 누구나 오를 수 있는 자리다. 승진 여건이 많이 개선됐다고는 하지만, 시·군 기초지자체 공무원에게 사무관은 여전히 오르기 어려운 벽이다. 특히나 소수 직렬에서 사무관은 다수 직렬에 비해 곱절 이상 오르기 어려운 자리다. 그래서 입문 초기 하위직 때 대개의 공직자가 목표로 삼는 직급이 사무관이다. 나중에 생각이 바뀔지언정 공직 입문 초기에는 비슷한 목표를 설정한다. 나도 그랬다.

주민 수가 적고, 더불어 공무원 수도 적은 시골 군청의 경우 사무관 바로 위 직급인 4급 서기관 이상 자리는 서너 자리에 불과하다. 내가 근무한 괴산군청을 예로 들면 전체 공직자 760여 명 가운데 서기관은 4개 자리에 불과했다. 그중 한 자리는 보건직에만 기회가 닿는 보건소장이다. 그 자리를 제외하면 실제 오를 수 있는 서기관 자리는 3개가 전부다. 그러니 함부로 오를 수 없고, 꿈꿀 수 없는 자리다. 더구나 소수 직렬이 그 자리에 오르는 것은 확률적으로 더욱 어렵다.

하지만, 그 어려운 확률을 뚫고 나는 서기관이 되었다. 지금껏 충북 도내에서 지적직 공무원이 기초 지자체 서기관 자리에 오른 사례는 단 몇 건에 불과하다. 더구나 앞선 사례는 퇴직을 앞두고 6개월 또는 1년 전후의 기간만 재직했을 뿐이다. 하지만 나는 무려 3년간 서기관으로 재직했다. 지적직 공무원이 3년간 기초 지자체에서 서기관 자리에 머문 건, 충북 도내에서 내가 유일한 사례다. 모르긴 해도 전국에도 이런 사례는 더 찾기 어려울 거라고 생각한다. 그만큼 아주 희귀한 사례이다.

3년간 국장급(서기관)의 재직은 업무 능력과 성실성을 인정받았다는 징표이며 그만큼 자부심이 강하고 감사한 결과였다. 소수 직렬인 내가 서기관에 오르고 3년이나 머물 수 있던 것은, 전국의 모든 소수 직렬 공무원에게 희망과 용기를 주는 사례가 됐다는 점에서 의미를 찾을 수 있다. 실제로 내 사례를 본보기 삼아 더욱 정진하는 소수 직렬 공무원이 많아지길 바란다.

내 고향은 증평군이다. 하지만 난 괴산군에 살면서 괴산군청 공무원으로 일했다. 사연이 있어서 그랬다. 내가 공직에 첫발을 내디딘 건 경기도 오산시다. 그곳에서 1년 8개월 만에 9급에서 8급으로 승진했고, 그해 고향인 괴산군으로 근무지를 옮겼다. 그때가 1991년 9월이다. 그때 증평은 시 승격을 위해 충청북도 직할 출장소가 막 설치돼 있었다. 출장소가 설치된 증평에는 내가 비집고 들어갈 틈이 없었다. 증평에서 근무하길 바랐지만, 자리가 없어 괴산군에 둥지를 틀 수밖에 없었다.

그러던 중 2003년 8월 증평은 시 승격 목표를 선회해, 독립 군이 됐고, 괴산군에서 분리해 별개의 자치단체가 됐다. 괴산군청 직원 신분이던 나는 증평의 분군 이후에도 괴산에 남아 공무원 직을 이어갔다. 처음 분군했을 때는 실감하지 못했지만, 햇수가 늘어갈수록 양 지역 간의 이질감이 커지기 시작했다. 증평은 점차 독립 군의 지위를 찾아갔다. 지금은 오히려 증평이 인구면에서 괴산을 앞질러 군세가 역전됐다. 한 고장이던 괴산과 증평은 점차 경쟁 관계가 됐고, 전혀 다른 각자의 모습으로 성장해 가고 있다.

처음 분군했을 때는 잘 느끼지 못했지만, 세월이 지나며 증평 출신인 나는 괴산군청의 주류에서 한 발씩 벗어나고 있었다. 괴산 지역 특정 학교 출신이 군청 내 주류로 자리 잡아 가고 있을 때, 거기에 편승하지 못한 거다. 승진 대상자가 발표될 때마다 예외 없이 경쟁자들 가운데 괴산을 기반으로 한 토박이가 주류를 형성했다. 바로 이웃 지역이고, 한때는 같은 군이었지만, 괴산과 증평은 일체감을 잃어갔다. 더욱이 나는 초·중·고 모든 학교를 증평에서 다녔기에 괴산에서 아웃사이더 같은 존재가 돼 갔다.

그러니 작은 시골 군의 지극히 제한된 고위직 자리를 놓고 경쟁하는 동안 내 환경은 불리함으로 가득했다. 지역 토박이도 아니었고, 직렬도 불리했다. 하지만 성실함을 앞세웠고, 지역민과 긴밀한 유대감을 무기 삼아 내게 주어진 모든 불리한 조건을 극복해 갔다. 결국 최고 오를 수 있는 자리까지 올랐다. 그것도 3년이라는 적지 않은 기간 서기관에 머물러 화제의 주인공이 됐다. 괴산군에서 농업건설국장, 괴산읍장으로 각각 1년 반씩 모두 3년간 서기관으로 재직했다. 최선을 다했다. 성과를 낼 수 있도록 기회를 주시니 감사했고, 승진으로 보상을 받으니 더욱더 감사했다. 나를 믿고 응원해 주신 많은 분들 덕분이었다. 모든 것이 감사했다.

공무원의 꽃이라는 사무관

　흔히들 5급 사무관을 공직의 꽃이라 칭한다. 사무관을 공직의 꽃이라 칭하는 이유는 여러 가지다. 본격적인 관리자의 길로 접어드는 단계이기 때문이다. 또한 선출직은 아니지만, 기관장을 할 수 있는 기회가 부여되는 것도 또 다른 이유다. 사무관은 한 세대 전인 30여 년 전만 해도 아무나 오를 수 있는 자리가 아니었다. 지금은 공무원 직급 인플레이션이라 할 정도로 전체적으로 상승이 이루어져 웬만하면 오르는 자리가 됐지만, 한 세대 전에는 그렇지 않았다. 지금의 사무관과 30년 전의 사무관은 오를 기회면에서 그만큼 차이났다.

　과거에는 사무관 자리를 경험하지 못하고 공직을 마감하는 이가 대다수였다. 지금은 예전에 비해 사무관까지 경험할 수 있는 기회가 더 많아졌다. 하지만 시골 군청의 경우 여전히 사무관 자리에 오르지 못하는 공직자가 꽤 여럿이다. 군청 공직자가 사무관이 되면 면장을 경험할 수 있다. 면장은 1개 면의 행정 책임자로 면내 의전 서열 1위인 자리다. 면의 행정 최고 결정권자로 여전히 시골에선 남녀노소 주민들로부터 깍듯한 예우를 받는 자리다. 면 지역의 여러 기관장이 모여도 면장은 최우선의 의전을 받는다. 그러니 하위직에서 시작한 공직자가 보편적으로 가장 앉고 싶어 하는 자리가 면장이고, 면장이 되려면 사무관이 돼야 한다.

나 역시 공직에 입문할 때 마음속으로 목표했던 직급이 사무관이다. 면장을 해보고 싶었다. 지적직이란 한계로 인해 절대 만만하지 않았기에 더욱 간절하게 사무관이 되고 싶었고, 면장이 되고 싶었다. 내가 그토록 소망하던 사무관이 된 건 내 나이 51세이던 2014년 12월 1일이다. 먼저 괴산군의회 전문위원(운영행정) 직무대리로 발령받았고, 이후 6주간 교육수료 후, 2015년 3월 21일에 꿈에 그리던 사무관이 되었다. 사무관이 되고 첫 수임 사무가 군의회 운영행정전문위원이었다. 직무대행 꼬리표를 떼고 정식 발령받아 자리를 얻은 것이다. 공직 입문 26년 만의 일이었다.

그리고 그해 7월 칠성면장이 됐다. 면장이 됐을 때 느낀 행복감과 만족감은 실로 컸다. 사무관으로 승진했을 때 정년까지 남은 기간은 8년 3개월 정도였다. 사무관 재직 후 통상 4년이 지나면, 서기관 승진 후보군이 될 수 있었다. 사무관이 되고 나서 서기관도 될 수 있다는 확신이 생겼다. 소수 직렬이다 보니 8급에서 7급, 7급에서 6급이 되는 과정이 지극히 어려웠다. 다수 직렬에 비해 수년씩 승진이 늦어졌다. 아무리 열심히 일해도 한계에 부딪힐 수밖에 없었다. 하지만 6급에 머무는 기간을 최소화해 경쟁자들과 비교해 그리 늦지 않게 사무관 자리에 올랐다.

정식 사무관이 되려면 국가가 진행하는 사무관 교육을 마쳐야 한다. 교육에 임하기 전, 의회 전문위원으로 발령받아 직무대행으로 일했고, 교육을 마친 후 정식 사무관이 되었다. 흔히 공무원 사이에서 의회 전문위원은 쉬엄쉬엄 일하는 자리다. 어쩌면 몸을 추스르고, 적당히 여유를 즐길 수 있는 자리다. 그러나 그건 남들의 생각일 뿐이었다. 난 전문위원으로 재직하는 동안에도 야근해 가며 일했다. 정체 상태에 있던 의회 자체 조례 9건 중 7건의 조례 개정을 처리했다. 평소 꿈꾸던 사무관이 됐지만, 만족하지 않고, 계속 꾸준히 일하는 공무원이란 인상을 심어주었다.

전문위원을 마치고 칠성면장으로 자리를 옮겼다. 칠성면은 임각수 당시 군수의 고향이었다. 굳이 표현하지는 않았지만, "가서 내 고향 관리 잘하고 주민들 잘 모셔라."라는 무언의 메시지를 느꼈다. 칠성면은 괴산 군내 3번째로 인구가 많은 면이었고, 면적도 3번째로 넓었다. 전국적으로 알려진 관광명소인 괴산댐과 산막이 옛길, 쌍곡계곡 등이 있는 곳이다. 달리 사정이 있어 칠성면장 자리에 오래 머물지 못하고 단 6개월 머물렀지만, 힘든 일도 많았고 그만큼 극복해 성과도 냈다.

칠성면장을 떠나 옮긴 자리는 시설관리사업소장이었다. 면장을 너무 짧게 해 아쉬움이 컸고, 조금만 더 머물게 해달라고 군수께 요청했지만, 자리를 옮겨야 했다. 군수께서 나를 그곳에 보내신 건 특별한 이유가 있었다. 시설관리사업소장은 군내 문화, 관광, 체육시설을 관리하는 자리였다. 자연 풍광이 빼어난 괴산군은 여러 빼어난 명소가 많지만, 그중에도 성불산자연휴양림이 압권이다. 그곳엔 숲속의 집이란 숙박 동이 있었다. 당시 임각수 군수는 그 숙박시설을 활용해 탁월한 정치력을 발휘했다.

정관계 인사나 예산권을 갖고 있는 중앙부처나 도 담당자를 초청해 하룻밤을 함께 묵으며 괴산 지역의 실정을 상세히 설명하고, 예산 지원을 요청하는 밤의 정치가 그곳에서 이루어졌다. 너무도 자연스럽고 편한 분위기 속에서 괴산의 아름다운 자연을 맘껏 자랑하며, 국책사업 지원이나 국가예산 지원 등을 설명하는 소통장소로 성불산자연휴양림이 활용됐다. 시설관리사업소장이던 나는 그곳에서 군수를 도와 각계 인사에게 군정을 위한 홍보활동을 벌이는 역할을 수행했다. 칠성면장을 단 6개월 만에 옮겨야 했던 이유이기도 했다.

시설관리사업소장을 떠나 옮긴 자리가 문화관광과장이었다. 문화, 예술, 관광과 함께 체육까지 챙기는 자리여서 주말과 휴일이 따로 없었다. 봄과 가을에는 매주 행사가 끊이지 않았고, 대단위 축제도 기획해야 했다. 지적직이 문화관광과장을 맡은 건 처음이었다. 사무관으로 승진하면 실상 직렬이 사라진다. 사무관이 되기 전에는 지적직이었기 때문에 지적과 관련한 업무만 맡았지만, 이제 직렬과 무관하게 맡기는 일을 무엇이든 해야 했다.

문화관광과장 자리는 사실 승진의 발판을 삼고자 하는 간부 외에는 꺼리는 보직이었다. 하지만, 나는 기회가 되면 꼭 문화관광과장을 맡아보고 싶었다. 마침 인사위원회가 예정돼 있던 날, 이른 아침에 집으로 전화가 걸려왔다. 나용찬 군수께서 직접 전화를 걸어왔다. "이 과장이 적임자인 것 같은데, 문화관광과장을 맡아 달라."고 하시기에 "감사하다. 최선을 다하겠다."라고 말씀드렸다. 평소 문화예술 및 관광과 축제에 관심이 많았던 나는 가슴이 두근거렸다. 일 욕심이 많았던 나는 고된 줄 알지만, 주저하지 않고 그 일을 맡아 성실히 수행했고, 고추축제를 한 단계 고도화 시키며, 고되지만 보람이 있는 나날을 보냈다.

사무관으로 마지막 일한 자리는 민원지적과장이었다. 어쩌면 지적 직렬로서 가야 할 친정 같은 자리였다. 하지만 돌고 돌아 맨 마지막에 그 자리에 갔다. 교통 관련 업무가 민원지적과 소관이었다. 그래서 유난히 민원도 많고 할 일도 많았다. 고질적이던 읍내 주정차 질서 문제와 주차장 문제를 해결했고, 시내버스 노선도 20여 년 만에 현실에 맞게 전면 개편한 게 이때다. 이렇게 긍정적으로 일한 결과, 사무관 승진 5년 만에 서기관으로 승진할 수 있었다. 마치 꿈을 꾸는 것 같았다. 더 큰 일을 할 수 있게 돼 기대가 컸다.

지적학과는 뭐고 지적직은 뭐야?

　인문계 고등학교를 졸업해 내가 선택할 수 있는 길은 대학 진학이었다. 부모님도 대학 진학을 원하셨기에 다른 생각 않고 대입 시험을 치렀다. 무슨 전공을 택할지는 고등학교에 재학할 때 결정했다. 담임 선생님은 취업이 잘 되는 학과를 골라 진학해야 무난하게 인생을 살 수 있다고 조언하셨다. 담임 선생님께서 취업 잘되는 학과로 추천해 주신 게 지적학과였다. 난 지적학과가 뭘 배우고, 어느 분야로 취업하는지 잘 알지 못했다. 그러나 담임 선생님의 권유를 참고해 알아보고, 망설임 없이 지적학과를 선택했다.

　집에서 통학이 가능한 청주대학교에 마침 지적학과가 있어, 주저하지 않고 진로를 정할 수 있었다. 지적학과는 당시 최고의 인기 직장이던 공기업에 다양한 형태로 취업할 수 있었다. 주택공사, 토지개발공사, 지적공사는 물론이고 철도공사나 소관청 공무원으로 취업도 가능했다. 대학에 들어가 공부하면서 의미 있는 학문이란 확신이 생겼다. 적성에도 잘 맞고 그런 만큼 공부도 재미있었다. 전공과 무관한 직업을 선택하는 친구도 많았지만, 난 적성에 잘 맞아 전공 관련 회사에 취업하기로 마음먹었다.

　지적학과 졸업 후 선택지는 대개 두 가지로 갈렸다. 지적 분야와 부동산 분야다. 난 둘 중 부동산 쪽에 더 관심이 많았다. 공인중개사 시험과 지적기사 자격시험을 모두 합격했다. 그때 선배 한명이 '월간 부동산'이란 잡지사에 근무하고 있었다. 그 회사에 취업하고 싶었다. 그러나 주위의 여러 조언을 듣고, 또 스스로 곰곰이 생각해 부동산보다 지적 분야의 전망이 좋을 거로 판단해 마음을 고쳐먹었다. 그때 선택한 진로가 내 평생의 운명을 갈랐다. 지적과 관련한 일로 내 인생의 항로가 결정됐다.

　졸업 후 1989년 지적공사 시험을 치러 합격했다. 경기도 화성군출장소로 발령 났다. 당시 경기도는 엄청난 속도로 인구가 늘고, 그런 만큼 시·군 분리가 활발해 모든 기관이나 회사 등에서 다른 지역보다 승진하고 성장할 기회가 많았다. 아무런 연고도 없었지만, 경기도를 선택한 이유였다. 5월에 입사해 곧바로 현장으로 투입됐다. 막상 근무해 보니 생각지 못한 어려움이 많았다. 현장 일은 내가 상상했던 것보다 몇 곱절 어려웠다. 만만하게 생각한 건 아니었지만, 막상 현장에서 경험한 업무는 무척 고됐다.

　우선 장비가 형편없었다. 지금 현장에서 사용하는 지적 장비와 비교할 수 없을 수준이었다. 자동화, 전산화, 기계화가 구현되지 않아 몸으로 때워야 하는 일이 많았다. 특히 한여름 무더위 속에서 진행하는 현장 일은 고행의 연속이었다. 처음 맡은 일은 대부도와 제부도 지역 묵은 전답을 측량하는 것이었다. 서해 갯벌 지역인 그곳은 사람 키보다 월등히 크게 자라는 갈대가 무성했다. 측량용 폴(pole)을 들고 다니며 굴곡점에 꽂고, 줄자로 거리를 재는 방식이었다. 낯선 땅에서 익숙지 않은 일을 하는 건 생각보다 어려웠다.

장마철엔 축산 농가 주변은 축산 분뇨가 흘러나와 환경이 불량했다. 인근 축사에서 넘쳐 흘러들어온 분뇨가 마치 뻘밭과도 같았다. 도와줘도 제대로 일하기 어려운 지경이었는데, 토지주나 기타 주민 등 주변인은 도와주고 격려하기는커녕 줄자를 옮기는 과정 등에 농작물에 피해를 입었다며 민원을 넣기 일쑤였고, 업무에 제대로 협조해 주지 않았다. 결국 모든 환경은 내가 지적공사에 더 다닐 수 없게 만들었다. 3개월을 겨우 채우고 퇴사를 결심했다. 퇴사에 앞서 차라리 공무원이 되겠다고 결심하고, 지적직 경기도 지방공무원 공채에 응시해 합격했다.

그해 9월 12일 자로 경기도 오산시청에 발령받아 새 출발했다. 지적공사를 퇴사하고 다른 준비할 겨를도 없이 막바로 공무원 생활을 시작했다. 첫 근무 부서는 오산시청 세무과 지적계였다. 당시 공기업인 지적공사는 급여가 공무원보다 곱절이나 많았지만, 과감하게 공무원으로 발길을 돌렸다. 내가 선택한 길이니, 후회는 없었다. 그렇게 시작한 지적직 공무원의 길을 무려 33년 넘게 묵묵히 달려왔다. 힘든 일도 많았지만, 후회는 없다. 지적직이란 특별한 업무도 내게는 잘 맞았다. 급여는 적었지만 공무원이란 직업이 주는 안정감이 컸고, 무엇보다 국가와 국민을 위해 일한다는 자부심이 컸다.

모든 사람이 태어나면서 호적을 갖듯이 모든 토지는 지적(地籍)을 갖는다. 토지의 위치, 면적, 경계, 지목, 소유관계 등을 기반으로 측량 정보를 등록하고 운영하는 일이 지적직 공무원의 기본 업무다. 사람의 기록이 호적이라면, 땅과 관련한 모든 정보가 지적이다. 사람이 태어나면 출생신고를 하면서 한 인간 개체로 존재를 인정받듯이, 토지도 토지대장에 등록해야 의미와 가치를 갖게 된다. 지적직 공무원은 토지의 모든 정보를 관리한다. 지적 측량을 통해 공부(公簿)인 지적도와 토지대장을 만드는 것이 지적 행정의 출발점이다.

토지 관리는 기본적으로 국가 업무지만, 기초지방자치단체인 각 시·군·구가 대행해 관리한다. 토지 관련 정보의 기록은 모든 행정의 출발점이다. 최초로 토지를 대장에 등록한 후 발생하는 분할이나 합병, 지목변경, 경계변경, 등록상 정정 등 '토지이동'이라 칭하는 모든 업무가 지적직 공무원의 몫이다. 업무 특성상 현장을 직접 찾아다녀야 하는 현장직 성격이 강하다. 장비가 취약하고, 기동력이 없던 시절, 지적직 공무원의 피로도는 아주 높았다. 관할 면적이 넓고, 산악지대인 괴산지역에서 지적 업무를 수행하기란 특히나 어려웠다.

흔히 지적 업무를 이공계열의 몫으로 여기기 쉽지만, 인문계열 사회과학 분야로 분류한다. 특히 지적 관련 업무는 법의 영역에서 취급할 일이 많다. 민법, 부동산등기법, 중개업법, 공간정보관련법, 토지공법 등의 법령과 관련한 일이 대부분이어서 법령에 관한 이해도가 높아야 한다. 지적은 행정의 출발점이자 종착점이다. 지자체의 많은 업무 가운데 지적 관련 업무는 기초 중의 기초가 된다. 지적이 행정의 기본이란 점에서 느끼는 자부심도 컸고, 사명감도 남다르게 느꼈다.

담임선생님의 권유로 지적학과에 진학했고, 지적은 내 인생의 평생 직업이 되었다.
청주대학교 졸업식 사진.

고향 공무원이 되다

오산시청에서 근무하는 동안 9급(서기보)에서 8급(서기)으로 승급했다. 공직 2년차로 접어든 무렵 공무원 사회가 술렁였다. 정부가 지방자치제 시행을 예고했기 때문이다. 당시 시장과 군수는 선출직이 아닌 임명직이었다. 지방자치가 시작되면 시장·군수가 선출직이 되고, 그렇게 되면 시·도 간 이동이 막혀버린다는 소문이 공무원 사회에 파다하게 퍼졌다. 마음이 조급해졌다. 나중에 고향으로 전출하려 해도 길이 막힐 수 있다는 불안감이 엄습해 왔다. 고향으로 갈 마지막 기회라는 판단을 했다. 늦기 전에 고향으로 근무지를 옮겨가야 할 필요성을 느꼈다.

경기도에 남으면 승진에 유리하고, 순탄하게 공직을 이어갈 수 있을 거란 생각도 했지만, 모든 걸 포기하더라도 길이 막히기 전에 서둘러 고향으로 가야 한다는 생각이 간절했다. 그래서 괴산군으로 전출을 희망한다고 오산시청 총무과에 접수했다. 당시 근속 3년을 채워야 타 시·군으로 전보할 기회를 부여하는 전보 제한 제도가 있었다. 나는 2년을 갓 넘긴 상태여서 대상이 안 됐지만,

고향으로 보내달라고 간곡히 사정했다. 때를 놓치면 영영 고향으로 돌아가지 못하고 낯선 경기도에서 평생 살아야 한다고 생각하니 조바심이 생겼다.

승진은 나중 일이고, 하루라도 서둘러 고향으로 가 부모님 곁에서 집안 장손으로의 역할에 충실해야겠다고 생각했다. 나의 간곡한 요청이 받아들여져 마침내 고향 괴산군으로 전보가 허락됐다. 내가 전보할 당시 증평은 한해 전 출장소로 승격했고, 이미 인사가 끝난 상태였다. 그래서 증평 아닌 괴산을 선택할 수밖에 없었다. 당시는 증평이 괴산군에서 분리해 충청북도 직할 출장소가 된 상태였지만, 증평이 독립 군으로 분리되기 이전이기 때문에 사실상 괴산과 증평이 한 고장이었다.

그렇게 괴산군 근무가 시작됐다. 기회가 되면 증평에 가서 일하겠다고 생각했지만, 그 기회는 오지 않았다. 발령 후 얼마간은 증평 미암리 부모님 댁에서 괴산군청으로 출퇴근했다. 마이카 시대가 열리기 전이니, 시외버스로 증평과 괴산을 오갔다. 고향에서 군청에 근무하게 되니 가장 좋아하시는 건 부모님이었다. 가까이서 자주 볼 수 있으니 좋았고, 이것저것 챙겨 줄 수 있어 기뻐하셨다. 고향 친구들도 반겨주었다.

고향으로 돌아온 후 객지 생활할 때 미처 참여하지 못했던 친구들 모임도 꼬박 참석했다. 나 역시 고향 생활이 참 만족스러웠다. 결단을 내려 고향으로 오길 참 잘했다고 생각했다. 고향을 위해 일한다는 자부심도 만족도를 높여주었다. 증평서 3개월을 다니다 괴산에 셋방을 얻었다. 아내도 낯선 땅에 왔지만, 잘 적응했고, 청정 괴산의 자연환경을 즐겼다. 다만 근무에 어려움이 많았다. 교통편이 열악하던 시절, 현장 근무는 참으로 고역이었다.

군 소유의 오토바이로 시골 구석구석을 누비고 다녔다. 괴산은 관할 면적이 넓었고, 특히나 산악지대가 많아 지적직 공무원에게는 가혹한 근무 환경이었다. 차도 없고, 내비게이션도 없던 시절, 지도에 의지해 군 전역을 오토바이로 찾아다녔다. 수시로 가파른 산에 올라다녀야 했다. 현장 답사가 많은 날은 하루 20~30건에 이르렀다. 혹서기나 혹한기에는 그야말로 고역이었다. 퍽 힘들었지만, 젊음으로 버티던 시절이었다.

이 무렵 공무원 봉급이 현실화되기 시작했다. 그래서 더 만족스럽게 일할 수 있었다. 1993년 '부동산소유권이전 등기 등에 관한 특별조치법'(이하 특조법)이 발효됐다. 특조법은 부동산 등기법에 따라 등기해야 할 부동산이 소유권보존등기가 되어있지 않거나, 소유권이전등기를 못해 재산권을 행사할 수 없는 부동산을 간편한 절차로 등기할 수 있게 2년간 한시적으로 시행한 제도이다. 1978년 이후 15년 만에 시행했다. 부동산 등기는 신청주의원칙이다. 행정관청이 먼저 나서 일 처리를 시작하는 게 아니었다. 소유주가 신청해야만 절차에 돌입할 수 있다는 원칙이다.

당시에는 매매 등을 하고도 소유권이전을 방치해 차후에 매매 당사자의 사망 등으로 사실상 소유자임에도 법률상 권리행사를 하지 못하는 사례가 많았다. 78년 당시, 여러 상황으로 미루어 업무량이 얼마나 많을지 예측이 됐다. 그래서 모두가 그 업무를 누가 맡을까 노심초사하는 분위기였다. 당시 해당 사무를 경험한 공무원은 퇴직이 얼마 남지 않은 지적과장뿐이었다. 서로 그 업무 맡기를 꺼려하는 눈치였다. 7급이나 8급 중 선임자가 맡아야 할 사무였으나, 내가 선뜻 나서서 "제가 그 업무를 맡겠습니다."라고 자원해 승낙을 받았다. 내가 그 업무를 맡자 모두 안도하는 분위기였다.

상상도 못할 업무량이 닥쳐오고 있었다. 그래서 모두 그 업무를 회피하려 애썼던 거다. 8급 초임자 시절인 나는 자원해서 그 업무를 맡았다. 물론 나도 그 업무를 맡으면 얼마나 많은 시간과 에너지를 투입해야 하는지 짐작하고 있었다. 2년간 1만 8천여 건의 확인서를 발급했다. 잠시의 쉴 틈 없이 업무가 밀려왔다. 많을 때는 하루 300건 이상 확인서발급신청서가 접수되기도 했다. 업무 전산화가 되지 않은 시절이라 모든 업무를 수기로 처리했다. 지금 생각해도 그 업무량을 어찌 감당했는지, 아찔하다.

내가 업무 처리를 늦게 하면, 소유자는 소유권 이전을 제때 할 수 없는 처지였다. 2년간 거의 매일 야근을 했고, 주말과 휴일에도 일에 파묻혀 지내야 했다. 공직 생활 34년여 중 가장 업무량이 많았던 때로 기억한다. 그렇게 꼬박 2년간 사력을 다해 일했지만, 소득이 없었다. 소수 직렬이란 이유로 승진의 기회가 열리지 않았다.

승진에 연연하지 않고, 최선을 다해 고향을 위해 일하겠다고 다짐은 했지만, 막상 모두 회피하는 일을 자원해 2년간 고생했는데, 돌아온 건 없었다. 다른 직렬의 비슷한 연차 다수 직렬 공무원이 대부분 승진하는 걸 지켜보며 참으로 서럽고 억울하다고 생각했다.

8급(서기)에서 7급(주사보)으로 승진하는 데 다수 직렬은 대개 2~3년이면 됐는데 소수 직렬은 사정이 달랐다. 지적직은 6년이 넘어도 승진 기회가 찾아오지 않았다. 인사 부서에 항의해 보기도 했지만, 돌아오는 답은 뻔했다. 같은 직렬 내에서 자리가 생겨야 승진할 수 있다는 논리였다. 많이 낙심했지만, 그래도 성실히 일하다 보면 반드시 좋은 일이 올 거라고 생각하며 주어진 일에 매진했다. 특히 당시는 중부고속도로 개통 이후 연계한 도로 개설이 폭발적으로 늘어났고, 각종 개발이 활발해져, 토지 거래도 크게 늘었다. 그래서 관련 업무는 좀처럼 줄지 않았다.

어렵게 7년이 다 되어서야 7급으로 승진한 후 측량검사, 공시지가, 중개업소 관리 업무를 맡았다. 그 당시까지만 해도 부동산 경기가 살아있었고, 각종 개발사업, 경지정리, 도로분할 등으로 지적측량 검사 업무가 유난히 많았다. 토지관리팀의 개별공시지가 업무를 맡아 살펴보니, 한심하다는 생각이 들었다. 뜨내기들이 전임 업무를 맡았던 거로 보일 정도로 허술하고 미숙했기 때문이었다. 개별공시지가의 핵심은 토지특성(이용현황)과 적정한 지가(지가균형) 산정에 있다고 판단했다. 토지특성(이용현황) 조사 업무가 매우 부실했다.

6급으로 승진해 계장을 맡게 됐을 때, 직원들과 회의를 거치고 상황을 공유하며 대책을 숙의했다. 그리고 전체 21만 필지 중 공공용지를 제외한 전체 필지의 현장조사 계획을 수립하고, 군수께 보고했다. 그리고 몇 개 조로 나누어 워커 신발을 신고 2년 여에 거쳐 현장조사에 나섰다. 나를 포함해 계원 모두의 고생이 이만저만이 아니었다. 내가 주요 지역 현장을 맡아 진두지휘하며 직원들을 독려했다. 내 차에 직원들을 태우고 현장으로 가서 조사 요령 알려주곤 했다.

이런 고생 덕에 대부분 토지특성을 바로잡을 수 있었고 공시지가에 공신력도 제고할 수 있었다. 수개월간 지적팀에서 토지이동 업무를 보면서 3년간 군 전체를 구석구석 어렵게 다녔기 때문에 웬만한 지역은 머릿속에 다 그려넣을 수 있게 됐다. 그때는 토지 행정의 핵심인 토지 특성조사가 제대로 이루어지지 않은 상태였다. 현장을 잘 알지 못하는 데다 힘이 든다는 이유로 일부 직원은 현장 확인 없이 공부상 지목을 기준 삼아 특성을 입력하고 표준지를 쓰고 공시지가를 산정하기도 했다.

공시지가는 국가 및 지방의 세금을 부과하거나 보상금 산정 등의 기본이 되는 업무라 그렇게 소홀히 다룰 수 없었다. 업무를 맡고 나니 현장에는 공부상 지목과 실제 이용현황이 다른 토지가 넘쳐난다는 사실을 알게 됐다. 모든 걸 바로잡아야 한다고 생각했다. 그래서 2년에 걸쳐 21만 필지에 달하는 관내 모든 토지를 직접 찾아다니며 지목과 실제 용도를 확인했다. 실로 방대한 업무량이었다. 이때 괴산 관내 구석구석 안 가본 곳이 없었다. 공시지가와 관련된 일은 거칠게 항의하는 민원인도 수시로 맞이해야 했다. 그러나 묵묵히 일했다.

언젠가 보상받는다

공시지가를 결정하고 이를 공시하는 일은 군수, 부군수와 접할 기회가 있는 업무다. 부군수가 부동산평가위원회 위원장이고, 이를 결정 고시하는 일은 군수의 결재 사항이었다. 이전까지는 인사권자인 군수, 부군수와 업무상 접촉할 일이 없었지만, 공시지가 관련 업무를 맡으며 수시로 대면 보고할 일이 생겼다. 하루가 멀다고 야근할 일이 많았고, 수시로 업무 보고를 해야 했다. 업무량이 얼마나 많고, 민원에 얼마나 시달리는지 등의 현황을 인사권자가 알게 됐다. 지적과는 민원실과 함께 1층에 사무실이 있었다. 우리가 늦은 시간까지 야근하는 사정을 인사권자들이 알게 됐다. 이 무렵부터 차츰 인사권자의 눈에 들기 시작했다.

이런 이유로 7급(주사보)에서 6급(주사)은 비교적 빨리 승진했다. 7급까지 오를 때 크게 벌어졌던 경쟁자들과 격차를 2~3년가량 따라잡을 수 있었다. 공무원에게 승진보다 확실한 동기부여는 없다. 많이 늦었던 승진 연차를 단숨에 줄이고 나자, 업무에 관한 열정이 더욱 강해졌다. 기초지자체에서 6급은 팀장을 맡는 보직자다.

토지관리팀장과 지적팀장을 맡으며 6년 6개월을 보냈다. 이때 인사권자의 신임을 얻는 결정적인 일이 벌어졌다. 어쩌면 내 인생의 행로에 큰 변화를 안긴 역대급 일이었다.

서울 송파구에 있던 학생중앙군사학교가 괴산군으로 이전해 왔다. 150만 평에 이르는 방대한 토지 중 최적지를 발굴해 내는 일이 그 무엇보다 중요했다. 시큰둥한 반응을 보이는 주민도 많았고, 오히려 반대하는 주민도 있었다. 그러나, 그건 괴산군의 성장과 발전에 대단히 획기적인 사업이었다. 이전 기관에 최상의 서비스를 제공하며, 최대한 신속하게 업무를 처리할 수 있도록 도와야 했다. 국가 중요 시설을 유치하는 일이었기 때문이다. 모든 일은 순조롭게 진행됐지만, 막판에 일이 생겼다.

해당 업무는 산지허가 부서와 건축허가 부서, 그리고 지적정리 부서의 일이 맞물려 있었다. 각 부서는 일의 순서를 놓고 좀처럼 이견을 좁히지 못했다. 각 부서는 법령 적용을 놓고 서로 다른 이해관계를 보였다. 법령을 근거로 서로 먼저 상대 부서가 일을 마쳐야 그걸 기반으로 허가 또는 정리 업무를 진행할 수 있다고 버텼다. 좀처럼 접점을 찾지 못하고 공회전만 거듭했다. 문제 해결을 위해 내가 나섰다. 관련 3개 부서 팀장 협의 모임을 몇 차례 주관했고, 그 자리에서 '산지전용 준공' '건축허가 준공' '지적공부 정리'를 한 날 동시에 진행하자고 제안했다.

어느 부서가 먼저 일 처리를 하고 다른 부서로 다음 절차를 넘기겠다고 버티던 걸 동시에 처리하자고 제안한 거다. 셋이 합의하면 군수를 찾아가 결재를 받아오겠다고 했다. 그래서 합의에 이르렀고, 이 내용을 군수에게 보고드렸다. 보고를 받은 군수는 무릎을 치며 "바로 이거야. 당신 같은 사람이 필요해."라며 아낌없이 칭찬해 주셨다. 이런 일이 있을 수 있다고 사전 판단해 1주일 이상 걸릴 지적 공부 작성을 서둘러 준비했기 때문에 가능했던 일이다.

군수의 결심을 받은 후 각 해당 부서에 이 같은 사실을 통보해 실제로 같은 날 오전 동시에 2개 부서가 준공 절차를 마쳤다. 기다리고 있던 우리 부서는 오후에 일을 넘겨받아 그날 밤늦게까지 지적공부 정리를 완료했다. 갈등만 앞세우고, 책임을 떠넘기던 일을 극적 합의로 끌어내 단숨에 처리한 거다. 아주 완벽하게 큰 숙제를 마칠 수 있었다. 이 일로 자신감을 얻은 건 물론이고, 인사권자인 군수로부터 단단히 신임을 얻는 계기가 됐다. 그날의 현명한 판단은 공직생활의 전환점이 됐다.

얼마 후 '아이쿱 자연드림 산업단지' 유치가 괴산군의 현안 사업으로 떠올랐다. 이때 현장에서 군수 앞에서 지적현황 등에 대해 브리핑하며 자세히 보고했고, 군수는 만족스럽다는 반응을 보였다. 6급 팀장 때는 또 '지적민원현장처리제'가 시행됐다. 반드시 군청을 방문해야 처리할 수 있던 지적, 산림, 건축 등과 관련한 행정서비스를 가까운 읍·면사무소에서 처리할 수 있게 한 거다. 이 업무도 말끔하게 처리했다. 이런저런 일로 인해 팀장으로 자질을 인정받아 신뢰를 얻었다.

7급 때 지적세미나 발표 우수상으로 선정돼 도지사 표창을 수상했다. 이어 6급 때도 개별공시지가 세미나 발표로 도지사 표창수상, 개별공시지가 조사업무 유공 건설교통부장관 표창, 지적업무유공 행안부장관 표창을 받는 등 공로를 인정받았다. 아울러 업무 추진 능력으로 주목받았다. 특히, 주어진 고유업무 영역 외에 개인의 네트워크와 관계역량을 활용해 군정 및 관광지 홍보 등 지역경제 활성화에도 힘썼다는 평가를 받았다.

공직자 및 지적공사 관련 충북도 단위 행사로 500여 명이 참석하는 '지적인 한마음 행사'와 4000여 명이 참석하는 '지적공사 전국단위 체육행사' 등을 수시로 괴산에 유치했다. 규모있는 행사를 유치할 때마다 관련 내용을 내가 직접 군수께 보고하고, 행사장으로 모셨다. 시골 작은 군에서 전국 단위 행사를 유치하는 것 자체가 어려웠지만, 원만하고 성과 있게 일을 마쳤다. 일을 찾아서 하는 즐거움을 제대로 맛볼 수 있었다. 적극적으로 나서 일을 찾고, 부딪혀 성사시켰을 때 얻는 성취감은 실로 컸다.

국내 둘레길의 선구 역할을 한 '사계절이 아름다운 산막이 옛길'의 인기가 절정에 이르렀을 때의 일이다. 나는 행사가 끝나고 참가자들이 산막이 옛길을 다녀갈 수 있도록 계획을 유도했고, 현장에서 직접 안내를 하기도 했다. 공직자 본연의 업무를 떠나서 군정 발전을 위한 어떠한 일도 열정적으로 추진하는 모습을 보였고, 지역의 주요 인사들과 교류도 폭넓게, 깊게 확대해 나갔다. 이런 노력 덕에 기술직 중 5급 사무관 직급에 비교적 빨리 승진할 기회를 얻었다. 6급 시절은 참으로 다이내믹했다.

고질적 적폐 민원을 해결한
칠성면장 시절

　내 나이 51세가 되던 2015년 3월 21일 자로 공무원의 꽃이라는 사무관이 됐다. 7개월간 의회 전문위원으로 일하고, 2015년 7월 1일 자로 칠성면장으로 자리를 옮겼다. 공직에 처음 입문할 때 목표가 면장이었고, 실제로 나는 면장이 됐다. 그러니 그 기쁨은 이루 말할 수가 없었다. 공직 입문 후 처음 기관장이 됐으니, 더 이상 바랄 게 없다고 생각할 정도로 만족감이 컸다. 한편으로는 정년까지 남은 기간을 고려할 때 4급 서기관 승진에 도전할 수 있다는 자신감을 얻은 것도 이 무렵이다.

　부임 후 얼마 지나지 않아 지역에 고질적인 큰 문제가 상존하고 있음을 알게 됐다. 그건 주민 대표들 사이에 빚어지고 있는 심각한 갈등이었다. 갈등의 핵심은 축제추진 방식을 둘러싼 불신이었다. 특정단체 대표가 당연직 축제추진위원장을 맡으며 독선적으로 행사를 추진하고, 주먹구구식으로 각종 업무를 처리하는 것이 불만의 핵심이었다. 축제추진위원회를 총괄해온 지역의 한 단체와 기타 참여 단체 간 갈등의 골이 매우 깊었다. 칠성면 축제인 '군자산친환경축제'의 추진위원장을 수년째 당연하다는 듯 한 단체의 대표가 맡고 있었다.

리우회를 비롯해 새마을지도자협의회, 새마을부녀연합회, 자율방범대, 여성자율방범대, 경영인협의회 등 기타 단체는 그저 축제를 지원하는 역할에 그쳤다. 이런 분위기 속에 다른 읍·면처럼 전체 단체장으로 축제추진위원회를 구성해야 한다는 여론이 들끓고 있었다. 이를 놓고 관련 회의를 열면 고성이 오가고, 갈등이 거세게 표출됐다. 이장협의회를 비롯한 여러 단체는 축제추진위원회를 총괄해온 한 단체가 그동안 행사관련 결산 및 결과 보고를 하지 않고, 일 처리를 일방통행으로 처리했다며 강한 불신을 드러냈다.

그러나 총괄한 단체의 장은 한 발짝도 물러설 뜻이 없었다. 회의 때마다 격하게 충돌하는 바람에 진척 없는 공회전만 반복됐다. 나는 몇 차례 회의에 참석해 양측의 얘기를 들어보고, 객관적으로 판단한 결과, 지역의 화합과 소통을 위해서는 지금까지의 관행을 깨고 과감히 혁신해야 할 필요성을 절감했다. 축제추진위원장의 직선제가 필요하다고 판단했다. 면장인 내가 논리적으로 설명하며 혁신할 뜻을 비치자, 주민 다수가 지지하기 시작했다. 그러나 기득권자인 한 단체장은 분위기가 심상찮게 흘러가자 "올해 한 번만 더 축제추진위원장을 맡겠다"라고 버텼다. 그리고 면정과 지역의 여러 일의 추진을 힘들게 했다.

나는 그걸 용납하지 않았다. 주민 절대 다수의 뜻도 그러했다.

다수의 주민과 단체의 바람대로 축제추진 방식을 개편해야 한다고 생각했다. 이 문제의 해법은 지역의 대표성을 가진 단체장을 위원으로 하는 축제추진위원회의 구성이라고 판단했다. 그래서 지역의 주요 인사와 중심 단체장들을 모시고 축제추진위원회 구성 방식 및 축제 추진의 당위성을 설명하고 설득에 나섰다. 면장의 생각을 말하니 모두 대환영이었다.

칠성면에서 오랜 세월 지속된 적폐를 바로잡기 위해 민주적 방식으로 누구나 동등한 자격으로 축제에 참여하고, 즐길 수 있는 환경을 만들자는 데 의견이 모아졌다. 이번에 반드시 축제추진위원회를 새롭게 결성해야 지역이 화합하고 발전할 수 있다는 강한 의지를 드러냈다. 축제추진위원회 구성을 위한 발기단체 간담회를 열었다. 총회 결과 축제위원회는 17개 단체, 19명으로 구성하고, 위원장은 리우회장, 부위원장은 새마을지도자회장, 감사는 노인회장 외 1인, 총무는 새마을회장이 맡기로 했다. 축제일은 엑스포가 끝난 이후인 10월 29일, 장소는 칠성중학교로 결정했다.

이런 준비 끝에 어느 때보다 더 성대하게 진행된 축제를 지켜본 주민 모두가 큰 만족감을 보였다. 축제추진위원회가 구성돼 그 어느 때보다도 결속력 있고 주민과 각 단체의 자존감을 높여주는 성공적인 축제를 진행했다. 이후 '군자산친환경축제'는 어느 지역 축제보다 성숙한 모습으로 변모했고, 지금은 축제명칭을 달리(칠성 별별락장 축제)하여 모범적으로 진행되고 있다. 주민화합과 지역 관광 활성화란 두 가지 목표를 모두 달성한 이 축제는 이후 지역

발전을 주도하고 있다.

이후 임각수 군수도 "어려운 일을 슬기롭게 잘 해결했다."라며 칭찬을 아끼지 않았다. 특정인과 특정단체의 전횡에 맞서 면 행정과 주민이 뜻을 같이해 합리적으로 판단하고, 해결을 위해 노력한 결과가 결실을 맺게 된 거다. 사태를 해결하며 면민 전체가 자신감을 얻은 게 큰 수확이었다. 개인적으로는 공직 입문 후 첫 기관장으로 부임해 고질적인 민원을 해결한 후, 큰 자신감을 얻게 됐다. 지휘관의 신임을 얻었고, 주민의 칭송을 얻었다. 공직자로서 이보다 큰 보람이 있겠는가 싶은 사건이었다.

칠성면장으로 부임한 후 처음 가진 기관단체장 회의에서 인사말을 했다.

단 6개월 재임한 칠성면장이었지만, 이전에 누구도 손대지 못했던 과제를 해결했다. 그동안 전횡에 시달리며 끌려다녔던 주민은 평온을 되찾았다. 지금도 칠성면 주민 다수는 "짧은 재임 중 누구도 하지 못한 일을 해냈다"라고 칭찬하며 격려해 주신다. 때론 과감하게 일 처리를 해야 한다는 값진 교훈을 얻은 사건이었다. 단 한 번의 면장, 그것도 단 6개월에 그친 재임 기간이었지만, 칠성면의 공익과 모두가 만족하고 행복한 칠성면을 위한 묵은 과제를 해결했기에 가슴 뿌듯하다.

칠성군자산친환경축제장(칠성중학교)에서 이민표 면장이 축사를 했다. 2015.10.29

제3장 성과로 인정받은 공직생활

열정만으로 안 되는 일도 있었다

사무관으로 재임한 건 5년이다. 5년간 의회 전문위원, 칠성면장, 시설관리사업소장, 문화관광과장, 민원지적과장의 다섯 자리를 경험했다. 이 중 의미 없는 자리는 없었다. 사무관이 되면서 직렬과 무관하게 다양한 보직을 맡을 수 있었다. 6급까지는 직렬에 맞는 일만 해오다가 사무관이 된 후 다양한 여러 직렬의 업무를 경험했다. 앞서 25년간 공직에서 일했기 때문에 비록 직렬과 무관한 일이라도 무리 없이 해낼 수 있었다. 생소한 분야지만, 행정이 작동하는 원리는 같다고 여겼다. 오히려 남다른 열정으로 일하는 계기가 되었다.

전문위원을 거쳐 칠성면장이 되었을 때, 기관장이 되었다는 기쁨이 컸다. 의욕도 넘쳤다. 그래서 2년 정도 근무하면 좋겠다고 생각했지만, 단 6개월 만에 다른 일을 맡게 되었다. 공직자는 명령에 따라 근무 부서를 옮기는 게 당연하고, 새로운 일을 맡으면 최선을 다해 맡은 일을 하는 게 본분이다. 면장을 좀 오래 하고 싶다는 욕심이 있었지만, 이내 시설관리사업소장으로 발령 났다.

군내 중요 시설의 관리를 책임지는 막중한 일이었다. 이 또한 생소한 일이었지만, 거뜬히 해내겠다는 자신감으로 가득했다.

그중 내가 시설관리사업소장으로 발령 난 그해 개장한 성불산 자연휴양림을 관리하는 일이 최우선의 업무였다. 당시 군수는 성불산자연휴양림에 대한 애정이 각별했다. 개장 직후 25억 원을 들여 숙박 동을 확충하는 일을 맡게 됐다. 아울러 10만 평에 이르는 방대한 생태공원을 활성화하는 임무도 부여받았다. 산림 관리와 임업에 관해 전문성이 없어 난감함을 느끼기도 했지만, 누구보다 잘해내겠다고 다짐했다. 숙박 동을 확충하는 사업을 무사히 잘 마쳤다.

숙박 동이 확충되면서 나타나는 문제점은 지하수 부족이었다. 계곡 중간에 물놀이장을 만들고, 숙박동마다 물 사용량이 늘어나면서 휴양림 내 용수가 크게 부족했다. 당장 인근 마을의 지하수가 부족해 생활고를 겪는 일이 발생했다. 상수도를 끌어와 문제를 해결하려 했지만, 공사를 완료하는데까지는 3년의 세월이 필요했다. 물 부족은 당장 해결해야 할 일이었다. 소방차를 동원해 수돗물을 운반하면서 물놀이장 물을 채우는 등 급한 대로 임시 처방했다. 그러나 미봉책이어서 근본적인 해결책이 필요했다.

한국농어촌공사 지하수 탐수팀을 불러 휴양림 내 전 지역에 걸쳐 지하수를 찾아봤지만, 탐수팀은 "지하수가 없는 것으로 판명되었다"며 포기하고 돌아갔다. 그러나 포기할 수 없었다. 과학적 탐수 작업으로 물을 찾는 데 실패했지만, 물러서지 않고, 전통 방식을 동원했다. 증평 미암리에서 오랜 세월 지하수 관련 일을 한 선배

를 불러 방법을 찾아보자고 했다. 그는 버드나무를 이용한 전통적
방법으로 탐수 작업을 벌였고, 결국 지하수 물길을 찾아냈다. 일
150톤과 90톤이 저장된 두 개 포인트를 찾아냈다. 실제로 그곳에서
적지 않은 지하수를 찾아냈다. 과학이 못한 일을 전통이 해결할
수도 있음을 깨달은 사건이었다. 무슨 일이든 쉽게 포기하면 안
된다는 교훈도 얻었다.

시설관리사업소장 재임 중 해결하지 못한 일도 있었다. 연풍면
원풍리 연풍수옥정관광단지에는 폭포가 있었고, 폭포 위에 수옥
정이란 호수가 있었다. 주변 경관이 빼어나 소문난 절경이었고,
그런 만큼 괴산에서 손꼽히는 관광지였다. 그러나 그 호수 관광지
는 문제점을 안고 있었다. 수질이 점차 악화하고 있다는 점이었다.
빼어난 절경의 호수였기에 수질만 뒷받침해 준다면 더없는 관광
자원화가 가능할 거라고 생각했다. 그래서 반드시 수질을 개선해
보겠다고 다짐했다. 여러 자료를 찾아 수질을 정화할 방법을 궁리
했다.

전국적으로 유명한 인천 청라호를 비롯해 세종 호수공원 등 관리가
잘되고 있는 호수를 직접 찾아가 관리 실태를 점검했다. 우수 사례를
찾아 직접 눈으로 확인하고 해답을 찾으려 했던 거다. 현장 확인
결과, 우수한 수질을 유지하는 호수는 하나같이 막대한 비용을 투
입하고 있음을 확인했다. 인근 강에서 물을 끌어들여 정화한 후,
맑은 물 상태로 호수에 물을 공급하는 방식이었다. 문제는 엄청난
사업비였다. 괴산군의 재정 여건을 생각하면 감당하기 어려운 천

문학적 비용이 필요하다는 사실을 확인했다.

방법은 찾아냈지만, 실행할 수 없었다. 수옥정 호숫물 정화를 위해 그 엄청난 비용을 사용할 여력이 없었다. 무리해서 비용을 지불하게 되면, 그만큼 여러 사업을 포기해야 했다. 방법을 알아내고도 감당 못할 사업비로 인해 수질 개선 작업을 포기해야 했다. 그때의 안타까운 마음은 이루 말할 수 없었다. 하지만, 행정을 할 때는 과감히 포기할 일은 포기할 줄도 알아야 한다는 교훈을 얻었다. 열정을 앞세워도 현실이 뒷받침되지 않으면 안 되는 일도 있다. 안타깝지만 어쩔 수 없다.

수옥폭포

대박을 터뜨린 고추축제

사무관 시절 경험한 여러 보직 중 문화관광과장은 가장 기억에 남는다. 문화, 관광, 체육 업무를 총괄하는 자리로 주야가 따로 없고, 휴일이 따로 없는 자리였다. 실상 사무관 자리 중 대부분이 꺼리는 보직이었다. 더욱이 문화관광과장은 괴산군 창군 이래 기술직이 맡은 적이 없었다. 그런데도 군수는 내게 그 보직을 맡아 달라고 부탁하셨다. 잠시의 망설임도 없이, 성실히 역할을 맡겠노라고 약속드렸다. 평소 문화와 예술 분야에 관심이 많았고, 능력을 인정받을 수 있는 자리라 생각했다. 더욱이 그 일을 맡으면서 '승진으로 가는 길'이 될 수 있겠다는 예감이 왔다.

실제로 재임 중 감당해야 할 업무가 참으로 많았다. 체육 업무도 만만찮은 비중을 차지했고, 특히 장애인체육 분야가 새로운 업무로 자리를 잡으며 할 일이 많았다. 도민체육대회나 군민체육대회, 군청 소속 실업팀 관리 등 꽤 많은 일이 기다리고 있었다. 낯선 업무였지만 긍정적으로 생각하고 하나하나 발생하는 문제를 풀어 나갔다. 문화예술 및 체육 단체 등 주민과의 접촉이 유난히 많은 부서라는 점은 다른 이들에 부담이었을지 몰라도 내겐 능력을 발휘할 기회였다. 모두가 꺼리는 일을 제대로 해내면 성취감이 오히려 클 거라고 생각했다.

문화관광과장이 맡은 여러 업무 중 축제와 관련한 일의 비중이 가장 컸다. 주민 화합의 장이라는 기본 목적 외에 지역 특산물을 널리 알리고, 실제 판매를 통한 주민 수익 증대를 도모해야 했기 때문이다. 전국 지자체마다 특색있는 축제를 준비해 경쟁이 심했다. 어떻게 하면 더 많은 관광객을 유치할 수 있을지 고민해야 했고, 특산물 판매고를 최대한 끌어올릴 방안을 궁리해야 했다. 최대한 많은 주민의 참여를 끌어내는 것도 큰 숙제였다. 차별화를 위해 치열하게 아이디어를 짜내야 했다.

축제 담당 과장을 맡은 후 두 가지 획기적 프로그램을 마련했다. 그중 하나는 입식(立式) '속풀이 고추난타'였다. 동시에 200여 명의 참가자가 다듬잇방망이로 고추가 든 자루를 장단에 맞춰 두드리는 퍼포먼스를 시도했다. 주민과 관광객의 참여가 봇물이 터지듯 했고, 각급 기관장도 참여해 200여 명이 일제히 두드리는 다듬잇방망이 난타는 장관을 연출했다. 축제의 많은 프로그램 중 최고의 인기를 구가했다. 아이디어를 실행에 옮기기 위해 시설관리사업소 직원들에게 의뢰해, 한 달 만에 250개의 테이블 형태의 입식 다듬이 대를 만들었다. 이 퍼포먼스는 예상을 뛰어넘어 대박을 연출했다.

처음 도입한 '고추거리 퍼레이드'도 대성공을 거뒀다. 종전에 외부인을 동원해 전개했던 플래시몹을 과감하게 폐지하고, 주민과 관광객이 어울려 모두가 참여하는 퍼레이드를 연출했다. 11개 읍·면 주민을 비롯해 군 관내 20여 기관과 단체, 학교까지 퍼레이드에 참여했다. 경연대회 형식으로 진행해 참여도를 높일 수 있었다. 괴산군 역대 축제 중 가장 많은 인파가 참여했고, 읍내 거리에 온통 춤판이 벌어졌다.

모두가 칭찬하고 만족감을 느끼는 퍼레이드였다. 경찰서 앞에서 출발해 엑스포장까지 1㎞ 구간에서 형형색색의 의상을 갖춰 입은 인파가 한 데 어울려 춤판을 벌인 건 괴산군 역대 없던 일이다. 그만큼 참여도가 높았고, 모두가 즐거워했다. 종전의 구경하는 축제가 참여하는 축제로 바뀌었다는 게 가장 큰 의미였다. '속풀이 고추난타'와 '고추거리 퍼레이드'는 축제의 하이라이트였다. 이후 괴산군 축제는 참여의 중요성을 실감하고 모든 군민이 관광객과 어울려 참여하는 형태로 완전히 전환됐다. 문화관광과장 재임 중 전국의 많은 축제를 섭렵해 아이디어를 짠 것이 참여형 축제로 전환하는 데 큰 보탬이 됐다.

2018년 8월 30일, 고추축제 첫날인 목요일 오후 2시 반 무렵부터 동진천 상류 소수면에서부터 폭우가 쏟아졌다. 삽시간에 200여㎜의 엄청난 비가 내렸다. 동진천에는 축제를 위한 향토식당 장터와 체험형 부스가 즐비하게 마련돼 있었다. 곧 축제장인 하천 둔치가 잠길 거란 예감이 밀려왔다. 도청 회의에 참석한 군수께 상황을 보고하고 조치에 들어갔다. 안전건설과장과 협의해 상황에 대처하기로 했다. 안전건설과장은 한 시간 정도 지켜보고 판단하자는 의견을 앞세웠지만, 나는 머뭇거릴 처지가 아니라고 당장 철수에 들어가자고 강력히 주장했다.

부군수가 주관하는 비상 회의를 열고 결국 철수를 결정했다. 향토식당에 참여한 업주들의 반발이 거셌다. 그러나 철수가 늦어지면 큰일을 당할 수 있다고 생각해 우선 우리 부서 인력을 총동원해 비상회의 전에 철수를 시작했다. 향토식당 철수에 주력했고, 체험 부스는 기둥은 둔 채 천막을 걷어내는 임시처방을 했다. 비상회의 후에 모든 군청 직원이 주민과 함께 전광석화처럼 움직였다. 마지막 철거를 마칠 무렵 하천이 무섭게 불어나기 시작했다. 조금만 지체했더라면 큰일을 당할 위기를 맞을 뻔했다. 간발의 차이로 화를 모면했다. 판단이나 시행이 조금만 늦었더라도 큰 화를 입을 뻔했다.

어떤 인명 피해도 없었고, 향토식당도 아무런 피해가 없었다. 부스 내의 체험 물품들은 모두 이동시켰으나 몽골텐트는 시간이 촉박해 4면의 가림막을 최대한 말아 올렸다. 예상보다 많은 비로 수위가 높아져 몽골텐트의 절반이 떠내려갔다. 교각에 걸려 파손된 부스의 모습이 지방방송 뉴스에 보도됐다. 뉴스를 보고 이틀 후 개막식 참석을 위해 도지사께서 현장을 방문했다. 당초에 없었던 일정이다. 그러나 현장은 말끔히 정리돼 있었다. 밤을 꼬박 새워 군청 전 직원이 동원돼 현장을 말끔히 정비한 거다. 현장을 말끔히 정리한 걸 확인하고 도지사께서 칭찬을 아끼지 않았다. 기적 같은 일이 눈앞에서 현실로 벌어졌기 때문이다.

목요일과 금요일 이틀은 폭우로 우왕좌왕했지만, 전체 4일 중 마지막 토요일과 일요일 양일은 역대 최다인 17만 명의 인파가 몰려드는 대성황을 이뤘다. 폭우로 인한 피해를 삽시간에 복구해 축제를 무사히 치러냈던 거다. 인파가 몰려든 만큼 축제는 대성황을 이뤘다. 당시 괴산고추축제는 충북 도내에서 유일하게 문화관광부 지정 유망축제였다. 빠르게 상황을 판단하고, 민첩하게 조처를

자루에 담은 고추를 다듬이질 하는 퍼포먼스 형태로 진행한 속풀이 고추난타는
2018년 괴산청결고추축제 인기 프로그램이다. ― 데일리충청 자료사진.

한 결과, 무슨 일이 있었냐는 듯 축제는 성황 속에 끝났다. 축제 기간 중 이틀간 꼬박 밤을 새워가며 위기 상황을 해결했다. 지금 생각해도 아찔한 순간이었다.

퍼레이드에 참가한 20개 팀이 잔디광장에 도착한 후 관광객과 함께
신나는 댄스파티를 벌여 축제 분위기를 최고조로 끌어올렸다. 2018년

제3장 성과로 인정받은 공직생활

주민이 실감하는 교통복지

내가 공직에 첫발을 디디던 때, 복지란 용어는 생소했다. 국가나 지자체가 나서서 주민의 최저 생계를 보장하고, 삶의 질을 높인다고 생각하지 못했다. 취약계층을 위한 최소한의 배려가 있었지만, 말 그대로 최소한이었다. 하지만 오늘날의 행정은 복지에 최우선 방점을 둔다. 주민 누구나 인간다운 삶을 보장받을 권리가 있고, 그 의무는 국가와 지자체가 담당하는 게 당연시되고 있다. 생계를 위한 복지를 넘어서 삶의 질을 끌어올리기 위한 다양한 복지 시책도 경쟁적으로 벌어지고 있다. 복지를 바라보는 시각이 그만큼 성숙한 거다.

교통복지도 그중 하나다. 여러 보직을 두루 거쳐 사무관 재임 중 마지막으로 부여받은 업무는 민원지적과장이었다. 하위 업무부터 잔뼈가 굵은 지적 업무를 비롯한 다양한 업무가 나를 기다리고 있었다. 민원지적과장 재임 기간 중 가장 열정을 쏟았고, 큰 비중을 두었던 건 교통 관련 일이었다. 대중교통을 비롯해 주정차 등 교통 관련 일 처리가 비중이 컸다. 두 가지 소관 업무 모두 해묵은 숙제를 안고 있었다. 재임 중 반드시 두 숙제를 해결하고자 마음먹었다.

첫 번째로 달려든 게 시내버스 노선 개편이었다. 마을마다 주민

수에 큰 변화가 생겼고, 심지어는 소멸한 마을도 생겨났지만, 시내버스 노선은 수십 년째 변하지 않았다. 노선 정비가 필요하다고 판단했다. 그러나 다수의 주민은 오랫동안 익숙한 노선과 배차시간의 관성에 배어있었다. 합리적 노선 개편이 필요하다는 주민도 많았지만, 이전대로 두자는 의견을 내놓는 주민도 많았다. 설득이 필요한 부분이었다. 누군가 해야 할 일이라고 생각했다. 직원들과 더불어 곧바로 노선 개편에 착수했다.

시내버스 노선이 한 번도 바뀌지 않은 동안, 전에 없던 마을이 생겨나기도 하고, 없어지기도 했다. 그러니 합리적으로 노선을 개편해 필요성이 커진 곳엔 노선을 투입해 주고, 빼도 무방한 곳은 과감하게 노선을 없애야 했다. 실로 20여 년 만에 이루어지는 개편이다 보니 잡음도 많았고, 저항도 많았다. 그러나 충분한 시간을 갖고 주민 설득에 나섰고, 2020년 1월을 기해 과감하게 실행에 옮겼다. 기존 74개 노선을 58개로, 대대적으로 개편했다.

15개 노선을 병합하고, 29개 노선을 증설했다. 또 14개 노선의 감회를 단행했다. 무려 20여 년간 변화가 없던 시내버스 시간과 노선이 익숙했던 주민들은 혼란스러워했다. 새로운 노선과 시간을 널리 알리는 일이 급선무였다. 모든 수단과 방법을 동원해 시내버스 노선 개편을 홍보했다. 노선 개편은 교통 사각지대 최소화에 주안점을 두었다. 시행 초기 반발도 만만찮았지만, 이제는 합리적 개편으로 인해 모두가 만족해한다. 보람이 컸던 일로 기억한다.

괴산 읍내 및 외곽에 주차장을 대폭 확장하고 유료화를 시행한 것도 괄목할 성과였다. 괴산읍 중심가 도로는 언제나 주차 차량으로 몸살을 앓았다. 대부분 상가나 사무실, 인근 주택가 주민의 차량이었다. 주민 차량 주차가 상습화돼 있어 정작 방문객은 주차할 곳을 못 찾아 불편을 겪었다. 그런 불편은 그대로 상가 활성화를 가로막았다. 이 문제를 해결하고자 마음먹었다. 그래서 외곽을 전수조사해 주차장을 신설할 공간을 찾아내는 일부터 시작했다. 부지를 찾아낸 후 곧바로 100여 면의 주차장을 신설했다.

도로와 떨어진 곳에도 주차장 설치할 곳을 물색해 부지를 임대해 모두 130면의 주차장을 만들었다. 그러고는 시내 중심가 주차장을 유료화했다. 30분에 500원의 주차료를 징수했다. 지금까지 아무런 제재 없이 편하게 내 집 앞, 내 상가 앞 주차장을 이용하던 이들이 반발했지만, 과감하게 밀어붙였다. 유료화의 효과는 컸다. 늘 즐비하던 중심가의 붙박이 주차가 자취를 감췄다. 상인과 인근 거주자 모두 외곽에 새로 마련한 하상주차장 등 무료 이용 주차장으로 차를 옮겼다. 덕분에 중심가 주차장은 방문객과 상가 이용객의 차지가 됐다.

장기 주차가 사라지며 시내 중심가는 몰라보게 정비됐다. 상가 이용객은 정해진 주차 요금의 절반인 30분당 250원을 징수했다. 주차 요금 징수를 위해 모두 16개의 주차 요금 징수 부스를 만들었다. 부스 수만큼 주차요원을 배치해 새로운 일자리를 창출했다. 물론 적은 주차 요금으로 주차요원의 인건비를 충당할 수 없었다. 그러나 거리가 깨끗해지고, 고객은 편하게 상가를 이용할 수 있었다. 이동

차량도 한결 편하게 교행할 수 있게 됐다. 덕분에 주차 질서가 확립되는 효과도 거뒀다.

이 밖에 장애인 콜택시와 행복택시 제도를 도입해 장애인과 노약자 등 교통약자가 단 1000원으로 택시를 이용할 수 있게 했다. 물론 월 이용 한도는 제한해 무리하게 이용하는 일을 막았다. 행복택시의 이용 기준은 시내버스 정류장에서 1㎞ 이상 떨어진 불편 지역을 대상으로 했다. 점차 이용 대상을 700m 이내로 단축해 이용 범위를 확대했다. 이용 횟수도 점차 늘려 나갔다. 교통 오지인 시골 마을 주민에게 교통복지가 얼마나 절실한지 온몸으로 실감했다. 주민의 최대 행복을 위해 행정은 발 벗고 나서야 한다는 것을 절실히 깨달았다.

노상주차장 유료화 시행 첫 날 괴산읍 중심도로. 하상 무료 주차장을 이용하여
상가 앞에 주차된 차가 없는 거리 풍경. 2019년 7월 1일.

제4장

생각을 바꾸니 되더라

기술직 최초의 서기관 괴산읍장

전체 34년여 공무원 봉직 기간 중 마지막 3년은 시·군의 고위 공직자로 분류되는 서기관 직함으로 일했다. 규모가 크고 인원이 많은 중앙 부처나 광역지자체에서 서기관은 흔한 직책일 수 있지만, 관할 인구가 적고 조직 규모가 작은 시골 군청에서 서기관은 실로 오르기 어려운 자리다. 군청에서 서기관이 되면 더 오를 수 있는 자리가 없다. 전체 750여 명 중 단 4명에게만 허락되는 자리다. 공직의 마지막 3년을 서기관으로 일한 건 운도 따랐고, 그만큼 주민을 위해 헌신하고 노력한 대가였다. 그래서 남다른 자부심으로 끝까지 최선을 다해 지역민을 위해 봉사했다.

2020년 7월 1일부터 2021년 12월 31일까지 18개월간 괴산읍 장으로 일했다. 지금은 괴산읍장이 사무관 자리가 됐지만, 당시는 서기관 자리였다. 11개 읍·면장 중 유일하게 괴산읍장만 서기관 이었다. 군청 내 서기관은 국장 2자리가 있었다. 국장보다는 읍장을 하고 싶었다. 민원의 최일선에서 주민과 접점을 최대화하며 마지막 열정을 쏟아붓고 싶었기 때문이다. 군내 대부분 기관이 읍내에 있었기에 여러 기관과 원활히 소통할 수 있었고, 읍내 기관단체협의회 회장을 겸직하는 자리였다.

읍사무소는 과업을 실행하는 기능보다는 주민과의 소통에 주력했다. 실제 주요과업은 군청 실무 부서가 맡았다. 그러나 내가 읍장을 맡는 동안 사정은 달랐다. 읍사무소가 직접 주민 민원 해결을 위한 사업을 벌여 나갔다. 처음 손댄 업무는 읍을 관통하는 동진천과 성황천 산책로의 조명 개선 사업이었다. 하천 둔치 산책로를 이용하는 주민은 날로 늘었고, 조명 개선이 절실했지만, 하천과 일부 임야, 도시계획 구역이 혼재해 있어 각 담당 부서 간 떠넘기기 행정으로 일 추진 진척이 없었다. 주민을 위해 반드시 해결해야 할 일이라고 생각했다.

읍사무소가 직접 사업을 시행하겠다고 군청에 보고해 예산을 세웠다. 실행 부서가 아닌 읍사무소가 일을 하겠다고 나선거다. 건설과, 산림과, 도시과 등 3개 부서의 협조를 받아 협의해 가며 일을 맡아 진행했다. 4억 5000만 원의 예산을 배정받았고, 재무과에 입찰을 의뢰했다. 막상 시작하려니 하천 홍수위 아래 구역에 가로등을 비롯한 구조물을 세우는 일이 만만치 않았다. 하천법에 저촉되는 부분이 있었기 때문이다. 그러나 다른 지역의 사례를 수집해 법이 허용하는 범위 안에서 일을 벌였다.

여러 난제를 해결하고 반년 만에 사업을 완수했다. 84개의 등을 신설했고, 투광등 53개를 설치했다. 18개의 낡은 등을 보완하고 정비했다. 산책로는 상전벽해란 말 그대로 몰라보게 달라졌다.

조도가 무려 2.5배 밝아졌다. 주민과 지역의 여론 주도층 인사를 초청해 직접 현장을 답사하며 읍장이 직접 휴대용 마이크를 들고 사업 진척과 효과를 일일이 소개했다. 곁들여 군청의 주요 사업을 일일이 주민에게 소개했다. 주민은 환호했고, 칭찬을 아끼지 않았다. 공무원 하길 정말 잘했다는 생각이 절로 드는 순간이었다.

괴산읍장 재임 당시 동진천 성황천 등 산책로 조명시설개선 후 주민들과 함께
야간 안심산책과 차담을 통해 사업의 효과를 설명했다. (왼쪽에서 세번째 저자) 2021.9.20

읍 시가지 지역의 잡초 제거도 비슷한 절차로 추진했다. 산림녹지과, 도시건축과, 안전건설과, 문화관광과, 주민복지과 등이 각기 맡은 시설 위주로 그때그때 제초 작업을 하니 지역 전체로 볼 때 드러나는 효과가 미흡했다. 각 부서와 협의해 읍사무소가 제초 작업을 대신 시행하겠다고 해 예산을 넘겨받았다. 그러고는 동시다발적으로 시가지 전역에 걸쳐 일제히 잡초 제거 작업을 했다.

시가지는 물론 동진천, 성황천, 산책로 등이 몰라보게 깔끔해졌다. 연중 3차례에 걸쳐 동시에 잡초를 제거하니, 주민 만족도가 크게 올랐다. 잡초 제거를 시행하는 업체도 이러한 조치를 환영했다. 일을 즐기는 성격이다 보니 일을 찾아서 효과적으로 추진했고, 그런 만큼 보람도 컸다.

김장 축제의 하나로 11개 읍·면이 겨루는 '우리동네 김장명인' 대회에서 괴산읍이 1위를 차지한 것도 기억에 남는 성과다. 각 읍·면마다 2~3명의 대표선수를 선발해 김치를 담그고 맛을 겨루는 형식의 대회였다. 전국의 내로라하는 김치 명인을 심사위원으로 위촉하고, 다수의 군민이 평가단으로 합류해 종합 점수를 내고 순위를 매기는 대회였다. 김경분, 김용선, 정연순 3명이 괴산읍 대표로 선정돼 한 달가량 매일 함께 연구하고 실험하며, 최고 맛을 내는 김치를 만들었다. 평소에도 음식 솜씨가 좋다고 알려진 데다, 모든 봉사에 적극적으로 참여하는 고마운 분들이다.

3명의 대표선수가 모여 연구하고 실험하는 동안 읍장이 수시로 찾아가 격려하고 응원했다. 그 결과 제1회 대회에서 괴산읍이 1위를 차지했다. 상금 500만 원을 받아 이 중 200만 원을 불우이웃돕기 성금으로 기탁했다. 대회를 준비하는 동안 많은 주민이 응원하며 성원을 보냈다. 1위를 차지하자 읍 전체가 잔칫집 분위기가 됐다. 대회를 준비하면서 주민과 접촉을 최대화하고 함께 준비하는 과정이 실로 즐겁고 보람됐다.

괴산읍장 재임당시. 2021 김장축제 "우리동네 김장명인 대회" 출전 대상 수상 후 후원금 지원.
(우측에서 두번째가 저자)

2019년 코로나 사태가 터졌을 때 모두가 어려움에 봉착했다. 일자리를 잃은 주민도 많았고, 폐업하는 자영업자도 있었다.

생계에 곤란을 겪는 심각한 상황에 맞닥뜨린 주민도 상당수였다. 어려움에 빠진 주민을 위해 음식을 나누는 일을 기획했다. 냉장고 2대를 구입했고, 선반을 제작해 읍사무소 한쪽에 설치했다. 그러고는 누구든 음식이나 식재료를 기부할 수 있게 했다. 반응은 폭발적이었다. 주민의 자발적 참여로 음식물 기부가 이어졌다.

지역사회보장협의체가 매일 접수되는 음식과 식재료를 소포장으로 나눠 비치하는 역할을 맡았다.

예상을 뛰어넘는 기부가 이어졌고, 실제 도움을 받는 주민은 크게 감동했다. 덕분에 지역 주민은 코로나로 인한 심각한 어려움을 슬기롭게 극복하는 데 큰 힘을 얻었다. 애초 코로나 유행 기간 에만 한시적으로 시행하려 했던 이 사업은 반응이 좋아 이후에도 지속 사업으로 이어졌다. 더불어 사는 주민 문화가 빠르게 확산했고, 저마다 자신이 괴산읍 주민이란 사실에 자부심을 느꼈다. 주민이 만족해하는 일을 벌일 때마다 공직자로서 느끼는 나의 보람과 자부심도 더불어 커졌다.

괴산읍장 재임 당시 괴산읍 지역사회보장협의체 '희망나눔 냉장고' 홍보 캠페인. 2021년

괴산군의 수부지역인 괴산읍에서 이루어지는 군의 주요사업 중 농촌중심지활성화 사업이 추진되고 있었지만, 답보상태였다. 괴산읍 농촌 중심지 활성화사업은 국비 126억 원을 포함해 총 251억 원 으로 괴산문화행정복지타운 건립, 괴산군 커뮤니티비즈니스센터 건립, 행복버스 운행, 안전거리 조성, 건강ICT시스템 구축 등이 세부사업으로 계획돼 있었다. 기본계획이 승인되지 않아 실시설계 등 다음 단계로 나아가지 못했다. 몇 가지 부족한 점이 있었지만,

주민의 요구를 적극 반영하고자 했다. 그러나 배후마을로서 괴산읍 중심지에서 약 4㎞ 떨어져 있는 시골지역 '신기리 초등학교 폐교 부지'에 40억 원 정도 과중한 사업비를 배분한 것이 문제의 핵심이었다.

사업기간이 촉박했다. 나는 중심지활성화추진위원회 위원장, 읍장, 군청 팀장 등 일행을 꾸려 여러 경로로 수소문한 끝에 일본 유학파 교수인 농식품부의 심사위원을 만나러 광주광역시로 달려갔다. 4시간 정도의 충분한 대화를 나눴고, 딱한 상황을 설명하며 해결방법을 모색하였다. 그 교수는 지역 발전과 소멸에 관해 일본에서 20년 이상 공부한 학자로서 진솔하고 진정어린 조언을 해주었다. 접점의 가이드라인도 얻어내는 큰 성과를 얻어냈다.

다음날 신속하게 추진위를 개최하고 신기지역 주민께 사업취지 방문성과 등의 설명과 함께 대체방안을 논의해 신속하게 기본계획을 보완, 승인을 받았다. 기본설계를 하는 동안 나는 공동위원장으로서 꼼꼼하게 챙겼다. 특히 주민이 활용할 수 있는 공간을 최대화하는 데 주력했다. 주민은 말끔하게 신축한 읍사무소 청사를 선물로 받았다. 청사를 신축하는 데 주민의 도움이 여러모로 컸다. 청사 신축을 위해 기존의 청사를 허물고, 읍사무소는 임시 청사로 이전했다. 임시청사를 준공한 다음 날 군청 농업건설국장으로 발령 나 읍사무소를 떠났다. 주민과 호흡하며 공직자로서의 보람을 만끽한 읍장 18개월의 시간을 보냈다.

읍장인 나는 중심지활성화추진위원회 공동위원장을 맡고 있었다.

더욱이 칠성면장 재임 당시 칠성면 소재지종합정비사업에 따라 칠성면 주민센터 신축공사를 진행하고, 공간활용 기획의 경험이 있어, 소홀히 할 수 없었다. 그때 칠성면장 부임 당시 칠성면 주민센터신축 공사가 상당 부분 진행되고 있었다. 회의를 통해 공간활용 및 용도 등에 관해 일부 불합리한 것을 바로잡기는 했지만, 면장의 의견만 내세울 수가 없어, 몇 가지 제안을 하고, 대부분 위원장의 사업의견을 존중하였다. 칠성면 주민센터의 가사용 승인에 따라 2015년 12월 20일경 신축 건물로 이사했다. 신축 면사무소로 이사하여 10일간 근무 후 2016년 1월 1일로 시설관리사업소장으로 자리를 옮겼다.

1년 정도 지나니 자연스레 칠성면의 소식이 들려왔다. 사정을 알아보니 그 당시 내가 우려했던 일이 그대로 벌어졌다고 한다. 그 시설물을 다 뜯어고쳐 다른 용도로 변경 사용한다는 후문이다. 예산만 낭비했다는 칠성 주민의 푸념을 들었다. 이런 경험을 거울삼아 괴산문화행정복지타운 등의 공간구성 및 시설물설치 방안을 기본 및 실시설계에 반영했다. 공동위원장 활동을 통해 적극적으로 관여해 설계를 완료한 거다. 칠성면의 경험을 거울삼아 더 짜임새 있고 실용적이고 품위 있게 추진되어야 한다고 생각했다.

농산물유통센터 광장에 괴산읍 임시청사를 짓고, 2021년 12월 24일부터 26일까지 3일간 이사를 하고 29일 임시청사 개청식을 했다. 읍장 재직 당시 군의 가장 큰 현안사업인 괴산읍 중심지활성화 사업과 미니복합타운 사업추진 상황을 총괄하기 위해 군청

팀장들로 구성한 TF팀의 팀장을 맡았다. 미니복합타운은 LH(한국토지주택공사)가 임대주택 350가구, 분양주택 1431가구, 단독주택 35가구 등 총 1817가구를 신축해 3377명이 살 수 있게 한 대규모 주거단지이다.

거기에 괴산군립도서관, 반다비국민체육센터, 국공립 어린이집 등 공공문화시설도 함께 짓기로 했다. TF팀장은 군청의 해당 부서장이나 담당국장이 맡아야 할 일이었지만, 군수께서 나의 업무추진 역량을 믿고 읍장이 직접 맡아 추진하여 보고하라 지시하셨다.

괴산읍장 재임당시 이장단회의를 마치고. (앞줄 좌측에서 다섯번째가 저자)

괴산행정문화복지타운 건물을 신축하는데 196억 원의 사업비가 계획 투입되어 2024년 5월 1일 개청행사를 가졌다. 완성된 건물은 주민 편의를 위해 잘 활용하고 있다. 괴산행정문화복지타운을 볼 때마다 감회가 새롭다. 공직자로 일하며 느낀 보람 중 하나다.

괴산읍장 재임당시 주민과 함께 김장나눔행사를 벌였다. (우측에서 일곱번째 서있는 저자)

괴산의 걸작,
아이쿱 자연드림 산업단지

 괴산은 자랑거리가 많은 지역이다. 전국 어느 지역과 견주어도 뒤지지 않을 수려한 자연 경관을 갖췄고, 지역에서 배출한 걸출한 인물도 많다. 산업화 시대 이후 인구가 유출되고, 고령화가 빠르게 진행돼 역동성이 떨어지고, 각종 사회문제가 발생하고 있지만, 잠재력이 무한한 곳이다. 괴산의 여러 자랑거리 중 개인적으로 '아이쿱(iCOOP) 자연드림 산업단지'를 꼽는다. 대한민국 농촌문제를 해결할 실마리를 바로 이런 아이템에서 찾아야 한다고 생각하고 있다. 아이쿱 자연드림 산업단지는 괴산의 자랑일 뿐 아니라 미래 한국 농촌이 나아가야 할 올바른 지표라고 나는 생각한다.

 아이쿱은 소비자 조합원과 생산자가 함께 운영하는 사업체 기반으로 윤리적 소비와 생산을 실천하는 협동조합이다. 전국에 무려 30여만 명의 회원을 확보하고 있는 거대 조합이다. 믿을 수 있는 생산자와 윤리를 지향하는 소비자가 연결돼 상생하는 합리적 조합 활동이 이루어지고 있다. 핵심은 유기농 농축산물을 생산해 조합원이 소비자에게 안전하게 제공하는 시스템이다. 조합은 1997년에 처음 결성한 이후 성장세를 이어가고 있다. 머지않아 이러한 소비활동이 대세를 이룰 것으로 확신한다.

아이쿱 조합은 2014년 전남 구례에 4만 5000여평 규모의 생산단지를 조성해 그곳에서 친환경기반 농산물을 활용한 먹거리를 생산해 조합원 등 소비자에게 공급했다. 그러던 중 2006년부터 소비자가 날로 증가하자, 구례의 생산 규모로는 도저히 감당할 수 없게 되어 새로이 확장할 정착지를 찾았다. 생산지와 더불어 대단위 가공공장과 부대 편의시설을 곁들이는 초대형 프로젝트였다. 이 소식을 전해 들은 괴산군은 군수를 중심으로 민첩하게 움직였다. 이러한 움직임이 있을 때 나는 지적토지업무 담당 팀장 보직을 맡고 있었다. 당시 나와 기획팀장은 조합이 원하는 부지를 관내에서 찾아내라는 군수의 특명을 받았다.

관내를 이 잡듯이 뒤져 찾아낸 가장 적합한 곳이 칠성면과 괴산읍이었다. 조합은 전국 여러 곳을 물색하던 중 여러 지역에서 경쟁이 붙었으나, 수단과 방법을 가리지 않고 경쟁에서 이겨 협동조합의 유기식품산업단지를 유치해야 했다. 지적토지업무담당 팀장이던 나는 부지를 찾아내는 일부터 조합원 등을 대상으로 한 현장 안내, 접견 등 실무를 맡았다. 열과 성을 다해 그들을 도왔고, 결국 괴산군이 최종 입지로 낙점 받았다. 2007년 군과 조합은 투자협약을 체결하고 본격적인 산업단지 조성에 착수했다.

칠성면에 확보한 200여만 평 중 30여만 평을 대대적으로 개발하는 프로젝트가 시작됐다. 훗날 추가로 50여만 평을 확보했다. 30여만 평을 우선 개발하고 주로 산림지역인 나머지 부지는 공원화한다는 계획이다. 자연산림 상태지만 산책로를 개발하고, 훗날 어떤 식으로든 활용할 수 있게 여지를 남겼다. 괴산군이 "괴산 자연드림타운 투자선도지구" 공모사업을 통해 확보한 103억 원의 사업비를 더해 총 290여억 원을 투입해 진입로, 테마숲길, 공원을 조성하는 등 모든 행·재정적 지원을 아끼지 않았다. 조합이 원하는 모든 서비스를 제공해 주었다. 조합 관계자도 괴산군의 적극적 행정 서비스에 큰 만족감을 보였다.

자연드림 산업단지가 조성된 칠성면 부지는 괴산군의 대표적 관광지인 산막이옛길을 비롯해 괴산댐, 괴강관광단지, 성불산자연휴양림, 쌍곡계곡 등을 5분~10분 이내에 다다를 수 있었다. 그래서 자연드림 산업단지는 최적의 자리에 입지했다는 평가를 받고 있다. 자연스럽게 산업단지 방문객은 인근의 유명 관광지와 연계해 관광성지화가 이루어졌다. 유기농 산업단지와 관광지가 이루는 조화는 괴산의 청정 이미지를 더욱 공고히 했다. 괴산을 방문하는 이들이 한결같이 방문하는 관광 성지로 역할을 다하고 있다.

괴산군에 확보한 괴산읍 10여만 평과 칠성면 30여만 평으로 총 40여만 평 산업단지에 괴산을 비롯한 전국 각지에서 생산하는 유기농축산물을 가공하는 업체가 속속 입주했다. 생산 공장뿐 아니라 부대 편의시설도 속속 들어섰다. 건물 모양도 세련되고 미려하게 꾸몄다. 유기농축산물을 활용한 각종 음식점과 카페를 비롯해 각 공장의 종사자와 관광객이 함께 이용하는 볼링장, 수영장, 헬스장, 한의원, 요양병원, 영화관, 수제맥주점, 레스토랑, 호텔이 문을 열었다. 산업단지 조성에 따른 1650여 명의 신규 일자리 창출로 많은 인구 유입 여건을 마련했다

연간 16만 명이 방문하는 '아이쿱 자연드림 산업단지'는 괴산의 랜드마크가 됐다. 여기는 산업단지라지만 실상 관광지이고, 테마파크 형식이다. '아이쿱 자연드림 산업단지'는 유기농산물과 무항생제 고기, 유전자 조작이 없는 작물 등을 취급하는 전문 업체가 입지한 전국 최대 규모의 유기농산물 가공단지다. 아이쿱 조합은 95개의 지역조합과 30여만 명에 이르는 회원을 확보하고 있다. 조합원은 좋은 먹거리를 찾는 윤리적 소비자이고, 대부분 삶의 여유를 즐기는 이들이다. 그들 조합원에게 자연드림 산업단지는 내가 먹는 음식을 만드는 과정을 직접 견학할 수 있는 곳이자, 놀이터였다. 주변 관광지도 그들의 만족도를 높이는 역할을 하고 있다.

자연드림 산업단지는 전국의 농촌이 당면한 공통 현안을 일목에 해결할 수 있는 해법을 제시한 모범 답안이다. 지역의 생산성을 높였고, 이미지를 높이 끌어올렸다. 인구를 유입했고, 관광을 활성화하는 역할도 했다. 자연드림 산업단지는 괴산이 유기농의 성지로 부상하는 데 결정적 역할을 한 곳이다.

내 고향 증평을 비롯한 전국의 농촌은 이곳을 롤 모델 삼아 각기의 해법을 찾아야 한다는 생각이 간절하다. 미래 6차산업의 모범답안이기 때문이다. 아울러 관광과 휴양 자원의 역할도 충실히 하는

곳이다. '아이쿱 자연드림 산업단지'는 이미 확보한 유휴 부지를 기반으로 더욱 확장해 나갈 것이다. 아울러 농촌이 직면하고 있는 여러 현실적 문제의 해법을 제시할 것이다. 우리 증평도 도농복합도시이긴 하나 여기서 지역발전 방안을 모색해야 한다고 생각한다.

괴산을 세계에 알린 유기농산업엑스포

언제가부터 괴산 하면 '유기농'을 떠올리는 이들이 많아졌다. 여러 이유가 있겠지만, 아마 괴산유기농산업엑스포의 영향이 아닐까 싶다. 엑스포는 세계 박람회로 특정 지역에서 통상 1개월 전후 기간을 두고 여러 나라가 참가해 각국의 문물을 전시, 교류하는 세계적 행사다. 유기농산업엑스포도 유기농을 주제로 열리는 세계박람회로 지금껏 2회에 걸쳐 진행했고, 이 중 1회와 2회 대회가 충북 괴산에서 열렸다. 2차례의 엑스포를 성공적으로 개최하면서 괴산은 국내는 물론 세계적으로 유기농의 성지로 이름을 알리게 됐다.

제1회 대회는 2015년에 열렸다. 유기농엑스포는 국제유기농업연맹(IFOAM)과 국제유기농업학회(ISOFA)가 구심점 역할을 한다. ISOFA의 회장을 역임한 단국대 환경원예학과 손상목 교수는 유기농 분야의 세계적 권위자다. 손 교수는 청정지역 이미지가 강한 괴산이 국내 유기농 산업의 중심으로 떠오를 수 있다는 가능성을 확인하고, 괴산군에 유기농산업엑스포의 개최를 제안했다. 그 제안이 받아들여져 괴산 유기농엑스포는 현실이 됐다. 이것이 괴산을 세계적 유기농업의 성지로 부상하게 한 결정적 계기가 됐다.

심박한 제안에 임각수 군수는 망설임 없이 유기농엑스포 개최를 결심했다. 기반시설이 취약해 선뜻 나설 수 없는 상황이었지만, 무에서 유를 창출하겠다는 의지를 앞세워 곧바로 실행에 돌입했다. 앞으로 괴산이 나아가야 할 방향은 유기농이란 확신이 있었기 때문이다. 관할 정부 부처인 기획재정부를 상대로 엑스포 개최를 위한 각종 승인을 준비했다. 기재부 산하 연구원인 대외경제정책연구원의 타당성 조사를 통과했고, 이어 기재부 국제행사심의위원회의 승인을 얻었다. 짧은 준비 기간에도 불구하고, 최선의 노력을 기울여 엑스포 개최가 확정되었다.

무엇 하나 쉬운 게 없이 여간 까다롭지 않았지만, 발생하는 문제점을 순차적으로 하나씩 풀어나갔다. 행사 승인 후 3년 반 동안 준비해 국제행사인 유기농엑스포를 개최할 수 있게 됐다. 유기농이란 이름을 걸고 개최하는 세계 최초의 엑스포가 충북의 작은 시골마을 괴산에서 빛을 발할 수 있게 됐다. 충북도와 긴밀한 협조관계를 구축했다. 현행법상 국제행사는 광역지자체가 진행할 수 있도록 규정하고 있어 명목상 충북도가 개최를 주도했고, 도지사가 위원장이 됐다. 실질적인 준비의 7할 이상을 괴산군이 준비했지만, 괴산군수는 행사 집행위원장을 맡아야 했다.

세계적 행사의 괴산 개최는 누가 봐도 무모해 보였다. 하지만, 공무원과 군민이 일치협력하여 차분하게 행사를 준비했다. 성불산자연휴양림과 연풍 가나안호텔을 중심으로 숙박을 해결했고,

모자라는 잠자리는 청주와 충주 등 인접 도시 시설을 이용했다. 일본과 싱가포르, 말레이시아 등 여러나라에서 바이어들이 구름처럼 모여들었다. 당초 66만 명 방문을 목표했지만, 실제로 106만 명이 방문하는 대성황을 이뤘다. 24일간의 대회 기간 동안 19차례의 학술세미나가 열렸고, 37개국에서 4430명의 관계자가 참석했다.

'생태적 삶, 유기농이 시민을 만나다'란 주제로 펼쳐진 엑스포에는 세계 각국의 유기농 전문가가 총집결했다. 연구자, 생산자, 기업인이 몰려와 정보를 교류하고, 세계적 동향을 파악했다. 바이어 1140명이 방문해 활발한 상담과 거래가 이루어졌다. 1393건, 1억 7905억 달러의 상담이 진행됐고, 즉석에서 6건 268만 달러의 계약이 체결됐다. 106만 명이 방문한 예상을 뛰어넘는 대단한 성과였다. 가시적인 성과보다 컸던 건 괴산이 세계적 유기농 전진기지로 이미지를 부상했다는 점이다.

행사를 진행한 시설은 대부분 임시시설이어서 행사 후 대부분 철거했다. 유기농엑스포광장이 조성됐지만, 말 그대로 광장일 뿐 남는 게 없었다. 엑스포가 끝난 이후 유기농 산업에 관심을 가진 국내외 관광객과 관계자가 괴산을 찾았지만, 남아있는 게 없었다. 기반시설이 취약한 농촌지역이 갖는 한계였다. 이 문제를 근본적으로 해결해야 할 필요가 있다고 의견이 모아졌다. 이후 괴산은 2번째 엑스포를 준비했고, 성공적으로 치러냈다. 제1회 때보다 2회 때는 준비 과정이 더 성숙했고, 더 치밀했다.

1회 엑스포가 진행되는 동안 칠성면장으로 재임 중이어서 중추적 역할을 담당하지는 못했다. 물론 모든 공무원이 나서 창군 이래 최대 행사였던 엑스포를 지원했지만, 주도적 역할을 맡은 건 아니었다. 그러나 제2회 엑스포가 진행될 때는 사정이 달랐다. 2022년 2회 엑스포가 열린 건 9월이었고, 그해 1월 나는 농업건설국장 자리에 있어 실질적으로 행사를 지원하는 역할을 최일선에서 수행했다.

2회 대회는 1회보다 기간도 줄었고, 참가국과 참가 인원도 줄었다. 그러나 세계적 행사다 보니 준비해야 할 게 방대했고, 무엇 하나 소홀할 수 없었다. 66개 국에서 427개의 관련 기업과 기관, 단체가 참석해 성대한 행사를 치렀고, 여러 거래를 성사시켰다. 이때 IFOAM(국제유기농운동연맹) 창립 50주년 행사와 IFOAM 아시아 창립 10주년 행사가 괴산에서 열렸다. 2회 연속 대회를 유치하면서 유기농 대표지역으로의 괴산 입지는 더욱 굳건해졌다. 행사는 괴산의 유기농 1번지인 '아이쿱 자연드림 산업단지'에서 진행했다.

유기농엑스포 기간 중 백성현 논산시장이 벤치마킹 차 주말에 엑스포행사장을 방문했다. 사전에 "안내를 도와줄 수 있느냐"고 논산시가 협조를 요청해왔고, 기꺼이 수락해 내가 직접 안내를 맡았다. 국내 최대의 딸기 산지인 논산은 2027년 딸기엑스포를 준비하고 있어, 괴산유기농엑스포를 통해 진행과 관련한 정보와 노하우를 수집했다. 밀착 동행하면서 많은 정보를 제공하고 친절히 안내해주었더니, 2023년 8월 백 시장은 나를 '2027논산세계딸기

엑스포' 자문단위원으로 위촉했다. 이후 여러 차례 자문위원회에
참석했고, 논산딸기축제도 참여하며 교류를 이어갔다.

괴산유기농엑스포의 노하우를 전수하기 위해 논산딸기엑스포를 준비 중인
백성현 논산시장님이 논산시 자문위원으로 위촉됐다.

논산딸기축제 가래떡늘리기 행사에 참여, (맨 좌측이 저자) 2024. 3. 22

모든 산업은 관광과 연결해야 한다

　모든 산업은 관광과 연관되어야 한다는 게 평소 내 소신이다. 특히 농촌지역은 아이디어를 총동원해 관광자원화하는 게 필수라는 것이 나의 신념이다. 관광자원은 자연적인 것도 있지만, 인위적인 것도 얼마든지 있다. 괴산은 빼어난 자연환경을 갖추고 있어, 이를 자원화해야 한다고 생각했다. 그래야 관련 산업의 효과를 극대화할 수 있다. 1회 유기농엑스포를 마친 후 임시 시설을 모두 철거하고 나니 남는 게 없어, 이후 찾아오는 방문객이 실망하는 모습을 여러 차례 지켜보며 이 같은 신념은 더욱 강해졌다.

　제1회 유기농엑스포를 마치고 괴산군은 'K-스마트 오가닉 혁신 시범단지'를 만들기로 했다. 251억 원을 투입해 노지에 유기농 스마트팜을 조성하는 사업이다. 유기농 작물을 재배하는 시범단지를 제대로 꾸며, 그 자체를 관광자원화할 필요가 있다고 판단했다. 충북도와 협의해 농림수산식품부에 정책을 제안했고, 공모사업을 통해 최종 선정되었다. 이제 유기농에 관심을 가진 괴산 방문객이 직접 확인할 수 있는 현장이 갖춰지게 됐다. 괴산이 유기농 1번지로 입지를 굳히는 데 필수 요건이 갖춰졌다. 제1회 엑스포를 치르고 난 후 얻은 교훈을 현실에 반영한 결과다.

제2회 유기농엑스포를 진행하는 동안 실제로 유기농 작물을 체계적으로 관리 재배하는 시범단지를 선보여야 한다고 판단해 정책제안 공모사업 선정을 위해 심혈을 기울였다. 공모사업 추진 과정에 지역 주민과 송인헌 군수는 불필요 의견을 냈다. 농식품부도 부정적 견해를 보였다. 그렇지만 몇 차례에 걸쳐 추진경위, 향후 괴산군과 유기농의 위상, 브랜드가치 제고, 유기농의 전망, 유기농엑스포와 상관관계 등을 근거로 당위성과 필요성에 관해 군수께 재차 보고를 드렸다. 그 결과, 나의 충정과 사업의 필요성을 충분히 이해하고 공감해 주었다.

반대를 위해 단체로 군수실을 항의 방문했던 인사들에게 군수께서 직접 전화를 걸고 만나서 설득해 주셨다. 공모사업을 직접 총괄하는 담당 국장으로서 열정을 다했기에 송 군수께 정말 감사했다. 리더의 이해와 격려와 배려가 얼마나 중요한지 새삼 느꼈다. 어떤 정책이든 실행을 거쳐 성과로 연결하기까지는 숱한 난관이 이어진다. 그 어려움을 뚫고 성과를 냈을 때, 업무를 담당한 공무원은 큰 성취감을 맛보게 된다. 공무원이 사명감을 갖기까지 이러한 성취감을 경험하는 게 중요하다.

2023년초 농식품부 현장평가단을 맞아 내가 칠성면사무소에서 직접 브리핑하고 현장안내를 하였다. 처음엔 괴산군의 주작물인 배추와 고추를 유기농 재배하겠다고 하였으나, 고추, 배추, 양파,

브로콜리, 양배추 등 5개 품목을 재배하는 계획으로 변경해 선정됐다. 얼마 후 충청북도 최낙현 과장과 함께 서울 심사장에 올라가 발표에 참석했고, 몇 차례의 보완 끝에 정말 어렵게 공모에 선정되었다. 괴산이 유기농을 통해 미래의 먹거리를 찾아가는 과정을 지켜본 주변 지자체는 자극을 받기 시작했다.

2023년 6월 30일 퇴직을 앞둔 나는 공모 선정일을 손꼽아 기다리고 있었다. 민간인 신분이 된 7월 4일경에 최종 선정되었다는 소식을 전해 들었다. 최선을 다했고, 반드시 선정되기를 소망했기에 뛸듯이 기뻤고 감사했다. 유기농의 전문가인 당시 충청북도 최낙현 과장의 역할이 큰 도움이 되었다. 공모 사업은 물론 괴산군 유기농업 발전에 큰 도움을 주었기에 감사한 마음을 잊지 않고 있다. 충청북도의 도움이 컸음은 두말 할 나위가 없다. 도와 군의 환상적 공조로 성과를 얻어낸 거다.

'아이쿱 자연드림 산업단지'가 있는 칠성면이 시범단지의 최적지라 판단했다. 시범단지가 조성되면 관수, 관비, 방재 등 스마트 유기농 단지에 걸맞게 방재 시스템을 가동하고, 친환경유기농약제를 제조 보급하겠다는 계획이었다. 유기농 작물 재배에 적합한 토양을 만들기 위해 토질 개선에도 나서 홑알 구조 토양을 떼알 구조로 만들기 위한 지원도 필요했다. 유기농 퇴비를 지속적으로 보급해 토양의 유기물과 면역성을 높이도록 하는 것이다. 유기농업의 시작은 토질을 바꾸는 데서 출발한다. 그 첫발을 내디딘 거다.

유기농은 탄소 중립에 큰 역할을 한다. 토양 속 유기물의

40~58%가 탄소이기 때문이다. 토양 속 유기물이 많을수록 탄소를 잡아주는 역할을 한다. 그렇게 시범단지를 완성하고, 이 단지가 정착하면 대규모 유기농 노지스마트 재배지가 국내 최초로 완성된다. 그 자체가 견학, 체험, 치유를 동반하는 관광자원화가 될 것으로 확신했다. 화학비료나 농약을 사용해 농사짓던 농가가 유기농작물을 생산해 수익을 올릴 때까지 수년의 세월이 필요하다. 그 세월을 견디도록 지원해주는 게 지방정부의 역할이다. 각고의 노력 끝에 가져온 시범단지이기에 잘 정착되길 간절히 바랐다.

정착의 길로 접어들면 산발적으로 개인이 재배했던 유기농산물을 집단화하게 돼 효율성을 극대화할 거로 확신했다. 군도 대대적인 지원을 효과적으로 진행할 수 있을 것으로 판단했다. 'K-스마트 오가닉 혁신시범단지'는 아이쿱 자연드림 산업단지와 콜라보를 이뤄 대한민국의 유기농산업을 이끌고 건강한 세상을 만들어가는 선구자 역할을 하게 될 것이라는 생각은 지금도 변함이 없다. 유기농 작물을 재배하는 시범단지를 제대로 꾸며, 유기농업을 시작으로 하는 6차산업의 전진기지로서 그 자체를 관광자원화할 필요가 있다고 판단했다. 인접한 관광자원과의 연계를 통한 시너지효과도 노린 것이다.

시범단지에서 생산하는 농작물을 인근의 '아이쿱 자연드림 산업단지'에서 가공하는 시스템이 갖춰지면, 괴산의 유기농 성지화 작업은 갈무리될 것이다. 그 결과 괴산은 유기농작물의 대규모 생산지이자 가공·유통중심지로 체계를 갖춰나갈 것이다.

지금은 '괴산 하면 유기농, 유기농 하면 괴산'이란 공식이 널리 인식되었다. 이렇게 작은 시골 농촌 군을 특화시켜 나가는 과정에 직접 참여하며 국내 농촌이 나가야 할 방향을 확실히 깨달았고, 답을 찾아낼 수 있었다. 이처럼 내 고향 증평도 수준 높은 건강한 먹거리를 준비하는 계획이 필요하다.

K-스마트 오가닉 혁신시범단지 추진

제1회와 제2회의 유기농엑스포를 마치면서 괴산의 유기농 브랜드에 걸맞는 유기농 관련 대량생산 기지 및 관광자원화를 위해 'K-스마트 오가닉 혁신시범단지'를 만들기로 했다. 담당 국장인 내가 전체사업 진행을 총괄하였다. 퇴직 직후인 2023년 7월초에 최종 선정 소식을 전해들었다. 유기농업군 괴산의 위상과 명성을 다시 한번 입증할 수 있는 계기가 되었다. 괴산이 유기농업의 성지가 되어가는 과정을 직접 기획했다. 그러면서 향후 고향인 증평의 산업 구조가 어떻게 재편돼야 최선일지 고민했다.

괴산군은 2019년 불정면 지구가 콩을 주 작목으로 생산기반을 구축하는 노지스마트농업 시범사업에 선정된 사례가 있다. 그런데 또다시 유기농 분야의 노지스마트 농업인 'K-스마트 오가닉 혁신시범단지'의 공모에 도전해 성공을 한 것이다. 괴산군은 전국 최초로 노지스마트 농업단지를 2개소 운영하게 되었다. 농식품부 심사위원들과 타 자치단체의 부러움을 샀다. 한편으로는 시기를 받기도 하였다. 나는 불정지구 노지스마트 농업단지 사업 마무리와 운영 준비를 챙기면서 'K-스마트 오가닉 혁신시범단지' 공모 참여를 적극적으로 추진했다.

이 사업은 고령화에 따른 일손 부족과 낮은 기계화율 등 관행농업을 스마트 유기농업으로 전환하는 걸 골자로 한다. 데이터를 기반으로 작물의 생산량 예측, 병해충 예방, 농가 인력·경영비 절감 등을 통해 미래 농업을 선도하는 유기농 스마트농업 단지를 조성하려 한 거다. 2023년부터 2025년까지 3년간 칠성면 일원 72㏊에 251억 원의 예산을 투입해 고추, 배추, 양파, 브로콜리, 양배추 5개 품목의 스마트 유기농 재배 매뉴얼을 만들고, 스마트 관수시스템과 스마트농기계 등을 도입해 유기농 스마트농업 단지를 조성하기로 했다.

유기농 스마트농업 단지는 ▲ 무선 자동 관수 시스템 구축 ▲ 드론을 활용한 생육진단 및 모니터링 체계 구축 ▲ 자율주행 운반차 등 스마트농기계 운영 ▲ 스마트 감압 건조기 및 세척시설 운영 등으로 구성된다. 고령화율이 높은 괴산지역의 노동력을 절감하는 대책 마련이 시급한데, 스마트 농업 공모사업에 선정되어 노동력을 크게 절감할 수 있게 됐다. 스마트농업 단지 조성으로 유기농과 스마트농업이란 단어를 들었을 때 가장 먼저 괴산을 떠올릴 수 있게 되었다. 괴산이 유기농업의 1번지란 사실을 다시 한번 입증하게 되었다.

2022년 후반기 담당 국장으로 이 사업을 추진하면서 주민에게 괴산군의 유기농에 대한 자긍심과 정체성에 대하여 설명하고,

소통하는 기회를 여러번 가졌다. 그때마다 이러한 점을 강조했다. 첫째, 괴산은 유기농 주체 군으로 1번지이자 메카이다. 둘째, 세계 최초의 유기농산업 엑스포를 2회에 거쳐 성공적으로 치러냈다. 셋째, 괴산은 아시아 지역 18개 국에 걸쳐 230여 개의 지방정부 및 유기농단체 회원이 있는 국제 단체인 '아시아지방정부유기농협의회(ARGOA, 알고아)' 의장국인 대한민국의 유기농에 관한 국제적 위상을 높이고 있다. 넷째, 친환경 유기농업군으로 9년 연속 국가브랜드 대상을 수상했다.

또한, 괴산군 목표로 설정한 농업발전의 연속성, 고품질농산물, 유기농과 탄소중립, 생태보전, 소득증대 목표 등에 관해 설명했다. 이 사업은 전국 최초 무소속 3선 군수의 신화를 이루어낸 임각수라는 거장이 있었기에 가능했다고 생각한다. 미래를 보는 거장이 뿌려놓은 자양분이 결실을 맺어가고 있기 때문이다. 미래를 통찰하는 혜안으로 2015년에 제1회 괴산세계유기농산업엑스포를 유치하고 대성공을 거두었기에, 그 기반 위에서 성장하며 탄생한 정책 작품이다. 나는 유기농 작물을 재배하는 시범단지를 제대로 꾸며, 괴산을 유기농업을 시작으로 하는 6차산업의 전진기지로 만들 수 있다는 확신을 가졌다. 그 자체를 관광자원화할 필요가 있다고 판단했다.

증평군도 먹거리를 비롯한 모든 분야를 6차산업화하여 관광과 체험을 연계하는 교육콘텐츠 개발이 필요하다. 증평의 중심은 인구, 경제, 농업, 관광, 복지, 식품 등 모든 분야를 교육, 관광, 물류를 중심으로 설계해야 한다고 생각한다. 괴산군이 이미 선정한 유기농 정책을 답습하자는 건 아니다. 다만, 그 정책을 만들어 가는 과정을 참고해 증평만의 독창적인 6차산업 체계를 구축할 필요가 있다. 이는 다양한 의견 수렴 과정을 통해 정립해야 한다.

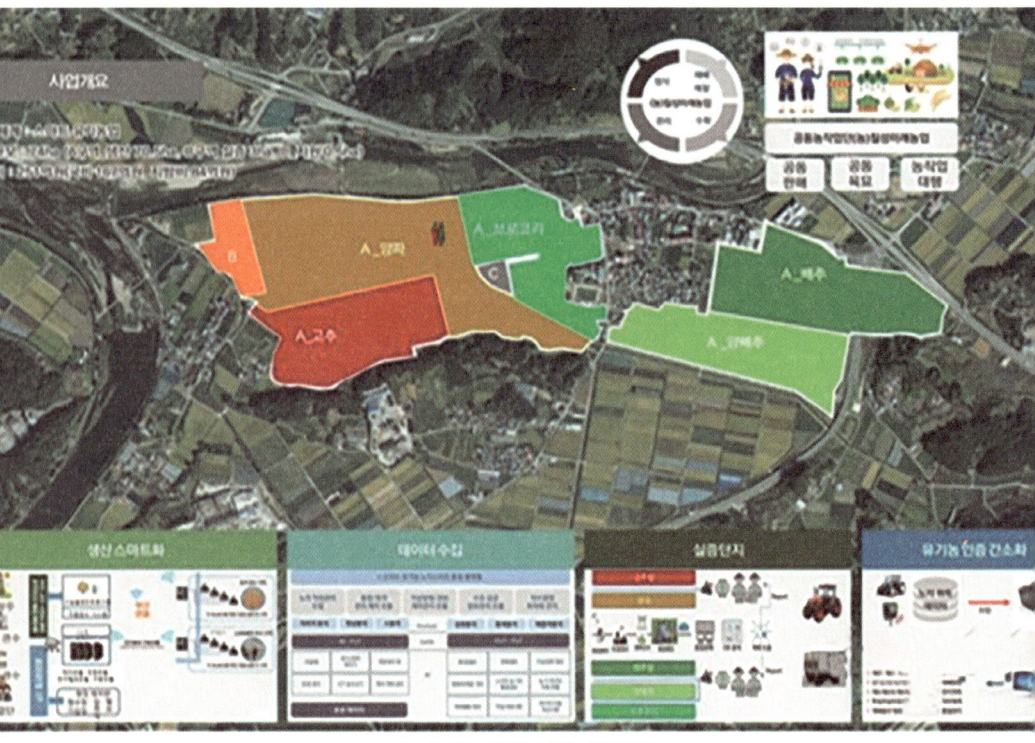

K-스마트 오가닉 혁신시범단지

괴산을 살린 대형 기관 유치 프로젝트

　괴산은 백두대간을 끼고 있는 국내 대표적 산악지역이다. 자연환경은 수려하지만, 먹고사는 문제에 부딪히면 답을 찾기 어려운 곳이 괴산이다. 그러나 괴산은 당면한 지리적 불리함을 극복하고, 어느 지역과 비교해도 뒤질 것 없이 안정적인 먹거리로 다수의 주민이 안정적인 삶을 살아가고 있는 지역이다. 국내 대표적 산악지역인 괴산이 풍요롭고 안정적인 삶을 살 수 있는 곳으로 자리매김할 수 있게 된 건, 먼 장래를 보고 굵직한 기관을 유치해 지역 발전을 이끌 선도적 역할을 할 수 있게 했기 때문이다.

　괴산 지역 최고의 기관은 누가 뭐래도 중원대학교다. 중원대학교가 있어 괴산 시내에 젊은이들이 다니는 모습을 볼 수 있고, 지역의 분위기가 활기를 띨 수 있게 된 것은 누구도 부인할 수 없는 사실이다. 중원대학교의 학생은 대학원생 포함 5000명이 넘는다. 교수와 교직원 수도 400명이 넘는다. 지역 면의 평균 상주인구가 2000~3000명인 것을 고려했을 때, 5500명이 유입된 것은 실로 엄청난 의미를 찾을 수 있다. 그들 중 상당수가 괴산에 거주하며 괴산에서 생산되는 농축산물을 먹고, 괴산 지역 점포를 이용하는 건 굳이 설명할 필요 없는 엄청난 경제 파급 효과다.

중원대학교 기숙사에는 2000여 명의 학생이 생활하고 있다. 괴산 시내에서 활보하고 다니는 젊은이를 만났다면, 그는 십중팔구 중원대학교 학생이다. 그들은 대개 외지에서 유입된 학생들로 괴산 시내 음식점과 커피숍, 패스트푸드점, 학사주점 등은 중원대 학생들의 모임 장소다. 중원대가 없는 괴산은 상상할 수 없다. 괴산 지역 경제를 끌고 있는 최고의 기관을 꼽으라면 주저할 이유 없이 중원대학교를 선택해야 한다. 그만큼 지역 경제에 미치는 중원대의 영향력은 대단하다.

중원대학교의 부지는 32만 3312㎡으로 여느 4년제 종합대학과 비슷하다. 건축물은 국내 어느 대학, 어느 기관과 비교해도 손색 없을 정도로 웅장하고 미려하다. 교내에는 골프장을 비롯해 수영장, 헬스장, 탁구장, 헬스장 등 체육시설이 두루 갖추어져 있고, 레스토랑과 박물관 등 갖가지 시설도 구비되어 있다. 이 모든 시설을 주민에게 개방하고 있어, 괴산군민 누구나 학교 시설을 이용할 수 있다. 대학이 아니면 시골에서 쉽게 이용할 수 없는 시설을 대학을 통해 접하고 있는 거다. 그러니 중원대학교가 괴산군과 군민에게 미치는 선한 영향력은 참으로 크다.

중원대는 대진교육재단 소유로 재단의 주요 인사가 괴산군 장연면 출생이었다. 대진대학이 대학 설립을 구상하고 있다는 소문을 전해 듣고, 괴산군은 대학 유치를 위해 전방위 노력을 기울였다. 현재의 대학이 들어선 곳은 읍내에서 멀지 않은 곳으로 산악지대였다. 그곳엔 각 집안의 묘지가 많았다. 대학이 이 부지에 캠퍼스를 조성한다는 소문이 돌았을 때 반대 여론이 극심했다. 반대론자는 주로 해당 부지에 묘를 두고 있는 주민과 출향인이었다. 대학을 유치하기 위한 첫 번째 과제가 이 문제를 해결하는 거였다.

주민의 저항에 부딪혔고, 학교재단 측도 적극적으로 나서지 않아 중원대학교의 설립은 지지부진했다. 수년째 답보상태에 머물렀을 뿐 뚜렷하게 진척되는 바가 없었다. 그러던 중 임각수 군수가 부임하면서 상황이 급반전됐다. 적극적으로 유치전에 나섰고, 군 전체가 총력을 다해 대학 유치에 팔을 걷어붙였다. 당시 지적계장이던 나는 재단 측에 관련 지적 토지 정보 일체를 제공하고 밤낮으로 현장을 안내하며 적극적으로 주민 설득에 나섰다. 해당 부지 지주인 주민을 상대로 대학 유치의 필요성을 적극적으로 설득하며 여론몰이에 나섰다.

이런 각고의 노력 끝에 중원대학교가 캠퍼스 조성에 나섰다. 수년에 걸친 공사 끝에 캠퍼스 조성을 완료하고 대학은 학생 모집을 시작했다. 보이는 건 산과 노인뿐이라는 괴산 지역에, 한꺼번에 수천 명의 젊은이가 몰려왔다. 지역은 이내 활기를 띠었고, 밤거리에 젊은이들이 넘쳐났다. 택시가 호황을 누렸고, 없던 패스트푸드점이 생겼다. 10개 남짓한 커피숍이 일시에 생겨나 호황을 이뤘다. 야식집과 학사주점이 불야성을 이뤘다. 지역에서 생산되는 농축산물이 학교로 공급돼 농가의 수익도 늘었다. 중원대는 개교

제4장 생각을 바꾸니 되더라

이후 괴산 지역 최대의 수요처란 자리를 굳건히 지키고 있다. 적극적으로 주민을 설득하며 대학 유치에 나선 덕이다. 행정이 움직이면 지역이 살아난다는 걸 뼈저리게 느낀 사례다.

문무대(文武臺)라 일컫는 학생중앙군사학교도 군수를 필두로 전 공무원이 매달려 유치전을 전개해 성공한 사례다. 505만㎡(156만 평)에 이르는 학생중앙군사학교는 건립하는 데 4598억 원이 투입됐다. 사관학교를 제외한 장교 양성을 모두 이곳에서 진행한다. 국내에 배출되는 장교의 93%가 이곳 학생중앙군사학교에서 교육받는다. 그래서 '정예지휘관 양성의 요람'이란 별칭을 갖고 있다. 2009년 1월 착공해 2011년 11월 개교한 이 시설은 상근자가 500~600명 규모로 그 가족까지 대략 2000명이다. 이들은 대개 가족과 함께 괴산에 거주한다. 덕분에 초·중학생 자녀도 넘쳐난다.

주말이면 훈련생이 외출해 괴산 읍내로 쏟아진다. 초라한 시골 상권이 살아날 수밖에 없게 만들었다. 특히 장교 임관 수료식이 있는 날이면 대략 3만 명의 인파가 괴산으로 몰려든다. 숙박업소와 음식점이 유례없는 호황을 누리는 건 당연하다. 괴산 지역만으로는 몰려드는 인원을 모두 수용할 수 없어 인근 증평이나 음성 등지까지 면회객의 발걸음이 이어진다. 지금껏 지역에서 경험하지 못한 호황이 이어지고 있다. 국가 단위 시설이 지역에 유치되면 어떤 경제적 파급효과가 일어나는지를 똑똑이 지켜보았다.

학생중앙군사학교를 유치할 때도 임각수 군수의 의지가 돋보였다. 앞장서 민원 해결에 나섰고, 전 직원을 대상으로 학생중앙군사학교 유치와 관련한 모든 민원을 앞장서 해결토록 했다. 당시 나는 지적팀장으로 측량을 비롯한 토지 정보 제공에 적극적으로 도움을 줬다. 당초 군사학교의 정문은 신기리나 불정면 방향에 건립하는 것으로 계획되었다. 나는 지적 및 토지 전문가 입장에서 임각수 군수께 정문 위치와 방향의 변경을 적극적으로 건의했다. 기존도로와의 연계성 및 공사비, 수부도시인 괴산읍과의 접근성, 타 지역에서 접근성, 향후 경제적 측면의 지역발전 효과성 등 계획변경의 필요성을 적극적으로 보고했다.

부지만 닦아놓고 공장신축에는 답보상태에 있던 ㈜진로 소유의 부지를 군이 매입해 국방부에 제공하고, 그곳에 사령부, 숙소 등 주요 시설물을 배치해 정문을 기존 간선도로와 연결해야 한다는 것이 내가 군수께 드린 보고의 골자였다. 나의 생각대로 현재와 같이 학생중앙군사학교 토지개발사업이 완료돼 지역발전에 많은 기여를 하고 있으니 감회가 새롭다. 공직자는 자신이 구상한 계획을 정책에 반영해 실현되면 큰 보람을 느낀다. 군사학교의 정문 방향을 바꿔 모두에게 유리한 결과를 도출한 것은 자긍심으로 남는다.

위 사업은 LX국토정보공사의 확정측량과 지자체 지적 부서의 내부 및 현장 검사 과정을 거쳐야 완료가 된다. 검사를 총괄하는 팀장인 나는 현장을 속속들이 잘 알 수 있었다. 사업의 인·허가 준공과 관련해 3개 부서가 관련법규에 저촉 여부를 검토하는 과정에 곤란한 점이 있어 서로 먼저 행정 처리를 하라는 핑퐁 상황이 빚어졌다. 고심 끝에 내가 나서서 3개 팀장회의를 주재하고 같은 날 동시 처리 하는 안을 군수님께 보고하고 철저한 사전 준비를 한 후 원만히 처리할 수 있었다.

그날은 2013년 10월 1일로 신규 토지대장에 '토지개발사업이 완료'라고 등재되었다. 156만여 평의 모든 필지가 새로이 확정되었다. 일련의 과정을 거치면서 임각수 군수는 나의 여러 제안에 깊은 신뢰를 보이셨다. 그 과정에서 많은 동지애를 느끼셨다고 했다. 지역 발전의 초석이 될 국가사업을 융통성 있는 행정 처리를 통해 마무리할 수 있었으니, 느끼는 보람이 남달랐다. 해결하려는 의지가 있는 상태에서, 고민하고 고뇌하면 무슨 일이든 해결 방안은 나온다는 것을 깨달았다. 군사학교 유치 때 토지 소유자를 중심으로 만만치 않은 반대 여론이 형성돼 이들을 한 명씩 만나 설득하는 작업을 도왔다. 학생중앙군사학교는 괴산 경제의 든든한 버팀목이다.

28만여 평 부지에 10만 기의 묘지를 수용할 수 있는 '국립 괴산호국원'도 괴산 경제를 이끄는 견인차다. 국가시설이라지만, 묘지라는 이유로 이 또한 유치 때 극심한 반대 여론에 부딪혔다. 본래 국가보훈처는 호국원 입지로 보은군을 염두에 두고 있었다. 하지만 보은 지역민의 극심한 반대를 당해내지 못하고, 괴산으로 대상지를 옮겨온 거다. 임각수 괴산군수는 생각이 달랐다. 호국원을 혐오시설이 아닌 관광시설로 보았다. 주민 설득에 나섰고, 국가보훈처를 상대로 적극적인 유치 활동을 벌여 나갔다.

지도자는 멀리 보고, 넓게 보고, 입체적으로 생각해야 한다는 깨달음을 얻었다. 괴산호국원은 2017년 4월 착공해 2019년 10월에 개원했다. 전체 10만 기의 묘지를 만들 수 있는 부지를 마련했고, 지금은 절반이 못 되는 4만 7000여 기의 묘지에 유골이 안치돼 있다. 그저 절반의 묘지가 들어섰을 뿐인데 호국원을 방문하는 인원이 많아 지역경제에 큰 도움이 되고 있다. 그러니 10만 기의 묘지가 모두 들어서면 연간 200여만 명의 방문객이 연중 괴산을 찾을 것이다. 성묘객은 대개 가족 단위로 적게는 서너 명, 많게는 열 명 이상이 방문하는 게 보통이다.

괴산에서 밥을 먹고, 차를 마신다. 괴산 주유소에서 주유한다. 외지에서 괴산을 찾은 성묘객은 특산물인 고추와 옥수수 등을 사간다. 게다가 괴산 곳곳에 즐비한 관광지를 다녀간다. 단순한 성묘객이 아니라 관광객 역할을 단단히 하는 거다. 그러니 호국원이 지역 경제에 기여한 공은 가늠하기 어려울 만큼 크다. 혐오시설이라고 단정해 받아들이지 않았다면, 지금 누리는 경제 효과는 다른 지역에서 누리고 있을 것이다. 같은 호국원이지만, 어떻게 인식하고 받아들였는지에 따라 차이는 크다.

유치 당시 반대 의사를 밝힌 주민은 하루가 멀다고 군청사로 몰려와 유치 반대 시위를 했다. 군수 접견을 요구했고, 만나면 온갖 모욕적 언사를 일삼았다. 임각수 군수는 반대 시위에 나선 10여 곳 마을 주민에게 연간 2억 원씩 10년간 20억 원의 위로금을 지급하기로 약속했다. 단, 지급한 돈은 소모성으로 사용하지 말고, 부지를 매입해 태양광 사업에 투자할 것을 전제조건으로 했다. 실제 이들 주민은 군수가 시킨 대로 태양광 사업을 시작했고, 지금까지 풍요롭게 수익금을 배분하고 있다. 이 또한 생각의 차이다. 혜안에 절로 고개가 숙여진다.

학생중앙군사학교는 괴산경제의 든든한 버팀목이 되고 있다.

괴산호국원은 혐오시설이 아닌 관광자원 역할을 톡톡히 하고 있다.

김치도시의 명성은 이어져야 한다

　소비자에게 배추를 절인 상태로 공급하는 사업의 시작점은 괴산군 문광면이다. 도시 소비자 대부분이 아파트에 거주해 김장 준비를 하면서 배추를 절이는 게 가장 큰 문제라는 인식이 사업의 출발점이다. 절임 배추 판매는 폭발적 수요 증가로 이어지며 대박을 연출했다. 괴산의 절임 배추 판매가 성황을 이루자, 전국 각지로 절임 배추 판매가 확산했다. 김치 제조 과정에서 가장 번거롭고 어려운 작업을 대행해 주니 수요가 늘어난 건 당연했다. 노동력을 크게 줄일 수 있을 뿐만 아니라, 쓰레기 대량 발생의 문제도 동시에 해결해 주었기 때문이다.

　과거에는 김장하는 시기가 따로 있었지만, 최근에는 사계절 필요에 따라 김치를 담그는 게 일상이 됐다. 이는 연중 배추와 무, 파, 마늘 등의 김치 재료가 제때 공급돼야 한다는 사실과 연결된다. 대기업이 운영하는 김치공장은 별도의 저온 창고를 갖추고 있어 큰 문제가 되지 않지만, 중소업체는 사정이 달랐다. 별도의 저온 창고를 갖추고 유지하는 일이 만만치 않기 때문이다. 더욱이 중소 규모 김치공장의 60~70%가 수도권과 충청권 등 중부 지역에 집중돼 있다는 점을 고려할 때, 적정한 위치에 김치 원료를 최적의 상태에서 제공하는 일이 필요했다. 나는 괴산이 이 사업을 벌일 최적의 위치라고 판단했다.

중소 규모의 김치 제조업체에 사철 신선한 김치 원료를 공급하는 저온 창고를 괴산에 건립해 공급기지 역할을 하면, 이미 김치의 성지로 떠오른 괴산의 이미지를 굳힐 수 있다고 확신했다. 중부권에 산재한 김치공장에 가격 변동 없이 신선한 김치 원료를 공급하는 일은 김치 가격의 안정화에도 기여할 수 있을 것으로 생각했다. 괴산군은 충청북도와 함께 농림식품부에 이 같은 아이디어를 제공하고, 사업비 확보에 나섰다. 괴산에 대단위 저온 창고 단지를 조성하면 그야말로 김치의 도시라는 이미지를 굳히고 지역에 고용 유발과 부가가치 창출도 가능하리라 믿었다.

농업건설국장으로 재임할 당시 상황을 지켜보니 대단히 좋은 아이템이지만, 부지 선정 문제를 놓고 각종 문제가 발생해 지지부진한 상태가 이어졌다. 직접 몇 군데 후보지를 실사 해 보니 저마다 문제점을 안고 있었다. 당장의 부지 확보도 중요하지만, 이 사업이 점차 확장할 것에 대비해 넉넉한 여유 부지를 확보해야 했지만, 그럴 만한 땅이 없었다. 급한 대로 우선 괴산읍 능촌리 부지를 지정하고 공모 및 선정 후 최적지인 소수면 수리에 부지를 확정했다. 농림수산식품부에 방문하여 직접 브리핑하면서 사업의 타당성과 당위성을 설득했다.

우선 9900㎡(3000평)의 저온저장고, 2310㎡(699평)의 절임배추 생산시설을 신축할 규모의 땅을 확보했다. 여기에 50평 규모의 저온창고 60동과 하루 40톤을 처리할 수 있는 규모의 절임배추 생산라인을 짓기로 했다. 이렇게 지은 저온 창고는 중부권 곳곳에서 성업 중인 중소 규모 김치공장에 제공할 수 있다. 이로써 중소 규모 공장들은 계절과 관계없이 신선한 김치 재료를 안정적으로 공급받을 수 있게 된다. 단순히 창고를 짓는 사업으로 생각하면 대수롭지 않게 인식될 수 있지만, 이 사업은 괴산이 김치 산업의 핵심 기지로 자리 잡는 중요 요인이 됐다. 저온 창고에 보관하는 김치 재료는 1시간 이내에 200여 곳에 이르는 중부권 어느 공장에라도 공급할 수 있게 된다.

원료를 안정적으로 공급하게 되면서 연중 들쭉날쭉하던 김치 가격이 안정을 이룰 수 있게 된다. 결국 소비자들이 이익을 보게 된 거다. 수출 산업에도 적지 않은 영향을 끼쳐 한국이 김치 종주국으로 위상을 키워나갈 수 있게 되고, 김치의 세계화에도 크게 기여할 것이다. 김치 원료를 안정적으로 공급하는 기지 역할을 하겠다는 이 사업은 꼭 실효를 거두게 될 거라 확신한다. 투입하는 예산은 290억 원이지만, 이 단지가 갖는 의미는 각별하다. 전국 최초 절임 배추 공급을 시작으로 절임배추와 김치의 고장이 된 괴산은 그 위상을 더욱 굳건히 지켜나갈 수 있게 됐다.

괴산군 한여농과 사랑 나눔 김장 행사 한국여성농업인 괴산연합회가 관내 220가구에
김치를 전달했다. 괴산타임즈 자료사진.

산막이옛길 산책로

괴산보다 유명해진 산막이옛길

산막이옛길을 통해 괴산은 전국 유명 관광지가 됐다. 괴산은 자연 경관이 수려해 오래전부터 많은 관광객이 찾아오는 지역이었지만, 폭발적인 부분에서 만큼은 산막이옛길을 빼고 괴산의 관광산업을 이야기할 수 없다. 산막이옛길은 1957년 괴산댐을 완공하면서 생겨난 둘레길이다. 이전부터 지게꾼이 겨우 지나갈 정도의 좁은 오솔길이 물길 따라 형성돼 있었다. 그걸 관광자원으로 살릴 수 있다는 확신을 갖고 사업 아이디어를 임각수 군수님이 제공하였다. 임각수 군수님는 산막이옛길이 있는 칠성면 사은리 사오랑마을 출생이다.

고향 마을 일대의 지리적 특성을 누구보다 잘 아는 그는 산막이 옛길을 전국적인 관광자원으로 만들 수 있다는 확신을 가졌다. 4㎞ 남짓한 둘레길 산책로를 개척했고, 거기에 이야기를 입혔다. 말 그대로 스토리텔링을 가미한 거다. 산책로를 따라 4㎞를 이동 하고 돌아오는 길엔 유람선을 이용할 수 있게 했다. 절경이 이어 지는 산책로를 따라 부담 없는 거리를 이동한 후 돌아오는 길엔 유람선을 탈 수 있게 하니 산막이 옛길에 관광객이 전국 방방곡곡에서 왔다. 감당하기 어려울 지경의 인파가 괴산으로, 칠성으로, 산막이옛길로 몰려들었다.

당시 임각수 군수님은 '농촌마을종합개발사업'이란 국가 시책에 맞춰 산막이옛길을 조성했다. 괴산댐이 한국전쟁 중이던 1952년 착공해 당시로서는 엄청난 사업비인 77억 7000만 원을 들여 순수 국내 기술로 건설한 1호 댐이란 사실을 이야기 속에 녹여냈다. 묻어두었던 산막이옛길의 전설도 살려냈다. 천혜의 자연 풍광에 이야기와 이야기가 더해지며 산막이옛길은 전국 둘레길 중 방문객 수에서 압도적 1위로 올라섰다. 속리산 화양계곡을 비롯해 쌍곡계곡, 선유동계곡 등 전국적으로 유명세를 치르던 관광지를 제치고 괴산 군내 방문객 1위 관광지가 됐다.

개발 초기 연간 170만여 명이 산막이옛길로 몰려왔다. 상상을 초월하는 대박이었다. 2011년 공식 개장했는데, 개장 전부터 소문이 나면서 인파가 몰려들었다. 2009년 임시 개장했을 때 이미 연간 70만 명 가까운 관광객 수를 기록했다. 이름 없던 시골 산책로가 삽시간에 전국 굴지의 관광지로 부상한 거다. 입장료는 없고, 주차료만 받았다. 관광객이 몰려들자 인근에 도시계획 마을을 조성했고, 그곳에 식당과 카페, 농산물 판매점이 속속 들어섰다. 굴뚝 없는 산업이라는 관광산업의 파괴력을 실감했다.

주중, 주말 가리지 않고 전국 각지의 지자체에서 산막이옛길의 성공 신화를 배우러 왔다. 시도 때도 없이 몰려오는 견학 인파를 감당하는 것만으로도 힘겨울 지경이었다. 작은 시골 마을에 조성한 둘레길 하나가 단시간에 괴산의 지역 브랜드 가치를 급상승시켰다. 다른 관광지도 더불어 인기를 더해갔다. 이런 걸 상전벽해라 한다. 기발한 아이디어 하나로 하루아침에 이름 없던 시골 마을이 손꼽히는 관광지가 됐고, 마을 주민은 부업을 통해 고소득을 올리게 됐다. 이런 일련의 과정을 지켜보며, 잘 가꾼 관광지 하나가 지역의 브랜드 가치를 최대치까지 끌어올린다는 확신을 가졌다.

나를 비롯한 모든 공직자는 개인의 참신한 아이디어가 짧은 기간에 지역을 얼마나 크게 변화시킬 수 있는지 확인했다. 리더 한 명의 판단이 얼마나 큰 변화를 동반할 수 있는지 절감했다. 임각수 군수가 아니었다면 산막이옛길은 없다. 그저 동네 사람만 아는 시골길에 불과했을 거다. 다이아몬드는 갈아서 보석을 만들어야 가치가 있듯이, 시골 산책길 하나를 개발해 이야기를 얹으니 엄청난 관광자원이 된다는 사실을 온몸으로 깨달았다. 산막이옛길은 여전히 괴산의 제일 관광지로 자리를 지키고 있다.

제5장

복지부동을 걷어차고

만표 오빠, 인생은 60부터

"만표 오빠! 인생은 60부터"

언제부터인가 군청 동료 직원들이 나를 '만표'라고 부르기 시작했다. 구체적으로는 종합민원실에 실무자로 근무할 때부터였다. '민표'라는 본 이름보다는 만표로 부를 때 더 친근감을 느낀다는 이유다. 친근감을 느껴 그렇게 부른다니 나도 그게 싫지 않았다. 그만큼 내가 권위적이지 않고, 직원과 소통할 자세가 돼 있는 실무자 또는 상사로 인식됐다는 의미일 테니 말이다. 그러나 국장 재임 시절 직원들이 나를 '만표'라고 부르는 건 또 다른 이유가 있었다. 지역 사회에서 1만 표를 얻으면 원하는 일을 할 수 있다는 의미를 담고 있었다. 내가 선출직에 도전하면, 당선돼라는 격려와 응원의 메시지가 녹아있는 거다.

33년 9개월의 공직 생활을 마감한 건 2023년 6월 30일이다. 공직사회를 마감할 무렵 두 가지 선택을 놓고 고심했다. 정년 퇴임을 할 건지, 명예퇴직을 할 건지, 내가 결정해야 했다. 정년은 말 그대로 공직사회가 허용하는 기간을 꼬박 채우고 자연인 신분으로 돌아가는 것이고, 명예퇴직은 나 스스로 퇴직을 결정해 공직을 정리하는 것이다. 정년 퇴임은 1년을 앞두고 공로연수라 하여 공무원 신분을 유지하면서 급여를 받지만, 실상 현업에 나서지 않고 퇴직 이후의 삶을 준비하는 배려 기간이다.

이에 반해 명예 퇴임은 일정 기간 스스로 결정해 모든 공직자 신분을 내려놓고 자연인으로 돌아가는 것이다. 양자 간에는 다소의 차이가 있다. 정년퇴직을 선택하면 일정 기간 급여 혜택을 받을 수 있어, 금전적 이익을 보장받을 수 있다. 그러나 명예퇴직을 신청하면 일정 금액의 보상을 받기는 하지만, 실상 급여를 받지 않으니, 금전적으로는 손해를 입는다. 반면, 명예퇴직을 선택하면 1계급 특진해 물러날 수 있게 해준다. 직급에 해당하는 지위와 권한을 누릴 수는 없지만, 명예를 선택할 기회를 얻는다.

나는 명예퇴직을 신청했다. 그래서 정해진 퇴직 시한보다 1년 앞서 공직에서 물러났다. 반면 서기관(4급)으로 퇴직했지만, 1계급 특진해 부이사관(3급)으로 기록된 퇴직 명령을 받았다. 한 마디로 금전적 실리보다는 명예를 택한 거다. 사실 나는 서기관으로 승진한 이후 선출직에 도전해 보고 싶다는 나름의 결심을 했다. 공론화한 적은 없지만, 공직 내부에서 내가 선출직 도전에 관심이 많다는 소문이 알음알음 퍼졌다. 특히 괴산이 아닌 고향 증평에서 지역민의 심판을 받아보고자 한다는 소문이 퍼졌다. 내 결심도 중요했지만, 주위의 기대와 소문도 나를 부추기는 요소가 됐다.

역대 선거에서 증평이나 괴산은 유효 득표 1만 표를 얻으면 당선이 확실시된다. 그래서 직원들은 그런 사실과 연관해 나를 만표라고 불러주었다. 고마운 격려의 마음이 녹아있는 별칭이다. 증평군의 인구가 3만 7000명이고, 이 중 유권자 수는 3만 2000명 가량이다. 투표율 60%를 가정하면 전체 유효투표 수는 2만 표가 안 된다. 그러니 1만 표를 얻으면 지역에서 치르는 어느 선거든 당선이 확실시 된다. 그래서 그들은 나를 만표라고 불러준 거라 여긴다.

명예퇴임식이 열린 2023년 6월 27일 오전 11시, 괴산군청 대회의실에 하나둘 사람이 몰려오기 시작했다. 도무지 몇 명이나 참석할지 가늠조차 할 수 없어 식장 좌석이 차기만 기다렸다. 그러나 웬걸, 식장 자리는 만석이 됐고, 복도까지 축하 인파가 몰려왔다. 부모님은 몸이 불편하셔서 두 분 모두 식장에 오시지 못했지만, 나머지 가족은 식장에 참석했다. 막내아들만 입대 후 얼마 지나지 않은 훈련병 신분이어서 참석하지 못했다. 150명 분의 점심 식사를 준비했는데, 250명이 다녀가 식사하지 못한 이들도 여럿 있었다고 전해 들었다. 참석한 모든 분께 감사하고 송구하다.

송인헌 군수께서 격려사를 통해 나에 관해 아낌없이 칭찬하며 힘을 실어 주셨다. 군수께서는 "충북 지적직 공무원 부이사관 1호"라고 치켜세우는가 하면 "퇴직을 앞둔 막바지까지 열정과 소신으로 뚝심 있게 일 처리를 하더라."고 칭찬을 아끼지 않으셨다. 그러면서 사리면 농촌공간정비사업, 소수면 김치 원료공급단지구축 공모 선정 사업, 칠성면 유기농 노지 스마트농업 시범단지 조성 등 내가 주도적으로 추진한 주요 사업을 열거하며 참석자의 박수를 유도하기도 했다. 특히 격려사 막바지에 울먹이는 목소리로 석별의 아쉬움을 표현하기도 하셨다.

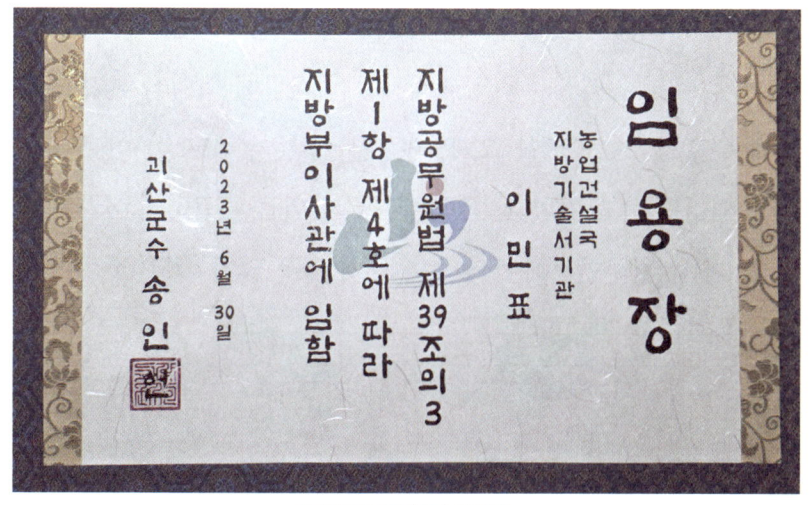

지방부이사관(3급) 임용장

나도 코끝이 시큰했다. 나도 참석자들 앞에서 "원 없이 일했고, 공직자로 산 세월이 후회스럽지 않다"라고 당당히 밝혔다. 아울러 "고향인 증평과 괴산의 발전을 위해 남은 열정을 다하겠다"고 소감을 말했다. 그리고 축하객과 공직자에게 감사의 큰절을 올렸다. 실제로 나는 후회가 없을 만큼 열심히 일했고, 성과도 많이 냈다. 모든 주변인의 도움이 있었기에 가능한 일이었고, 유능한 지휘관이 나를 이끌어 주었기에 이룰 수 있는 성과였다. 축하객이 역대 어느 퇴임행사보다 많아서 33년 9개월의 공직 생활의 노력을 인정받는 듯해 가슴 뿌듯했다. 박수 받으며 떠날 수 있어 감개무량했다.

여기저기서 축하 선물도 많이 받았다. 두 아들과 딸은 스튜디오에서 직접 녹음한 노래로 영상 편지를 제작해 주었다. 노래는 김동률의 곡 '출발'로 가사 한 소절 한 소절이 가슴에 와 닿는다.

영상을 시청하니 감동이 밀려왔다. 당일 받은 선물 중 가장 기억에 남는 건 농식품유통과 재직자들이 제작해 퇴임식 현장에 걸었던 현수막이다. "만표 오빠, 인생은 60부터"라고 쓴 이 문구는 여러 의미를 담고 있었다. 이들은 나를 그만큼 친근하게 여기고 있었고, 내 능력을 인정해 주었다. 그래서 꿈을 잃지 말고 더 큰 일에 도전해 보라고 권했던 거다.

농업건설국의 7개과 직원 150여 명 모두가 일일이 나와 나를 격려해 주었다. 내가 인생을 헛되게 살지 않았고, 동료와 더불어 살았음을 확인하니 이 또한 감동이었다. 적어도 그들에게 권위적이지 않고, 소통이 잘 되는 상사였고, 맡은 일을 과감하고 신속하게 밀어붙이는 선배 공직자로 비쳤다는 게 행복하고 고마웠다. 그날 나는 결심했다. 내가 공직 생활 내내 간직하고 유지하고자 했던 '서번트(servant) 리더십*'을 생을 다하는 날까지 유지하며 살기로 했다. 모든 이들을 섬기고 받들며, 존중하고 따르겠다고 결심한다. 나를 격려해 주는 많은 이들을 위해 남은 삶 동안 정열을 불태워 보리라 다짐한다.

---

* 리더가 구성원을 통제하는 대상이 아닌 섬김의 대상으로 여기는 리더십

괴산군청 농식품유통과 후배직원들이 '만표오빠 인생은 60부터'라는 문구의 현수막을 만들어
정년 후 사회로 나가는 나를 응원하며 퇴임식장에도 부착하였다.

제5장 복지부동을 걷어차고

훈장도 받고, 상도 많이 받고

공직자는 일반인과 비교하면 수상이나 수훈의 기회가 상대적으로 많은 게 사실이다. 그렇다고 모든 공직자에게 수상과 수훈의 기회가 부여되는 건 아니다. 특히, 대통령상이나 훈장은 희소성이 있다. 모든 공직자에게 수상이나 수훈의 기회가 부여되지 않는 건, 이유가 있다. 부정부패에 연관된 사실이 있거나, 범죄 경력이 있으면 애초에 자격에서 제외된다. 그러니 상이나 훈장을 받았다는 건, 공직 생활 중 사건이나 사고에 휘말린 적이 없다는 걸 의미한다. 수상과 수훈은 승진과도 연결돼 모든 공직자가 강한 집착을 보인다. 뇌물 수수나 이성 편력 문제 등 외에 음주 운전 한번 했다가 적발되더라도 수상과 수훈의 기회는 상실한다. 가벼운 징계라도 있으면 안 된다.

공직자를 포함해 모든 대한민국 국민이 받기 가장 어려운 상은 대통령상이다. 공직자 가운데 대통령상 수상 경험을 가진 이는 손으로 꼽을 정도로 희소하다. 내가 대통령상을 받은 건 공직에 접어든 지 27년 만인 2016년도다. 당시 5급 사무관으로 괴산군

시설관리사업소장 재직 때였다. 수상의 이유는 '국가사회발전 유공'으로 특정 업무에서 성과를 낸 보상이 아니라, 포괄적으로 국가 업무 수행에 공로가 많다는 이유였다. 실제로 말단 하위직부터 시작해 사무관으로 일할 때까지 맡은 업무를 수행하면서 대충 하지 않았다. 맡은 일은 무엇이든 열심히 했고, 성과를 냈다.

군청 같은 작은 조직에서는 몇 년에 한 번 수상자가 배출될 정도로 대통령상은 희소성이 있다. 그러니 공직자로 30년 이상 몸담은 이들 중에도 대통령상 수상 경험자는 손으로 꼽을 정도로 드물다. 그러니 공직자로서 대통령상을 받은 건 대단한 영광이다. 상부 기관으로부터 포상계획이 하달되면, 후보자 추천, 공적 및 서류심사, 공적심사위원회 심사 등의 절차를 거쳐 적격자를 선발한다. 심사는 철저하게 객관적이고, 공평하게 진행한다. 누적 공로를 종합적으로 검토하기 때문에 단기간 성과를 냈다고 수상의 기회를 주지 않는다. 대통령상 수상은 내 일생의 자랑거리임이 분명하다.

퇴임 때는 홍조근정훈장을 받았다. 훈장 역시 사소한 비리나 징계에 연루된 사실이 있으면 받을 수 없다. 대개 모든 공직자는 퇴임이나 퇴직할 때 훈장을 받는다고 알고 있지만, 그렇지 않다. 30년 넘게 단 한 번의 징계를 받지 않는다는 게 그리 호락호락한 일은 아니다. 홍조근정훈장은 33년 이상 근무한 공무원 또는 사립학교 교원에게 수여된다. 대한민국 공무원 중 직무에서 탁월한 성과를 내고 공공서비스에 기여하여 청렴성과 성실성을 바탕으로 국가와 사회에 뚜렷한 공로를 세운 경우 수여되는 훈장이다.

장관상은 3번 받았다. 2008년 지적팀장일 때 지적 업무 및 주요 사업 지원에 공로를 인정받아 행정안전부장관 표창을 받았다. 군사학교와 아이쿱 유기농 산업단지 유치 등에 기여한 공로를 인정받았다. 2006년에는 토지관리팀장으로 재직하며 건설교통부장관 표창을 받았다. 세금 부과의 기준이 되는 개별공시지가 조사 업무에 이바지한 공로를 인정받았다. 2003년에는 7급으로 일할 때 민원행정제도 발전에 기여했다는 공로로 행정자치부 장관 표창을 받았다. 장관상 역시 업무에 높은 기여도를 보였을 때, 기관장의 추천을 받아 받는다는 점에서 수상이 쉽지 않다.

이 외에 도지사상을 2번 받았다. 도지사상을 받은 건 팀장 보직을 받아 일하던 6급 때와 실무자로 일하던 7급 때였다. 2005년 6급 팀장 때 충북 도내 시·군대항 공시지가 연구발표회에 괴산군 대표로 참가해 성적우수로 도지사상을 받았다. 2003년도는 7급 때로 충북도 주관 지적 세미나가 열렸을 때, 시·군별 과제 발표대회가 열려 거기에 참가해 성적 우수로 도지사상을 받았다. 이 외에 군수상을 비롯해 다수의 기관상을 받았다. 비리에 연루되거나 징계를 받은 일이 없었기에 가능한 수상과 수훈이었다.

홍조근정훈장 (지방부이사관)

대통령표창장(국가 사회 발전 유공) 2016.12.31.

홍조근정훈장(대통령) 2023.12.31.

명예퇴임식장을 찾아준 가족과 고향 친구들

2023년 6월27일 명예퇴임식. 아내와 함께

일을 찾아서 하는 습관

흔히 공직자의 습성을 비꼬아 말할 때 '복지부동(伏地不動)'이라는 표현을 쓴다. 복지부동이란 '엎드려 움직이지 아니한다'는 뜻으로 공직자가 시키는 일만 할 뿐 일을 찾아서 하지 않는다는 특성이 있다는 걸 비하하는 말이다. 자신 있게 말하건대 나는 그렇게 복지부동의 자세로 일하지 않았다. 대한민국의 공직자로서 할 수 있는 일을 찾아내 주민에게 도움을 줄 수 있는 최대한의 행정 서비스를 제공해야 한다는 게 기본 생각이다. 그런 자세로 일했고, 그만큼 과중한 업무가 뒤따랐다. 복잡한 일에 휘말려서 고충을 자초한 사례도 적지 않다.

하지만, 공직자라면 일을 두려워하면 안 되고, 내가 잠시 어려움을 겪더라도 과감하게 주민의 편의를 위해 나서야 한다고 생각했다. 이런 신념을 잃지 않고, 오랜 세월 실천했더니, 부서장과 지휘관 모두 그 자세를 인정했다. 그래서 불리한 여건 속에도 많은 상을 받을 기회가 있었고, 경쟁자보다 앞서 승진할 수 있었다. 일을 찾아서 한다는 건 사명감이 있다는 걸 의미한다. 내가 노력해 새로운 일을 찾아 하면, 다수의 주민에게 혜택이 돌아가고, 그들의 만족도가 높아진다. 행정에 대한 신뢰도도 높아진다.

괴산읍장으로 재직할 때다. 흔히 읍장이나 면장은 주민과의 관계 유지가 주 업무다. 대민 접촉을 늘리고, 주민의 의견을 취합해 군수에게 전달하는 게 가장 큰 업무다. 읍사무소는 실행 부서가 아니어서 예산을 세워 행정 서비스를 시행하는 일이 거의 없다. 군청 해당 부서에 업무를 넘겨 추진할 수 있게 하는 게 역할이다. 그러나 나는 읍장으로 재직할 때, 직접 일을 찾아 실행했다. 예산을 수립해 읍사무소가 직접 사업을 시행한 사례가 적지 않다. 굳이 안 해도 되는 일이지만, 찾아서 하는 게 즐거웠고, 그 성과로 주민이 만족하는 모습을 보면 더 큰 행복감을 느꼈다.

괴산 시내 중심도로인 읍내로에서 명덕초등학교로 진입하는 길은 대략 300m가량이다. 가장 안전해야 할 이 길은 좁고 불편할 뿐 아니라, 위험이 도사리고 있었다. 진입도로의 폭이 7m는 돼야 하는데 실제로는 5m 안팎이었다. 중앙선도 따로 없고, 보행로가 따로 없었다. 도로 양 옆에는 늘 불법 주정차 차량이 넘쳐나 차량이 뒤엉키는 일이 빈번했다. 그러니 아이들의 통학로가 늘 위험에 노출돼 있었다. 개선이 시급했다. 도로 폭을 넓혀주고 보행로를 확보해 주어야 안전한 등하교가 이루어질 수 있다고 생각했다.

가장 먼저 측량부터 했다. 정확한 토지 정보를 가져야 대책을 세울 수 있다고 판단한 거다. 측량 결과 의외의 사실을 발견했다. 도로의 상당 부분이 잠식돼 민간이 무단 사용하고 있음을 확인했다.

몇몇 민가가 그러했고, 괴산성당이 그러했다. 특히 성당은 제법 긴 구간을 화단으로 사용하고 있었다. 경계측량의 결과물을 가지고 성당 관계자와 민가 주인을 차례로 만났다. 그들은 하나같이 "그럴 리가 없다"고 손사래를 쳤다. 하지만 도면을 보여주며 차근차근 설득력 있게 설명하니 상대는 인정할 수밖에 없었다.

성당과 민가가 점유하고 있는 면적은 도로 폭 기준으로 대략 1~1.5m였다. 오랜 세월 측량없이 관행적으로 사용한 거다. 이 면적을 확보하면 안전한 통학로를 만들 수 있었다. 성당이 차지하고 있는 면적은 화단으로 활용 중이었고, 민가가 점유한 토지에도 다행히 건물은 없었다. 문제점을 발견한 후 읍장이 읍내 주요사업 추진에 대한 TF팀장을 겸하고 있었기에 지체 없이 괴산읍중심지 활성화사업에 해결 방안을 반영하여 추진하였다.

성당과 민가에 담장을 설치해 주고, 확보한 토지만큼 길을 넓혔다. 사업을 모두 마치고 나니 학교도 좋아하고, 주민도 좋아했다. 가장 불안전한 도로였던 게 가장 안전한 도로가 되었다. 그때 해결하지 못했더라면, 지금까지 안전하지 못한 통학로 상황이 이어졌을지 모른다. 적극적으로 일을 찾아 해결한 사례였고, 그만큼 모두에게 이익이 되었다. 나도 큰 만족감을 맛봤다. 일을 찾아서 하면 그만큼 성취감이 크다. 특히 공직의 경우, 성과의 혜택이 다수에게 돌아가 기쁨이 커진다.

명덕초 관련해 발굴 추진한 사업이 또 하나 있다. 학교 정문 좌측에는 30평 남짓한 공터가 있었다. 학교 소유의 땅이었지만,

마땅히 활용하지 못한 채 방치돼 있었다. 엄연한 학교 부지지만 울타리 밖이라서 관리가 제대로 이루어지지 않고 주변환경이 매우 불량했다. 이곳을 정비할 필요가 있다고 생각해 학교장을 만나 상의했다. 학교장은 학교 소유의 땅을 군이 개발하는 것에 대해 훗날 문제가 생기지 않을까 염려하는 모습이었다.

학교장은 선뜻 결정을 못 하고, 교육청과 협의한 후 결과를 알려주겠다고 했고, 얼마 후 연락이 왔다. 군이 제시한 대로 사업을 시행하자고 했다. 교장이 교육청의 승낙을 받은 거였다. 곧바로 사업에 착수해 주변을 정비해 화단을 만들고 7~8면의 주차장을 만들었다. 여전히 학교 소유의 땅이지만, 공유주차장 성격으로 활용하고 있다. 적극적으로 일을 찾아내 해결하니 모두에게 만족스러운 결과로 이어졌다. 일을 찾아서 적극적으로 해결한 사례 중 하나다. 주민과 학교 측 모두 만족해했다.

괴산읍 서부리 괴산개인택시복지관 앞에 제법 넓은 유휴 공간이 있었다. 제대로 활용되지 않아 늘 잡초가 무성하게 자라고, 쓰레기가 쌓여 흉물 노릇을 했다. 이 문제를 해결하고 싶었다. 이때도 괴산읍장으로 재직할 때다. 개인택시 지부를 직접 찾아가 공간 활용을 논의했다. 부지 소유권은 그대로 지부가 갖되, 군이 예산을 들여 미화 작업을 하겠다고 했다. 개인택시 지부는 마다할 이유가 없었다. 우선 해당 터를 말끔히 청소한 후 정자 한 동을 세웠다. 그리고 남은 부지에는 각종 체육시설 기구를 설치했다.

여기에 든 예산은 3000만 원 남짓이다. 3000만 원은 굳이 군

예산을 사용하지 않고, 읍사무소 예산으로 처리할 수 있는 수준이었다. 그래서 과감하게 읍사무소 예산을 사용하기로 했다. 많지 않은 예산을 투입해 불량 환경을 제거하는 한편, 부지 활용도를 극대화했다. 주민도 만족했고, 지부도 높은 만족도를 보였다. 이 사업 역시 안 한다고 누가 뭐라고 할 일도 없었지만, 발굴해 시행했더니 모두가 만족스러워했다. 행정이란 소소한 것이라도 주민의 만족을 최대 가치로 여기고 적극적으로 추진해야 한다는 교훈을 얻었다.

국립농산물품질관리원 충북지원괴산증평사무소가 태광아파트와 담을 두고 경계를 이뤘다. 사무소는 20여 대 이상을 주차할 수 있는 주차면을 갖고 있었다. 지켜보니 이 주차장은 직원이 퇴근한 이후 빈 상태가 됐다. 만성적인 주차장 부족을 겪고 있는 아파트 주민에게 개방하면 큰 보탬이 될 것으로 판단해, 사무소를 찾아가 소장과 면담했다. 소장은 호방한 성격의 소유자로 내 제안을 금세 이해하고 받아들였다. 저녁 시간에 인근 주민이 주차장을 이용할 수 있게 개방하기로 했다. 소장은 한술 더 나아가 아파트와 사무소 경계를 이루는 담에 통행 문을 설치하자고 했다. 바로 옆에 붙어있는 위치지만, 주차하고 정문을 통해 빠져나가게 되면 대략 150m를 돌아가야 했다. 문을 설치하면 앞마당처럼 자유롭게 드나들 수 있었다. 그래서 흔쾌히 사업을 진행했다. 태광아파트 주민은 지금도 여전히 퇴근 시간 이후 사무소의 주차장을 이용하고 있다. 이 또한 보람을 느낀 찾아서 해결한 사업이었다.

이 밖에도 홍범식 고택 앞 택지개발 1700여 평 공터에 해바라기, 꽃양귀비, 금영화, 메밀 등을 심어 꽃밭을 꾸몄다. 동진천 산책로 조명개선사업에 이어 꽃밭을 조성하고, 하천둔치와 도로변의 제초 작업을 하고 잡목 제거까지 했더니 주변 환경이 몰라보게 좋아졌다. 곁들여 동진천, 성황천 둔치와 산책로 일대에 소나무와 은행나무를 보식했다. 한 과정씩 더해질 때마다 도시 환경이 몰라보게 달라졌다. 괴산읍 곳곳을 내집 정원처럼 꾸미고 싶었다. 단장한 환경을 지켜본 주민 모두 엄지 손가락을 치켜세우며 칭찬했다. 보람이 컸다.

세상엔 주어진 일만 하는 공무원만 있는 게 아니다. 적극적으로 일을 찾아내 해결하려는 공무원도 얼마든지 있다. 나는 일을 찾아 해결하고, 모두가 즐거워하는 모습에 보람과 행복을 느꼈다. 주민편의 공익목적 사업을 추진하면서 진정성 있는 대화와 소통의 노력을 다하면 모든 민원은 다 해결할 수 있음을 확인했다. 사람과 사람이 하는 일이기에 진심으로 경청하고 소통하고 배려하고 실천하면 무슨 일이든 할 수 있다는 것이 평소 나의 소신이자 공직 철학이었다.

2020년 괴산읍장 근무 당시 홍범식 고택 앞 공터에 해바라기 꽃밭을 만들어
주민과 관광객에게 즐거움을 주었다.

농촌 생존의 열쇠, 인력 수급

　농촌은 그 어느 곳보다 많은 문제를 안고 있다. 그 중 압도적으로 꼽히는 건 바로 소멸 위기다. 소멸 위기란 인구 유출이고, 인구 유출은 곧 인력 부족으로 연결된다. 산업화 이후 농촌은 하염없이 젊은 인구가 빠져나갔고, 모든 농촌은 고령화로 몸살을 앓고 있다. 농촌인구가 고령화된다는 건 일할 사람이 없다는 걸 의미한다. 농토는 있지만, 농민이 없는 구조다. 이는 심각한 식량안보의 위기로 이어진다. 식량안보를 지켜내지 못하면, 우리는 어떤 형태로든 다른 나라에 종속될 수밖에 없고, 존립을 위협받게 된다.

　정부와 지자체는 날로 심각해지는 농촌의 인력난을 해결하기 위해 모든 수단과 방법을 동원해 이를 해결하고자 노력하고 있다. 지금 대한민국에는 250여만 명에 이르는 외국인노동자가 체류하고 있고, 그중 상당수는 농촌에서 농업에 종사하며 농촌을 지탱해 주고 있다. 외국인이 떠나면 한국 농업은 몰락의 길로 접어들 수밖에 없고, 농촌은 존재할 수 없다. 도시로 떠난 인력이 농촌으로 회귀하도록 각종 시책을 마련하고 있지만, 이는 중장기적인 대책이다.

단기적 대책은 외국인 인력을 활용하는 거다. 한 명이라도 많은 외국인 노동자를 농촌에 정착시켜 이들이 인력 문제를 해결하도록 하는 게 최선이다. 농촌에 외국인 인력이 투입되기 시작한 건 대략 2015년도 무렵부터다. 그 전부터 외국인 노동자의 농촌 투입은 시작됐지만, 본격화한 건 2015년경으로 보는 게 타당하다. 다른 지역보다 고령화가 심각한 괴산군의 경우 외국인 인력 확보가 시급했다. 2015년 괴산군 임각수 군수는 전국최초로 외국인 계절근로자제도를 도입하였으며 이후 전국으로 급속히 확산되는 계기를 마련했다.

2025년 현재 괴산군의 계절근로자는 법무부로부터 684명을 배정받아 196농가에 배치했다. 농가고용형 612명, 공공형 50명, 결혼이민자 22명이다. 일손은 주로 담배, 인삼, 고추, 옥수수 등의 재배와 절임배추 생산 등에 투입되고 있다. 외국인 인력 투입은 농촌의 고령화에 따른 만성적인 인력난 해소와 농업 생산성 향상에 기여하고 있다. 연간 58억 원 이상의 인건비 절감을 기대하고 있다. 농촌에 외국인 인력이 투입되면 농촌의 인력난에 숨통이 트였다. 하지만, 자세히 살펴보면 한계가 극명히 드러난다.

외국인 노동자가 막상 농촌에 유입되기 시작했지만, 그들은 대농과 부농의 몫이었다. 전답 경작을 비롯해 축산, 특용작물 재배 등을 넓은 면적으로 운영하는 대농은 외국인 노동자를 직접 고용해 그들의 도움을 받았지만, 중소 규모의 농가는 그 혜택을 누릴 수 없었다. 대농은 외국인 노동자에게 숙식을 제공하며 연중 그들을

제5장 복지부동을 걷어차고

활용할 수 있는 여건을 갖춘 데 반해, 중·소농은 농번기 한철에만 집중적으로 일손이 필요했다. 그들은 몇 개월 일손을 쓰고자 연중 외국인 노동자를 고용하고, 숙식을 제공할 여건이 못됐다.

외국인 노동자를 상시 고용할 수 있는 대농은 전체 농가의 10%가 채 못된다. 나머지 90% 이상의 중·소농은 농번기 한철 집중적으로 인력을 쓰고 싶지만, 그러기에는 여러 제한점이 많았다. 그래서 정부와 지자체가 고안해 낸 방법이 공공형계절근로자 제도이다. 대략 농번기 4개월가량 집중적으로 많은 외국인 노동자를 입국하게 하고, 그들을 농가에 적절히 보급하는 제도이다. 이 같은 제도는 금세 실효적 효과를 냈다. 농가 모두가 이 제도를 환영했다. 만성적 일손 부족에 시달리는 농촌에 단비 같은 제도였다.

정부는 소농들의 일손 부족 해결을 위해 '공공형 외국인 계절근로자 운영센터' 건립을 시작했다. 우선 각 도에 한 곳씩을 우선 선정해 외국인의 숙식을 해결할 공간 건립을 정부가 지원하는 사업이다. 내가 농업건설국장으로 재직할 때, 이 사업의 공모가 시작됐다. 2023년 공모가 발표되자, 반드시 선정돼 지원을 받아야겠다는 의지가 생겼다. 군이 부지를 제공하면, 정부가 건축비를 지원하는 형태다. 관리 비용은 지자체와 농협이 나눠 부담하도록 했다. 경작지가 넓고, 농업 분야의 의존도가 어느 지역보다 높은 괴산의 특성을 참작해 무슨 일이 있어도 운영센터를 유치해야 한다고 생각했다.

센터 선정을 위해 충북도와 정부 부처를 발이 닳도록 찾아다녔다.

괴산군이 선정돼야 하는 이유를 설명했고, 브리핑해야 할 때는 내가 직접 나섰다. 전략적으로 접근했고, 정보망을 총동원했다. 이런 노력을 인정받아 괴산군이 충북도 운영센터 지원 대상으로 확정되는 듯했다. 그러자 보은군을 비롯한 전국의 농업군 자치단체들은 지원 대상을 확대해 달라며 거세게 반발하고 나섰다. 농촌의 현실을 잘 이해한 중앙정부의 확대 정책에 따라 충북도에서 괴산군과 보은군이 최종선정됐다.

사업비는 특별조정교부금 10억 원을 포함해 30억 원이 투입됐다. 괴산군의 운영센터 건립지는 괴산군 대제산업단지 내 군유지로 확정했다. 이곳은 40명 안팎의 외국인을 동시 수용할 수 있는 규모로, 계절형으로 한시적 입국한 외국인노동자는 여기서 머물며 각 농가에 배치됐다. 중소 농가가 필요한 적정한 인력을 사전에 접수하면, 날짜에 맞춰 인력을 적기에 공급하게 됐다. 인력을 운송하는 일은 농협이 담당했다. 외국인 노동자 인력을 활용하고 싶어도, 상시 고용할 수 없고, 숙식 문제를 해결해 주지 못해 쓰지 못하던 중소 농가가 활로를 찾을 수 있게 된 거다.

운영센터를 유치한 건 효율성 면에서 더없는 성과다. 사업 유치를 위해 담당 국장인 나는 실무 부서의 과장, 팀장, 실무자를 진두지휘하며 함께 전략을 마련했다. 괴산군이 처한 가장 현실적 문제이고, 가장 시급하게 해결해야 할 문제라는 점을 부각하며 기필코 유치에 성공하자고 직원들을 독려했다. 유치를 확정 지었을 때 큰 성취감을 맛봤다. 농가 주민들도 괴산군이 이룬 성과에 환호했다. 가장 큰 문제인 외국인 노동자의 숙소가 해결되니 이후 정책 추진은 탄력을 얻었다.

괴산군의 농업 현실을 고려할 때, 이런 규모의 운영센터가 1곳 정도 더 필요하다. 30명으론 부족하다. 2025년에는 50명을 배정받았다. 점차 증원하여 100명 이상은 돼야 안정적으로 인력을 공급할 수 있다고 생각한다. 외국인 계절근로자는 통상 5개월 정도 근무한다. 대개 4월에 입국해 8월 전에 귀국한다. 본격적인 영농철이 4월부터 시작되기 때문이다. 그러나 2022년 1월 농업건설국장으로 자리를 옮겨 농민단체의 어려움을 청취하다 보니 괴산군의 사정은 조금 다르다는 것을 알았다.

잎담배 경작농이 많은 괴산은 보통 3월 중순경부터 밭갈이, 두둑 만들기, 비닐 씌우기 등 준비를 하고 3월 말부터 4월 중순경까지 정식을 한다. 3월부터 극심한 인력난이 시작된다. 외국인 계절근로자의 입국 시기를 3월로 앞당겨야 실효를 거둘 수 있다는 판단이 섰다. 이 문제를 해결하기 위해 법무부 출입국관리사무소와 농림축산식품부 등을 상대로 설득 작업을 벌였다. 이 문제는 계절근로자의 E-8 비자와 연계돼 있어 상대국 정부와 협의를 전제로 한다. 결코 간단한 문제가 아니다. 하지만, 꾸준히 설득해 상대국의 동의를 얻어 결국 괴산군은 2022년부터 다른 지역보다 1개월 앞당겨 3월부터 계절형 근로자의 입국이 시작됐다.

이 또한 지역 실정을 고려해 지역 농민들의 편의를 극대화하려는 조치였다. 공무원이 한 번 더 깊이 생각하고, 발로 뛰면서 문제를 해결하려 들면, 주민은 기대 이상의 성과를 볼 수 있다는 점을 깨달았다. 문제점을 발견하면 머뭇거리지 말고 즉시 해결에 나서야 한다. 해결책 마련에 서두르는 만큼 결실을 빨리 거둘 수 있다. 괴산군의 경우 공공형 계절근로자 100명 정도가 제때 입국하면 중소 농가의 농촌 인력 문제를 웬만큼 해결할 수 있다.

증평군의 경우도 농지 면적이 상대적으로 작아 괴산군 대비 1/3 정도면 충분히 인력 문제를 해결할 수 있다고 본다. 증평군은 농업의 비중이 크지는 않지만, 농업은 반드시 지켜야 하는 소중한 생명산업이자 국가의 중요 안보산업이다. 안정적인 영농을 위해 '공공형 외국인 계절근로자 운영센터'의 설치를 서둘러야 한다. 농가의 인건비 절감에 힘쓰는 한편, 로컬매장 활성화 및 확대 등을 통한 농가의 안정적 소득 확보에도 심혈을 기울여야 한다.

증평의 농업을 이끌어갈 4H청년들과 함께.

제5장 복지부동을 걷어차고

회전교차로만 잘 만들어도

　농촌 소규모 도시도 교통 문제가 있다. 대도시처럼 심각하지는 않지만, 나름의 문제가 상존한다. 차량 흐름은 한 곳에서 막히면 연쇄적으로 그 체증이 확산되어 금세 도시 전체가 혼잡에 빠지게 된다. 그래서 그 해법 중 하나로 최근 급부상하는 게 교차로에 신호 체계를 없애고, 회전형 교차로를 설치하는 방법이다. 신호를 없애고 회전교차로를 설치하면, 차량이 서행하면서 지속해 운행하기 때문에 여간해선 체증이 발생하지 않는다. 중소도시는 회전교차로 설치를 통해 차량 흐름 문제를 해결하는 게 최상책이다.

　인구 1만 명 미만의 작은 도시인 괴산읍은 호국원과 학생군사학교, 아이쿱 유기농 산업단지 등이 생겨난 후 특정 일에 시가지 교통 체증이 발생이 빈발했다. 그러던 중 내가 농업건설국장으로 재임하던 2022년 국토부 '위험도로 및 병목구간 7단계 기본계획'을 추진할 기회가 마련됐다. 핵심은 괴산 시가지 내 일부 교차로의 신호기를 없애고, 회전교차로를 설치하는 거였다. 이 사업을 위해 국회, 기획재정부, 국토교통부 등을 수시로 방문해 자문을 받고, 사업비 확보에 나섰다. 회전교차로를 주제로 박사학위 논문을 쓴 송기섭 진천군수를 방문해 자문받기도 했다.

괴산읍 서부리에 시계탑 네거리가 있다. 이곳은 비대칭형 교차로로 차량 흐름이 원활하지 못해 사고가 빈발하는 곳이다. 시급히 회전교차로를 설치해야 할 곳이라 판단했다. 먼저 기본계획을 세워 사업을 조기에 착수할 수 있게 준비했다. 2024년 2월 최종 단계인 실시설계까지 마쳤다. 그러나 주민 반발이 만만치 않았다. 그곳은 택시 정차장이 있어 늘 여러 대의 택시가 대기하고 있었다. 아주 오랜 기간 주민에게 그곳이 택시정차장이란 인식이 박혀 있어, 택시업체들은 좀처럼 그곳을 떠나려 하지 않았다. 회전교차로가 생기면 늘 대기 장소로 쓰던 곳을 옮겨야 할 상황이라 반대가 극심했다.

마침, 그곳에는 전국 미식가들 사이에 이름이 알려진 음식점도 자리 잡고 있다. 그 식당도 회전교차로가 생기면 그동안 활용해 온 주차 공간이 사라진다며 반대의 뜻을 굽히지 않았다. 이처럼 극명한 반대 의견이 첨예하게 부상해 무리해서 일을 처리해 나가기 어려운 형편이었다. 하지만 괴산읍 전체를 위해 반드시 추진해야 한다는 것이 괴산군의 입장이었다. 주민 반대에 부딪혀 한동안 진척을 보지 못했던 이 사업은 끈질긴 설득 끝에 해결의 실마리를 찾아 2025년 사업에 착수했다. 기다림과 설득의 중요성을 깨닫게 한 사업이다.

동부리 괴산제2교 앞 삼거리도 회전교차로 설치가 필요한 곳으로 지목됐다. 이곳은 중원대학교, 발효식품 농공단지, 학생군사학교, 괴산농공단지 등의 진입 길목에 있어 특정일은 물론 평상시에도 교통량이 많은 곳이다. 군은 회전교차로 설치가 이곳의 교통 문제 해결을 위한 정답이라고 판단하고 12억 원의 예산을 세워 건설을 추진했다. 시계탑 네거리와 같은 시기에 사업이 추진됐지만, 이곳은 민원 제기가 없어 곧바로 공사에 착수했고, 토지 보상도 빠르게 진행했다. 지금은 모두가 만족해하는 회전교차로가 완성됐다.

괴산읍 시계탑사거리 전경.(회전교차로 공사 전) 괴산군제공사진 2024.1

이들 두 곳은 소형 회전교차로가 설치돼 적은 사업비를 투입했지만, 효과는 만점이다. 회전교차로가 준공된 이후 이 일대의 차량 흐름은 몰라보게 개선됐다. 앞으로 읍·면지역의 교차로 상당수는 회전교차로 형태로 변경해야 한다는 생각이다. 시골 시가지는 회전교차로의 효과가 참으로 크다. 이 사업들은 내가 농업건설국장 재임 중 추진한 것으로, 사업 효과에 관한 보람과 긍지가 크다.

괴산읍 시계탑사거리 전경(회전교차로 공사 후) 2024.11

제5장 복지부동을 걷어차고

자식같이, 때로는 조카같이

예전의 공직사회는 늘 엄중한 수직문화가 존재했다. 계급이 존재하고, 직급에 따라 요구받는 역할이 있다. 그 역할이란 건 규정에 따른 것도 있지만, 관례화된 것도 많다. 이제는 공직사회에도 많은 변화가 찾아와, 과거처럼 상명하복의 문화가 많이 사라진 건 맞다. 그러나 아직도 여전히 관행이라는 이름으로 행해지는 수직문화가 완전히 소멸하지는 않았다. 특히 수평문화에 익숙한 신세대에게 그런 수직문화는 극복하기 어려운 과제다. 젊은 공무원이 중도 포기하고 공직을 떠나는 가장 큰 이유이기도 하다.

나 역시 말단부터 시작해 하급자의 심정을 누구보다 잘 안다. 시대가 변한 만큼 공직사회도 변해야 한다는 생각이 간절하다. 어느새 나이를 먹고 보니 신입 직원이 내 아들딸과 같은 또래들이다. 그보다 나이가 적은 후배도 얼마든지 있다. 그러니 자식 같은 마음이 생기는 건 당연하다. 20년 가까이 공직에 임한 팀장급도 조카뻘이다. 그들 역시 지역 후배고, 공직 후배다. 직장은 생계를 위한 공간이기도 하지만, 자아실현의 공간이기도 하다. 직장 내 역할을 통해 존재감을 확인하고, 자존감을 확인하려는 후배들에게 자긍심을 심어주고, 열심히 일할 동력을 부여하는 건 오롯이 선배의 역할이다.

과장 직급으로 일할 무렵, 젊은 공무원이 공직을 떠나는 일이 유행처럼 번졌다. 불과 몇 해 전만 해도 공무원의 인기가 하늘을 찌르던 때가 있었지만, 시대의 변화에 편승해 공직에서 중도 하차하는 후배가 늘어났다. 내가 담당하는 과도 이런 일이 벌어졌다. 과장 재직 중 몇 명의 신입 공무원이 공직을 떠나고자 했다. 그들이 공직을 떠나는 원인은 많았지만, 파악해 보니 역시나 경직된 조직문화에 적응하지 못한 사례가 많았다. 선배에게는 익숙할지 몰라도 그들에게는 통하지 않았다.

이미 결심을 굳혔다고 말하는 그들을 한 사람씩 차례로 만나 보았다. 만날 때는 단둘이서, 인사상담실이란 공간을 이용했다. 긴장을 푸는 일상적인 얘기로 시작해 서서히 마음을 터놓는 대화를 했다. '다 이해한다', '그럴수도 있다'고 공감해 주었다.

후배들의 얘기를 경청하며 부모같이, 삼촌같이, 때로는 형같이 대화를 풀어나갔다. 비전을 제시하기도 하고, 조직문화의 단점에 공감을 표하기도 하고, 문화를 바꿔나가자고 제안하기도 했다.

그렇게 문제를 풀어나갔다. 꾹 참고 3개월만 더 버티며 다시 생각해 보자고 해, 사직서를 거뒀다. 그들 중 몇 명은 지금도 잘 적응하며 일 잘하는 성실한 공무원으로 성장해 가고 있다. 내가 상담한 후배 공무원들은 다시 마음을 다지고 성실하게 일하게 했지만, 1명은 끝내 마음을 돌리지 못했다. 매우 아쉬웠지만, 뜻이 워낙 완고해 돌이킬 방법이 없었다. 이런 과정을 통해 신세대에게 직장의 문화가 변화하고 있음을 새삼 느꼈다.

칭찬은 고래도 춤추게 한다는 말은 만고의 진리다. 이해해 주고, 칭찬하고, 격려해 주니, 그들은 무리 없이 조직 생활에 잘 적응해 갔다. 상하관계가 아닌 선배로서 수평적관계의 직장동료로서 편하게 대하며 용기를 주고 배려했다. 그들이 잘 적응하고, 새로운 마음가짐으로 일에 정진하는 모습을 볼 때 그렇게 뿌듯할 수가 없다. 서번트리더십은 이 시대 리더들이 진정 실천해야 할 덕목이다.

팀장을 맡고 있던 때의 일이다. 후배 여직원이 큰일을 당했다. 그의 아버지는 기업의 베트남 법인장으로 재직하던 중 현지에서 갑작스러운 일로 사망하고 말았다. 얼마나 당혹스러울지 생각하니 앞이 깜깜했다. 일단 그 여직원을 안정시키는 데 주력했다. 그러면서 차분히 일의 실마리를 찾아갔다. 무사히 현지에서 시신을 운구해 왔고, 이후 장례를 치르도록 적극적으로 도왔다. 어린 나이여서 무얼 어찌해야 할지 몰라 당혹스러워하는 그 후배를 보살펴 차분히 장례를 치르게 도와준 일은 지금도 생생히 기억에 남는다.

내가 퇴직을 하면서도 나와의 대화로 마음을 돌린 후배들이 팀장으로서 주무관으로서 건강하고 성실하게 역량을 발휘하는 모습을 보니 가슴 뿌듯하다. 그들에게 애정어린 손길을 내밀지 않고, 방치했다면 그들은 공직을 떠났을 것이다. 물론 더 좋은 여건의 직장을 찾아 보람을 느끼며 살 수도 있었을 것이다. 그러나 그렇지 못한 사례도 생겨났을 수 있다. 누구에게나 직장생활의 고비가 찾아올 수 있다. 다독이고 설득해 다시 업무에 정진할 수 있도록 기회를 제공한 것이. 그들이 순탄한 인생을 살 수 있게 하는 계기가 됐다면, 그것으로 만족한다.

괴산군 지적공무원 가족여행. (맨 뒷줄 가운데 저자)

어느 어르신의 평생소원

칠성면장으로 부임한 지 얼마 지나지 않았을 때의 일이다. 여든은 족히 되어 보이는 한 어르신이 찾아와 면장 면담을 요청했다. 그분은 보따리 한가득 책과 서류를 가지고 오셨다. 이분이 가져온 자료는 평생 자신의 걸어온 발자취와 관련된 것들이었다. 그 어르신은 36년생인 칠성면 노인분회장이었고, 괴산군 한시협회총무, 괴산향교 전교를 맡고 있는 덕망 있는 분이셨다. 초등학교 평교사로 교직을 마치셨다고 한다. 괴산향교에서 전교로 열심히 활동한 이력이 있다. 듣자 하니 임각수 군수가 초등학교 시절 그분의 제자였다고 한다.

이 어르신은 자신의 평생소원이 괴산군민 대상 지역문화 부문을 수상하는 거라고 말씀하셨다. 그분이 가져온 자료는 자신의 공적을 정리한 것들이었다. 자료는 방대하고 다양했다. 공적을 살펴보니 열심히 살아온 흔적이 역력했고, 고향사랑이 남다름을 알 수 있었다. 그 어른은 괴산군민대상을 받을 수 있도록 면장의 추천을 원하셨다. 어른은 정중히 부탁의 말씀을 전하고는 돌아가셨다.

직원들 얘기를 들어보니, 벌써 몇 차례 공적을 접수한 경험이 있고, 그때마다 번번이 탈락하셨다고 한다. 앞서 면장을 역임한 분들에게 연락해 보니 한결같은 반응을 보였다.

그러나 그분의 간절함이 너무 안쓰러워 힘껏 도와드리고자 굳게 마음먹고 직원들과 전략을 논의를 했다. 담당 직원을 정해 공적조서를 작성하게 했다. 그리고 일정 기간 지난 후 심사위원으로 선정된 다섯 분이 면을 방문하셨다. 어르신 얘기를 꺼내니 모두 이미 잘 알고 있다는 반응을 보였다. 그분들이 보인 반응도 미온적이었다. 몇 차례 심사 대상에 접수됐으나, 번번이 탈락한 사실도 잘 알고 있었다. 그러니 썩 기대하지 않는 분위기였다. 그러나 차분하고 정중하게 면장인 내가 직접 공적에 관한 진정어린 브리핑에 나섰다.

평이한 이력이란 점을 인정했다. 그러나 이분의 고향 사랑이 얼마나 깊은지, 이분의 열정이 얼마나 대단한지 차분히 설명했다. 기 수상자들에 비하여 다소 공적이 미약하지만, 문화예술에 관한 애정이 각별하고, 괴산 사랑이 누구보다 강하다는 점을 집중해 설명했다. 심사위원들의 눈빛이 서서히 바뀌는 걸 느꼈다. 나는 "평생 고향을 위해 살아온 대 선배님의 간곡한 부탁이다. 평생의 소원이라 하신다"라며 호소력 있게 읍소했다. 처음에 무관심으로 일관했던 심사위원들은 "다른 경쟁자를 살펴본 후 다시 논하자"라는 말을 남기고 되돌아갔다.

어르신의 경쟁 상대는 불정면에 사시는 분이다. 그분은 군과 전국

　　　　　　　　　　　제5장 복지부동을 걷어차고

단위의 주요 단체를 이끌고 지역에서 오랫동안 폭넓게 활동하신 인지도가 높은 분이었다. 정말 쉽지 않은 경쟁일 거라 생각했다. 군민대상 심사위원들은 얼마 후 불정면사무소를 방문했다. 그래서 칠성면과 똑같이 공적을 소개받았다. 공적의 내용에서 누가 얼마나 우위를 보였는지는 알 수 없으나, 심사위원들은 칠성면 어르신의 손을 들어주었다. 어르신은 평생소원을 이루셨다. 훗날 만난 심사위원들은 구체적인 선정 배경을 설명하지는 않았지만, 면장의 브리핑이 많은 영향을 끼쳤다고 우회적으로 나의 공로를 인정해주었다.

심사위원장을 맡은 장재영 분과위원장은 지역 문화예술계의 큰 인물로 주관이 뚜렷하고, 사리가 분명하신 분이셨다. 그분은 "군민대상은 단순히 실적으로 좌우하기보다는 고향사랑, 지역에 대한 애정과 관심, 노력 등이 종합적으로 평가돼야 한다"라며 선정 배경을 설명하셨다. 그런 면에서 어르신은 충분히 수상 자격이 있다고 평하셨다. 덧붙여 지역 어르신의 열정을 높이 사고, 온 힘을 다해 도와드리려는 면장의 마음이 심사위원들에게 감동을 안겼다고 부연하셨다.

어르신은 수상 후 술 한 병을 들고 주민센터를 방문하셨다. 마음으로 준비한 선물인지라 기꺼이 받아 저녁 회식 때 직원들과 나눠 마셨다. 평생 고향을 위해 헌신하신 대선배님이 소원을 풀고, 명예로운 군민 대상을 수상하시니 그렇게 마음이 흡족할 수가 없었다. 어르신은 이후에도 심심찮게 주민센터를 종종 방문하시어

대화를 나누었다. 어르신은 주민들을 만날 때마다 주민센터 직원과 면장을 칭찬하셨다고 한다. 고마운 일이다. 큰 보람을 느낀 일화다.

면장을 마치고 시설관리사업소장을 지낸 후 본청 문화관광과장으로 부임했다. 처음 맡아보는 문화, 예술, 관광, 체육 업무였기에 많이 긴장했다. 그러나 많은 관계자의 도움으로 무탈히 업무를 이어갈 수 있었다. 특히 지역문화부문 심사위원으로 참여했던 분들은 지역 문화예술계의 주축을 이루는 인물들이었다. 문화관광과장으로 재직하는 동안 그분들의 도움을 많이 받았다. 주민의 평생 소원을 이뤄주기 위해 최선을 다했던 모습을 기억해 나를 신뢰하고 많이 도와주셨다. 고추축제도 그분들의 도움으로 성대하게 치를 수 있었다.

칠성면장 시절 저자. 2015

성불산, '불상을 찾아라' 이벤트와 문무장송

사무관으로 괴산군 시설관리사업소장을 맡을 때 성불산자연휴양단지를 개장했다. 그곳은 산세가 수려하고, 맑은 물이 흐르는 계곡이 있어 괴산의 명소로 손꼽히는 곳이었다. 그런 곳에 좋은 시설을 갖춘 휴양단지가 개장했으니, 말 그대로 금상첨화였다. 2016년 5월 6일 역사적 휴양림 개장식에 맞춰 특별 이벤트를 준비했다. 성불산은 과거 '성불사'란 사찰이 있었다고 하는데 지금은 그 흔적을 찾아볼 수 없다. 그 점에 착안한 이벤트를 준비했다. 성불산을 전국에 알릴 목적이었다.

이벤트 제목은 '성불산, 불상을 찾아라'로 성불산에 있는 지형, 나무, 바위 등 산에 있는 모든 것들을 활용해서라도 불상의 모습을 사진에 담아내라는 주문이었다. 온라인과 오프라인을 동원해 전국의 프로와 아마추어 사진작가에게 공모 사실을 알렸다. 반응은 기대 이상이었다. 전국 각지에서 수백 명의 사진작가가 성불산으로 몰려들었다. 한 번의 방문으로 그치는 것이 아니라, 작품이 완성될 때까지 몇 번이고 방문했다. 한 번 방문하면 며칠씩 묵으며 촬영하는 사례도 많았다.

괴산군 사암연합회와 함께 '성불산, 불상을 찾아라' 사진전 기획을 위한 현장 답사를 하고있다

　작품을 위한 사진작가들의 열정은 참으로 대단했다. 산의 곳곳을 누비며 촬영에 몰두했다. 특정 지형지물을 촬영하기도 했고, 멀리서 산의 형상을 앵글에 담아내기도 했다. 빛의 조절에 따라 전혀 다른 작품을 연출해 보이는 게 참으로 신기했다. 심사 날이 다가왔다. 출품자들은 저마다 촬영한 사진을 스크린에 띄우고 설명했다. 작품 설명을 들으니 저마다 독특한 방법으로 많은 불상의 모습을 찾아 냈다. 감탄사가 쏟아질 지경이었다.

　심사는 괴산군 사암연합회가 중요 역할을 맡았다. 심사위원들도 예상했던 것보다 월등히 좋은 작품이 다수 출품됐다며 만족감을 보였다. 금상 1명에 200만원, 은상 2명에 각 150만 원, 동상 3명에 각 100만 원, 특별상 3명에 각 50만 원이 수여됐고, 입선 100

명에게는 지역사랑상품권 3만 원을 지급했다. 작품을 위해 멀리 괴산까지 방문해 며칠씩 묵으며 촬영한 것에 비하면 큰 포상은 아니었다. 더욱이 작가들은 괴산에 머물며 지역에 적지 않은 비용을 지출했다. 결과적으로 '성불산 불상을 찾아라' 이벤트는 대성공이었다.

휴양림 개장을 알리기 위해 아이디어를 동원해 시작한 '성불산 불상을 찾아라' 이벤트는 여러모로 교훈을 안겼다. 아이디어를 모으면 훌륭한 이벤트를 통해 지역을 홍보할 수 있고, 지역경제에도 도움을 줄 수 있다는 점이다. 사진 공모전을 통해 괴산 성불산은 더욱 명성을 얻었다. 그 덕분에 성불산 휴양림도 입소문을 타 전국 각지에서 관광객이 몰려들었다. 다만, 어렵게 시작한 이벤트가 지속 사업으로 발전하지 못하고, 단명한 것이 아쉬움으로 남는다.

괴산 성불산휴양단지 내 한옥체험관에서 열린 성불산 산림휴양단지 준공 및 개장식 (2016. 5. 6)

고사한 문무장송, 아쉬움을 달래며

　국내에 있는 수많은 소나무 중에 가장 유명한 건 속리산 정이 품송이 아닐까 싶다. 나무의 기품도 나무랄 데 없고, 나무에 얽힌 이야기도 주목받기에 충분하다. 소나무는 가장 한국적인 수종이라 해도 과언이 아니다. 한국 어느 곳에서든 소나무를 볼 수 있고, 소나무는 한국 풍광과 절묘하게 어울린다. 애국가 가사에도 등장할 정도로 소나무는 한국의 정서와 깊이 연관돼 있다. 속리산 정이품송과 견줄만한 외형을 가진 소나무가 괴산에 있었다. 크기도 웅장하고, 나무의 형태가 우람해 한눈에 봐도 예사 나무와는 확연히 달랐다.

　괴산 검승리 박씨 문중은 문중 산에 있던 낙락장송 한 그루를 군에 희사했다. 괴산군이 학생군사학교를 유치한 것을 기념하기 위해 기증한 것이다. 이 나무는 누가 봐도 감탄사를 토해낼 만큼 풍모가 대단했다. 괴산군은 문중이 기증한 이 소나무를 제2괴산교를 지나 동진천 변에 옮겨 심었다. 군사학교로 진입하는 도중 가장 눈에 잘 띌 수 있는 곳에 자리 잡아 이식한 거다. 한눈에 봐도

제5장 복지부동을 걷어차고

대단히 가치 있는 나무였다. 기증한 뜻이 거룩해 대대적인 기념식을 하고 나무를 심었다.

그러고는 이 나무를 임각수 군수가 '문무장송(文武長松)'이라고 명명했다. '문무대'란 별칭을 가진 학생군사학교 이름에서 착안한 거다. 근사한 나무가 근사한 이름까지 갖게 됐으니, 더욱 돋보였다. 지역 주민은 물론 이곳을 지나는 모든 외지인도 신비로운 눈으로 문무장송을 지켜봤다. 괴산이 자랑하는 또 하나의 명물로 자리 잡는 듯했다. 나무는 수령도 족히 수백 년은 돼 보였다. 다른 나무와 비교할 수 없이 컸고, 아름다웠다. 괴산군의 명물로 소문이 나기에 충분한 조건을 갖췄다.

그러나 그토록 환영받던 문무장송은 이식된 후 오래 버티지 못했다. 본래 소나무는 이식 후 생존할 확률이 다른 나무와 비교해 낮다고 알려졌으나, 그렇게 쉽게 고사할 줄은 아무도 몰랐다. 나무는 이식한 후 서서히 말라갔고, 몇 해를 넘기지 못하고 생명을 다했다. 너무도 애석했다. 문무장송의 고사를 가장 애석해 한 건 아무래도 직접 기증받은 임각수 전 군수셨다. 임 군수께서 퇴임 후 몇 해 고향을 떠나 계시던 중, 나무의 고사가 진행됐다. 훗날 임군수는 그 나무의 소식을 전해 듣고 몹시 안타까워하셨다.

나는 그 나무를 가장 잘 활용할 방법을 찾아 고민했다. 그러던 중 그 나무로 장승을 만들어 세울 생각을 했다. 마침, 성불산 자연휴양림에 한옥체험관이 건립됐다. 그 한옥체험관 앞에 그 나무로 장승을 세우기로 결심했다. 모두 내 생각에 찬성했고, 환영했다.

보통 장승은 2~3m 높이로 세우는 게 일반적이지만, 문무장송을 깎은 장승은 둘레가 2m, 높이는 7m이다. 자연휴양림 직원이 직접 장승 깎는 작업을 맡았다. 재주가 좋은 분들이어서 그럴듯하게 장승을 만들었다.

그러고는 완성한 장승 '천하대장군'과 '지하여장군'을 나란히 한옥체험관 앞에 세웠다. 문무장송을 살리지 못해 모두 아쉬워했지만, 장승을 깎아서라도 다시 여럿이 볼 수 있게 했으니, 위안이 됐다. 장승을 세우면서 여럿이 모여 고사도 크게 지냈다. 지금도 2개의 장승은 성불산 자연휴양림 한옥체험관 앞에 버티고 있다. 문무장송의 고사는 너무도 아쉬운 일이지만, 장승으로 되살아나게 한 것이 그나마 다행이다. 문무장송이 고사한 건 아무리 생각해도 애석한 일이다.

고사한 문무장송이 괴산성불산 휴양단지를 지키는 장승으로 다시 태어났다

제5장 복지부동을 걷어차고

현장민원처리제의 교훈

　세상은 빠르게 변하고 있다. 내가 어려서 경험했던 세상은 이미 먼 나라 이야기가 됐다. 그때 경험한 세상은 대한민국이 아니었을지 모른다. 어쩌면 조선시대의 연장이었을지도 모른다. 전기가 없던 시절이고, 고무신을 신고 다니던 시절이다. 십 리, 이십 리는 예사로 걸어 다녔다. 읍내에 나가야 전화를 구경하던 시절이었다. 그러니 지금의 세상과 비교할 수 없는 시절이었다. 당시에 상상조차 하지 못했던 생활을 누리며 살아가고 있다. 대한민국이 전 세계에서 가장 빠르게 변하는 나라이다 보니 그런 변화를 몸소 겪게 된 거다.

　시대가 발전했다는 건, 여러 가지 측면으로 볼 수 있지만, 우선은 교통과 통신의 발달이 가장 두드러진다. 사방팔방 도로가 뚫렸고, 집마다 차를 보유해 마음만 먹으면 어디든 손쉽게 이동할 수 있게 됐다. 집집마다 컴퓨터와 인터넷이 보급됐으니 실시간으로 세상과 소통할 수 있다. 너 나 할 것 없이 스마트폰을 휴대해 누구와도 손쉽게 연락할 수 있게 됐다. 사진이나 영상을 보내는 일도 너무 간편해졌다. 외국에 나가 있는 친인척과도 수시로 연락할 수 있으니,

그 편리함을 무어라 말로 설명하기도 어렵다.

그렇지만, 여전히 교통과 통신의 혜택을 제대로 누리지 못하고 과거의 삶을 살아가는 이들이 있다. 시골에 거주하는 노인들이다. 교통수단이 극도로 발달했다지만, 여전히 시골의 노인은 교통약자다. 하루에 한두 번 들어오는 시내버스를 기다려야 이동할 수 있다. TV 외에는 바깥세상의 소식을 전해 들을 방법이 없다. 모든 것이 전산화돼 편리하게 이용할 수 있는 시대지만, 그들에겐 남의 나라 이야기일 뿐이다. 시골에 거주하는 대부분의 노인에게 교통과 통신의 발달이 가져온 현대 문명사회의 모습은 실감 나지 않는다.

어르신들이 서류 한 통을 발급받기 위해 군청에 오는 일을 생각해 보면 하루가 꼬박 걸린다. 하루 한두 번 들어오는 버스를 타고 군청 소재지까지 와서 한참을 걸어 군청까지 이르렀을 게 분명하다. 어렵게 서류를 발급받아 다시 집으로 돌아가면 하루의 시간을 모두 허비하게 된다. 간단히 집에서 인터넷으로 발급할 수 있는 서류도 직접 군청까지 가야 발급받을 수 있다. 그런 사실을 생각하면 참으로 안쓰럽고 안타깝다. 그래서 시작한 사업이 '현장민원처리제'다.

주민등록과 관련한 행정 서류는 대개 면사무소에서 발급이 가능하다. 굳이 군청을 방문해야 하는 민원 중 단연 가장 많은 분야가 토지 관련 민원서류다. 서류 발급 외에 필지의 분할이나 합병, 지목 변경, 조상 땅 찾기 등 소유자 확인, 공시지가 확인, 토지이용계획 확인 등 토지 관련 민원은 면사무소에서 처리가 불가하다.

반드시 군청을 방문해야 처리할 수 있다. 그래서 각 군청이 시작한 서비스가 '지적민원현장처리제'다. 관련 공무원이 직접 면사무소에 캠프를 차리고 해당 지역 민원을 처리해 주는 제도다.

현장민원처리제의 반응이 좋아 나중에는 타 부서도 참여하는 형태가 됐지만, 처음 시작은 지적 관련 민원의 이동 처리다. 각 면사무소를 순회하는 이 제도는 몇 주 전부터 홍보한다. 그래야 마음먹고 면사무소를 찾아와 민원을 해결한다. 군청에서 팀장을 비롯해 서너 명의 직원이 파견 나가 현장에 캠프를 차린다. 혹서기나 혹한기에는 면사무소 한쪽에 이동사무실을 마련하지만, 대개는 면사무소 마당에 텐트를 치고 그곳에서 민원인을 맞는다.

현장민원 방문이 있는 날이면 하루 전에 현장에 도착해 전기와 통신 선로를 확보하고, 이동민원실을 꾸린다. 교통과 통신 분야 약자인 시골 어르신들은 굳이 군청을 방문하지 않고, 민원을 처리할 수 있어 높은 만족도를 보인다. 주로 지적 관련 민원을 해결해 드리지만, 막상 현장에 나가면 일반 행정 민원을 요청하는 사례가 많았다. 건축 인허가, 농지전용 허가, 산지전용 허가 등의 민원이 접수된다. 그러면 해당 부서를 전화로 연결해 주거나, 접수해 두었다가 군청에 돌아와 해당 부서에 전달하곤 했다.

그러다가 나중에는 지적 민원 공무원과 함께 일반 행정 민원 담당 공무원도 함께 이동민원실에 나가 업무를 처리하게 됐다. 또 나중에는 버스를 개조해 테이블을 설치하고, 버스에서 민원을 처리하게 이동민원실을 꾸리기도 했다. 이때는 군수가 직접 현장에 나가 민원인을 응대하기도 했다. 현장에 나간 군수는 직접 민원을 경청하고, 해결해 주기도 했다. 그러니 주민의 만족도가 높아지는 건 당연하다. 주민이 찾는 곳이라면 언제라도 달려가 민원을 해결해 주어야 한다는 걸 이동민원실 서비스에 참여하며 여러 차례 느꼈다.

답은 항상 현장에 있었다. 현장의 중요성은 아무리 강조해도 지나침이 없다. 주민을 직접 만나 현장을 둘러보면 그들의 어려움을 몸소 느끼게 된다. 생각이 바뀐다. 주민이 공연한 불이익을 당하는 일이 없게 행정이 앞장서 서비스를 펼쳐야 한다는 사실을 절감한다. 현장에 나가 민원인을 접해보면 법령에 어둡고, 현실을 모르는 무지로 인해 인허가를 간과해 불이익을 당하는 사례가 참으로 많다는 사실을 깨닫는다. 현장에 나가봐야 느낄 수 있는 일이다.

법령을 몰라 미처 대처하지 못해 행정 처분을 당할 처지에 놓은 사례는 무수히 많다. 이런 일을 겪을 때마다 처벌보다는 계도 차원에서 일을 해결하려고 노력했다. 후배들에게도 그렇게 가르쳤다. 고의성이 없다면 최대한 처벌을 피할 수 있는 방법을 찾아 주어야 한다. 그렇게 일이 잘 처리되면, 큰 보람을 느낀다. 이런 현장민원처리제는 확대 시행해야 한다. 교통과 통신의 혜택에서 벗어나 있는 시골 노인분들에게 최대한 가까이 다가가 행정 서비스를 펼쳐야 한다. 현장 민원처리제에 참여하며 깨달은 게 참 많다.

법령에 어두워 미처 대처하지 못하는 사례는 비단 노인에게만

국한되지 않는다. 도시에서 아파트 생활만 하다가 귀농한 이들도 농지 관련 법령에 관해 어둡기는 마찬가지다. 고등교육을 받은 지식인이라도 법령에 관해 제대로 알지 못해 행정 처리를 제때 처리하지 못해 곤혹스러운 일을 당하는 사례도 많다. KBS청주 방송총국에서 임원을 지내고 귀향해 시골 생활을 하던 분도 그런 사례를 겪은 바 있다. 현장에서 차근히 설명하고 조처하게 해 불이익을 피하게 해준 일이 있다. 그분과는 지금도 연락하며 가끔 만나는 관계가 됐다. 공무원은 현장에 나서기를 즐겨야 한다는 사실은 공직사회의 불문율이다.

민원지적과장 재임 당시.

큰 그림을 그리는 인물, 경대수

  19대(2012~2016)에 이어 20대(2016~2020) 총선을 통해 충북 중부 지역에서 재선 국회의원으로 활동한 인물 경대수. 20대가 되면서 충북 중부 4군 선거구가 3군(증평·음성·진천)으로, 남부 3군 선거구가 4군(괴산·보은·옥천·영동)으로 변경되면서 그는 고향인 괴산이 빠진 선거구에서 출마했다. 그리고 당선의 영광을 얻어 재선에 성공했다. 경 전 의원을 처음 접한 건 그가 현역 국회의원일 때다. 당시 나는 괴산군청 6급 팀장으로 재직 중이었다. 국회의원과 직접 대면할 기회는 없는 직급이었다. 정책간담회 때 배석해 국회의원의 설명을 듣는 게 전부였다.

  그러던 중 내가 사무관이 돼 칠성면장으로 재임할 때, 경 전 의원이 현역 국회의원 신분으로 칠성면 행사에 참석하면서 자연스럽게 인사를 나누고 교류할 기회가 생겼다. 이 무렵부터 경 전 의원은 내 얼굴과 이름을 또렷이 기억해 주었다. 이후 내가 형석고 1회 졸업생으로 동문체육대회 행사장을 방문할 때도 그는 행사장에서 마주할 수 있었고, 다과를 함께 하며 증평과 괴산의 이야기를 나누기도 했다. 품위 있고, 언행이 조심스러우며 상대를 존중하는 대화를 구사했다. 청빈한 선비의 이미지를 갖고 있었다.

그렇게 표면적인 교류만 하던 중 가까운 사이가 된 건 내가 2023년 퇴임하고 이듬해인 2024년 3월 국민의힘 당원이 되면서부터다. 내가 입당한지 얼마 지나지 않아 22대 총선이 치러졌다. 정식 입당한 후 나는 곧바로 정치 세계에 발을 내디뎠다. 나는 중부3군 선거구의 증평군 선거대책본부장이란 직함을 받았고, 직함에 걸맞은 활약을 시작했다. 증평 선거캠프에 머물면서 다방면의 역할을 자처했고, 열정적으로 선거를 도왔다. 유세 일정을 함께 소화했고, 때로는 지원 유세에 나서기도 했다.

선거 운동에 본격적으로 뛰어든 것은 나도 지역사회를 위해 뭔가 의미 있는 일을 하고 싶다는 생각에서 출발했다. 아울러 이전부터 접한 경대수 전 의원의 인품에 매료된 것도 다른 이유가 됐다. 22대 총선을 함께 치르다 보니 서로에 대해 많은 걸 알게 됐고, 이해도가 높아질 수밖에 없었다. 나는 경 전 의원이 현역 국회의원일 때 김득신문학관 건립, 증평경찰서 부지 확보, 증평초에 증평실내체육관 건립, 벨포레에듀팜특구 관광단지 조성, 군립도서관 유치등 많은 업적을 남긴 걸 누구보다 잘 알고 있었다. 그래서 그런점을 중점으로 홍보했다.

나는 그가 고향이 괴산이면서도 중부 3군에 남아 증평과 괴산, 증평을 위해 할 일을 찾는 모습을 보고 깊은 감명을 받았다. 22대 총선에서 낙선한 후 이듬해 치러진 대통령선거 때 경 전 의원과의 인연이 다시 시작됐다. 이때도 역시 동선을 함께 움직이며 유세차에 올라 지원 유세를 펼치는 등 동고동락했다. 그러면서 인간적 정이 깊어진 것은 당연하다. 정치 초년생인 나에게 증평의 곳곳을 누비며 주민 한 분 한 분을 만나 고견을 듣고 가르침을 받기 위해 열심히 뛰어다녀야 한다고 조언해 주기도 했다. 총선을 준비할 때는 관계가 더 깊어졌다. 그는 수수했고 서민적이었다. 아울러 농촌사회에 대한 깊은 이해와 선거구 지역에 대한 무한 애정을 품고 있음을 확인했다.

무엇보다도 그가 큰 그림을 그릴 줄 아는 정치인이란 사실을 깨닫게 되었다. 많은 대화와 유세현장을 누비면서 그의 정치력을 확인할 수 있었다. 우리가 증평 또는 중부 3군에 치우친 식견을 가지고 있는 것과 비교되게, 그는 충북 전체의 발전을 담보할 큰 설계를 하고 있음을 확인했다. 그 실례가 충청권광역철도 및 충청권광역급행철도(CTX) 증평 연장과 관련된 그의 포부였다. 우리는 단지 청주공항에서 11㎞를 연장해 증평역까지 확대해야 한다고 생각하고 있을 때, 그는 더 큰 생각을 하고 있었다.

단순히 철도만 연장하는 데서 그치지 않고, 도안면 정도의 위치에 차량기지를 건설하고, 주변에 행정타운 신도시를 조성하는 밑그림을 그리고 있었다. 특히 그렇게 조성하는 배후신도시를 300만 평가량 조성하고, 거기에 충북도청을 비롯한 도 단위 행정기관을 이주해 새로운 도청신도시를 건설하는 구상을 하고 있었다. 청주의 과밀화가 갖고 있는 구조적 문제점을 해결하고, 충북 전체의 발전 청사진을 머릿속에 그리고 있음을 확인했다.

한 발 더 나아가 그곳에서 충북혁신도시까지 철도를 연장하고 다시 음성군 감곡면을 통과하는 중부내륙철도와 연결하는 구상까지 갖고 있었다. 청주의 과밀화로 인한 문제점을 해소하고, 중부는 물론 북부권까지 모든 도민이 만족할 수 있는 큰 그림을 그는 그리고 있었다. 아울러 청주공항의 활성화를 위해 민간항공기 전용 활주로를 건설해, 인천공항에 이은 제2의 허브공항을 만들어야 한다는 구상도 갖고 있었다. 그가 제시하는 구상 하나하나를 이해하며 큰 정치인은 뭐가 달라도 다르다는 인식을 갖게 됐다.

증평은 충북선 철도와 더불어 청주와 충주를 연결하는 국도가 있으며 그것을 기반으로 발전한 도시다. 그러나 충청내륙고속화도로가 생겨나면서 증평과 음성 일대가 오히려 인구 유출이 발생하고, 상권을 청주로 뺏기는 역효과가 생기고 있다. 경 전 의원은 이 점에 대해 깊이 고민하며 해결책을 강구하고 있었다. 그가 제시한 해결책은 도안면과 사리면 일대에 행정타운인 도청신도시를 조성하는 것이다. 문제가 발생하면 해결 방법을 단면적으로 찾지 않고, 입체적으로 탁월한 해결방법을 찾고 있음을 확인할 수 있었다.

현 도청소재지인 청주를 특례시로 만들고, 중부3군에 새로운 도청신도시를 조성하면, 누이 좋고 매부 좋은, 합리적 대안을 찾을 수 있다는 게 그의 소신이었다. 나도 그의 큰 그림에 전적으로 공감한다. 그 그림을 기본으로 점진적인 발전정책을 채워

나가야 한다고 생각한다. 국정을 다뤄본 인물이 뭔가 달라도 다르다는 확신을 갖게 됐다. 특히 충북도 전체가 고르게 발전하고 상생할 수 있는 길을 찾으려는 모습에 큰 감명을 받았다. 경 전 의원은 생각의 각도가 다르고, 크기가 다르다. 정치에 관심을 두고 지역을 위해 일하고 싶어 하는 우리 후배들이 따르고 배워야 할 인물이다.

21대 대선을 치르면서 국민의 힘이 준비한 많은 공약 중 상당수가 경대수 전 의원의 아이디어에서 비롯됐음을 나는 잘 알고 있다. 그는 국회의원이 법 제정 또는 개정을 통해 일할 수 있는 토대를 만들면, 그 위에 지역 일꾼이 법을 기반으로 일을 처리해야 하는 구조를 누구보다 잘 이해하고 있다. 그래서 충북의 발전을 위해 늘 지혜를 모으고, 아이디어를 짜는 일에 골몰한다. 그는 보수 정당에 대한 신념이 누구보다 강하다. 농촌 주민이 원하는 바를 누구보다 잘 알고 있다. 그를 만나 생각의 사이즈를 키우고, 지역을 위해 무슨 일을 어떻게 해야 할지 배우게 된 것은 내게 큰 선물이다.

국민의힘 증평군당원협의회 농촌일손돕기 봉사활동. 경대수 전)국회의원과 함께. 2025.10.30

제6장

보강천과 이성산의 추억

1963년 증평읍 미암리

　내가 태어난 해는 박정희 대통령의 집권 원년인 1963년이다. 그해 음력 2월 20일 미암리 564번지에서 우렁차게 첫울음을 터뜨렸다. 내가 태어난 가옥은 당시 농촌에 가장 일반적 주택인 초가집이었다. 그곳에서 3년을 살았고, 이후 같은 마을 517-3번지에 'ㄱ'자형 기와집을 신축해, 온 가족이 이사했다. 그곳은 내가 실질적으로 성장한 집으로, 구석구석 나의 추억이 깃들어 있다. 아버지는 위로 4명의 누이가 있었지만, 내가 태어나기 전 모두 출가했다. 우리집은 할아버지 내외분과 아버지 내외분이 살림을 꾸려가고 있었다.

　충북선 철도가 개통한 이후 성장세를 이어가던 증평은 1949년 읍으로 승격했고, 1990년엔 출장소가 생겼다. 급기야 2003년에는 괴산군에서 완전히 분리돼 증평군이 되었다. 내가 태어나던 무렵 증평읍은 빠르게 도시화와 시가지화 되고 있었다. 하지만 내가 태어난 미암리는 읍소재지를 기준으로 2㎞ 남짓 떨어진 곳으로, 내륙지방의 전형적인 농촌 형태를 이어가고 있었다. 전주 이 씨 집성촌으로 35가구 중 서너 집을 빼곤 모두 일가친척이었다.

미암5리인 우리 마을은 세종대왕의 5남인 광평대군의 10세손 충망공께서 정착한 이후 집성촌을 이루며 살았다. 수백 년 동안 집성촌 형태가 이어졌고, 지금도 여전히 전체 마을 주민의 60% 이상이 일가다. 전형적인 농촌 마을로 서로 도와가며 사이좋게 살아가고 있다. 지금은 기계화 영농을 하지만, 내가 어렸을 때만 해도 두레 품앗이가 작동해 서로 일을 도우며 농사를 지었다. 기계화 영농 이전에 마을 주민이 돕지 않고 농사를 짓는다는 건 애초에 불가능했다. 그러니 마을 주민 간 돕고 사는 문화가 뿌리 깊었다.

내가 자란 환경은 모든 게 평범했고, 평균 수준이었다. 집성촌은 촌수와 항렬이 중요한데, 나는 높은 항렬도 아니고, 그렇다고 낮은 항렬도 아니었다. 우리 집은 많지 않은 농지를 갖고 있어, 부농도 아니고 그렇다고 빈농도 아니었다. 그저 평범한 농촌 가정이었다. 특용작물을 재배하지도 않아 벼농사를 비롯해 배추, 깨, 파, 마늘 등을 주로 경작했다. 내가 중고생이 됐을 무렵 인삼 농사를 짓기 시작했고, 잠업도 곁들여 가세가 조금씩 펴기 시작했다. 소 한두 마리, 돼지 10여 마리를 비롯해 닭과 토끼 등을 길렀다.

형제는 2남 2녀였고, 내가 맏이였다. 아버지는 독자이셨고, 나는 집안의 장손이었다. 당시 누구랄 것 없이 장손은 집안의 기대를 한 몸에 받고, 기둥 같은 역할을 해야 했다. 그러나 어린 나는 그런 부담을 느끼기보다는 그저 평범한 농촌 아이로 성장했다. 어머니는 증평 장날이 되면 집에서 가꾼 농작물 채소 따위를 직접

이고 나가 장터에서 판매하셨다. 나는 곧잘 어머니를 따라 장터에 갔다. 어머니께서 사주시는 풀빵을 먹을 수 있어 장날을 학수고대하며 기다렸던 기억이 생생하다.

지금도 증평은 '장뜰'이란 이름으로 불린다. '장(場)이 서는 넓은 뜰(野)'이란 뜻이다. 증평 시가지 자체가 넓은 뜰이고, 시가지와 맞붙은 미암리 전체가 넓은 들판이다. 지금은 미암산업단지가 조성돼 공장 지대가 우리 마을을 둘러싸고 있다. 지금 코아루 아파트단지가 들어선 곳은 '아치내뜰'이라 불렀고, 송산리 택지 일대를 '대마산뜰'이라 불렀다. 이 밖에 현재 주공4단지가 들어선 '도둠물뜰' 등등이 충적평야 지대를 이룬다. 그 중심에 미암리가 있다.

마을 바로 뒤에 뒷산인 '뒷말랑이'가 있고, 그 뒤에 더 큰 산인 이성산이 있다. 그 뒤에는 더 큰 산인 두타산이 있다. 두타산은 증평군 전체를 통틀어 가장 큰 산이면서 증평을 대표하는 산이다. 금강 줄기인 보강천이 마을과 멀지 않았다. 그러니 내 고향 미암리는 산과 들, 개천이 모두 근거리에 있는 요새 같은 환경이다. 지금은 흔히 '미암산단'이라 부르는 '증평1산단'이 넓게 자리 잡고 있다. 마을에서 고개를 넘어가면 바로 도안면이고, 그곳에 증평2산단이 개발돼 있다. 산업단지가 들어섰지만, 여전히 농촌 마을의 모습은 곳곳에 남아있다.

보강천과 이성산이 나를 키웠다

1960년대 출생한 사람들은 유치원교육은 필수가 아닌 선택이었다. 읍 시가지에 사는 특별한 아이들만 유치원을 다녔지만, 농촌 마을에 살던 나와 내 또래 친구들에게 유치원은 상상 밖 세상이었다. 읍내에 사는 또래들이 유치원에 다닌다는 이야기를 듣고 얼마나 부러워했는지 모른다. 취학 연령이 돼 증평초등학교에 입학하며 그토록 다니고 싶던 학교에 다닐 수 있게 됐다. 학교는 마을에서 2.5㎞쯤 떨어져 있었다. 성인은 30~40분이면 갈 수 있는 거리지만, 초등학생 저학년은 1시간 남짓 가야 학교에 도달할 수 있었다.

당시 농촌마을 어느 곳에나 있던 4H클럽 표지석이 우리 마을에도 있었다. 그곳은 마을 어린이가 모두 모여 함께 등교하는 집결지였다. 고학년이 앞장서 저학년을 인도해 학교까지 인솔했다. 마을마다 줄을 지어 학교로 이동하는 모습이 장관이었다. 증평초로 가는 길은 지금의 형석고등학교가 된 공동묘지 터를 지나야 했다. 음바리 다리를 건너 충북선 철도를 넘어 도둠울뜰 논길을 지나 버

섯공장 사이 골목길이 우리가 주로 다니던 길이다.

가을날 등굣길엔 비포장 도로 양쪽의 코스모스가 하늘하늘 우리를 반기고 있었다. 물이 가득 찬 코스모스 꽃 몽우리를 따서 친구들 얼굴에 대고 터트리기도 하고, 하굣길엔 활짝 핀 꽃을 따서 8장인 꽃잎을 손가락을 굽혀 꿀밤주듯 꽃잎을 튕겨서 한 번에 누가 더 많은 꽃잎을 떨어뜨리는지 시합을 하기도 했다. 저학년 때는 마을 고학년을 따라다녔지만, 내가 고학년이 돼서는 마을 어린이 들의 길잡이 역할을 했다.

1965년생과 1967년생인 두 여동생을 인솔해 학교를 다녔고 1970년생인 남동생은 내가 중학생이 된 후 초등학교에 입학해 여동생들이 인솔해 학교까지 데리고 다녔다. 그때는 학교에서 마을 단위로 향우반이란 걸 조직해 주었다. 향우반의 리더를 향우 반장 또는 향도라 불렀다. 그렇게 6년의 세월을 보냈다. 한 명 한 명의 친구와 선후배들 모두가 한 집안 형제처럼 지냈다. 집성촌인 우리 마을 아이들의 결속력은 어느 마을보다 강했다.

하교 시에는 학업을 마치는 시간이 서로 달라 각자 움직였다. 우리마을 내 또래는 8명이었다. 학교 끝나고 집에 돌아올 때는 주로 시내를 들러 한 바퀴 돌고 오기 일쑤였다. 증평역에 들러 기차 구경을 하고 오기도 했다. 하교 때 주로 이용하던 길은 송산다리를 건너 대마산뜰 길을 걸어 제방을 따라 미륵댕이 마을 주막 앞을 통과하는 코스를 주로 이용했다.

초등학교 4학년 때 처음 운동화를 신었다. 그전에는 검정 고무신을 신고 다녔다. 양말도 제대로 신지 않으니, 발에 땀이 차 미끄러지는 일이 다반사였다. 논둑에서 무리해서 달리다가 논에 처박히는 일도 수시로 경험했다. 하굣길에는 특히 보강천에서 한참을 놀다 온 기억이 새록새록하다. 당시는 학교에서 옥수수빵을 나눠주었다. 빵이 워낙 귀하던 시절이라 배급받은 빵을 전부 먹지 못했다. 집에서 기다리는 동생들 생각이 나 나눠 주려고 반만 먹고, 반은 싸 왔던 기억이 난다.

학교를 마치고 집에 돌아오는 길에 거의 매일 보강천에서 한참을 놀다 왔다. 멱 감고, 고기 잡는 게 당시 아이들에겐 가장 보편적인 놀거리였다. 서둘러 집에 가면 딱히 할 일도 없고, 무엇보다 부모님의 농사일을 거들어야 했다. 어린 마음에 실컷 놀다 들어가는 게 상책이었다. 보강천은 보(洑)가 생기기 전 하천 전체가 무릎에 차는 정도의 깊이였다. 1976년 대만산 취입보를 막은 후에는 제법 깊은 곳이 생겨 멱 감기에 제격이었다. 보강천은 금강과 미호천 수계로 피라미, 붕어, 모래무지, 미꾸라지, 메기 등이 주로 서식했다.

별다른 도구도 없지만, 친구들은 고기잡이에 능숙했다. 그런 보강천은 우리에게 최고의 놀이터였다. 어린이들만 보강천에서 놀았던 건 아니다. 마을 어른들도 여름이면 밤에 몰려나와 보강천에서 멱을 감았다. 집마다 목욕탕이 없던 시절이라 밤이면 남자끼리, 여자끼리 무리를 지어 멱을 감았다. 마을에서 보강천까지는 600m 남짓한 거리였다. 보강천은 놀이터면서 목욕탕이기도 했다. 그래서 보강천에 얽힌 추억이 참으로 많다.

육류 섭취가 부족했던 시절 물고기를 잔뜩 잡아 와 매운탕을 끓이면, 온 가족의 단백질 공급원이 되기도 했다. 밤에는 동네 선배들을 따라 횃불을 들고 보강천에서 밤고기를 잡으러 다녔다. 보강천뿐 아니라 마을 곳곳의 논에도 우렁이와 미꾸라지 등이 아주 많았다. 농약을 쓰지 않던 시절이라 논에 서식하는 여러 종류의 물고기가 있었다. 그만큼 땅이 살아있었다. 요즘에 유행하는 유기농이 바로 그 시절의 농사법이다. 천연 약재를 개발해 친환경 농자재보급과 화학비료와 농약사용을 최대한 줄여 점진적으로는 유기농으로 발전시켜야 한다는 것이 나의 소신이다.

증평초 6학년 1반 담임 선생님을 모시고.
(맨 좌측 저자
맨 우측 초대 증평학연구소장 강신욱,
가운데 최문영)

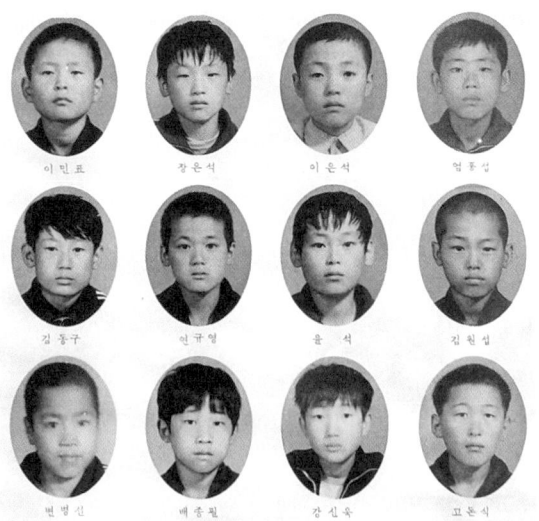

증평초43회 졸업앨범 6-1 친구들 (저자 맨 윗줄 맨 왼쪽)

1975년도 증평초 43회 수학여행. 인천 자유공원 맥아더동상 앞 (저자 맨 뒷줄 좌측에서 네번째)

제6장 보강천과 이성산의 추억

이성산, 두타산에서 다진 체력, 말표가 달린다

　보강천만큼이나 추억이 많은 놀이터는 이성산과 두타산이다. 학교를 마치고 집에 돌아오면 내가 할 일 중 하나가 소를 모는 일이었다. 또래 친구들 모두 소를 몰고 나왔다. 저마다 소를 몰고 나와 둑 또는 개울 둔치에 매어 놓고 소가 풀을 뜯게 했다. 한참이 지나면 소를 옮겨 다른 곳에서 풀을 뜯게 했다. 당시 농촌에 사는 어린 아이들에게 주어진 임무 중 하나가 소를 모는 일이었다. 소를 둑에 매 놓고는 친구들끼리 모여 딱지놀이, 구슬치기, 도토리 줍기 등을 하며 시간을 보냈다. 그것 자체가 놀이였다.

　이성산은 산 전체가 놀이터였다. 초등학교 저학년 때는 중턱 이하만 다녔지만, 고학년이 돼서는 산 정상까지 올라다녔다. 이성산에는 4~5세기 한성백제의 유적인 추성산성이 있다.

　증평 추성산성은 4~5세기에 축조된 토성으로 증평군 증평읍과 도안면 경계에 있는 이성산에 있는 백제시대 산성이다. 지방에 있는 가장 큰 규모의 한성백제 시기 토축 산성으로, 내성-외성의 이중 구조로 된 남성과 북성이 독특한 배치를 이루고 있다. 다양한 유물이 출토되었고, 성벽의 잔존 상태가 양호해 한성백제 산성의 특성과 축성기법 등에 관한 연구에 있어서 중요한 학술적 가치를 지니고 있다. 2004년 4월 30일 증평군 향토유적 제8호, 2006년 12월 15일 충청북도 기념물 제138호로 지정되었다가, 2014년 1월 23일 국가사적지 527호로 승격 지정되었다.

이성산은 계절마다 풍성한 놀거리를 제공했다. 풍뎅이와 사슴벌레를 잡는 일부터 으름, 밤, 산머루, 산딸기, 보리수 등을 따먹는 일은 농촌 어린이에게 더없는 놀이였다. 초등 고학년과 중학생 때는 제법 큰 산인 두타산까지 다녔다. 그때 두타산에는 이 시대의 마지막 화전민이 살고 있었다. 그들이 사는 곳까지 수시로 다녔다. 산과 개울이 그 시절 유년기를 보낸 세대의 유일한 놀이터였다. 자연과 더불어 살았던 시절이 있기에 추억이란 걸 갖게 됐다고 생각한다. 우리 또래가 모두 그럴 것이다.

마땅한 교통수단이 없던 그 시절은 웬만한 거리는 걸어 다녔다. 작심하고 먼 곳까지 놀러 가기로 한 날은 진천군 경계, 음성군 경계까지도 다녔다. 충북선 철도를 따라 멀리 다니는 일도 많았다. 철길 주변에서 유소년기를 보낸 이들이 모두 기억하는 추억이 있다. 기차가 지나갈 때를 미리 알고, 그 시간에 맞춰 대못을 철길에 깔아두면 기차가 지나가면서 대못은 넓게 펴져 칼 모양이 된다. 그걸 갈고 다듬어 칼을 만드는 일도 자주 했던 놀이다. 지금 생각하면 위험한 일이지만, 그때는 그게 위험하다고 생각하지 못했다.

그 시절 초등학교 소풍과 운동회는 지역사회 전체의 축제 역할을 했다. 마땅한 놀이문화가 없고, 행정기관이 주관하는 대대적인 규모의 축제가 없던 시절이다 보니 소풍과 운동회가 마을 축제 역할을 했다. 소풍과 운동회가 즐거운 건 평소 접할 수 없던 음식을 먹을 수 있기 때문이다. 소풍과 운동회 날은 1년 중 몇 안 되는 김밥을 먹을 수 있는 날이다. 모든 게 부족하던 그 시절에 고기반찬이나 과일, 삶은 달걀, 사이다, 환타 등을 먹을 수 있는 날은 손으로 꼽았다. 소풍과 운동회는 그런 날이다.

소풍은 안골뒷산, 미륵댕이 뒷산으로 가는 일이 많았다. 단군 동상이 있어 개천 대제를 지내는 단군전도 들려가는 코스였다. 소풍엔 주로 할머니와 함께 갔다. 아버지와 어머니는 일이 바빠서 소풍에 따라올 여유가 없으셨다. 그러니 소풍을 함께 가는 건 늘 할머니의 몫이었다. 대부분 친구도 그러했다. 소풍은 먹는 즐거움과 학교 수업을 안 하고 멀리 자연으로 나선다는 사실만으로도 즐거웠다. 장기 자랑을 하면 대개 증평읍 시가지에 사는 아이들의 무대가 이어졌다. 나를 비롯한 시골 마을 아이들은 무대에 나서는 숫기가 부족해 웬만해선 나서는 아이가 없었다. 형편이 넉넉한 집은 담임교사와 교장 몫까지 김밥과 음식을 마련해 오기도 했다. 우린 그럴 형편이 못 됐다.

소풍보다 더 기다리는 건 운동회였다. 변변한 볼거리가 없는 시골은 운동회가 큰 잔치였다. 그래서 여름방학이 끝나면 곧바로

운동회 연습에 돌입해 추석 전까지 이어갔다. 연습하는 과정은 참으로 힘겨웠다. 학년별로 준비하는 프로그램이 있었고, 고학년이되면 남자는 곤봉체조와 차전놀이, 기마전, 덤블링 등을 준비했다. 여자는 부채춤과 훌라후프 무용 등을 준비했다. 연습하는 동안 뙤약볕 아래서 선생님에게 많이 혼나기도 했다. 저항할 줄 모르던 시절이라 때리면 그냥 맞아야 했다. 힘들었지만, 그래도 수업을 안 하고 연습하는 게 좋았던 거 같다.

운동회를 기다리는 건, 달리기 때문이다. 어려서부터 달리기에 재능이 있었다. 또래와 비교하면 어려서부터 키가 컸고, 다리가 길었다. 동네 어른들은 내게 '미루나무'라는 별명을 붙여주셨다. 키가 크다는 이유다. 신체 조건이 좋았고, 늘 들판을 뛰어다니며 자랐으니 달리기에 자신 있었다. 특히 단거리 달리기에 능했다. 8명이 달리는 100m 시합에서 저학년부터 고학년이 될 때까지 늘 1등이나 2등을 했다. 거의 1등을 했다. 그래서 공책을 상으로 받아 들고 즐거워했다. 내가 달리기를 잘해 친구들은 내게 '말표'라는 별명을 지어 불렀다.

달리기에 능했던 건 나지만, 중장거리에 능한 친구가 따로 있었다. 그 친구는 두타산 중턱에 사는 화전민 집안 아이다. 이름이 기억나지 않지만, 늘 산을 오르내리며 학교에 다녔고, 학교가 멀어 뛰어다녔던 덕에 체력이 참으로 좋았다. 중장거리에선 그 친구를 따라잡을 수가 없었다. 난 단거리와 계주 선수로 이름을 알렸고, 그 친구는 중장거리 선수로 유명했었다. 마지막 화전민으로 기록

될 그 친구는 졸업 전에 어디론가 전학 갔다. 지금도 가끔 그 친구가 떠오르고 궁금하다.

증평읍내에는 2개 초등학교가 있었다. 증평초와 삼보초다. 그때는 국민학교라고 불렀다. 증평초는 전교생이 2400명가량이었고, 삼보초는 1500명 정도였다. 두 학교는 운동회 날자를 서로 엇갈리게 개최했다. 증평읍 대부분 주민이 몰려드는 큰 행사다 보니 나눠 개최한 거다. 운동회가 열리면 학교는 그야말로 인산인해를 이뤘다. 사람을 찾기 어려울 정도였다. 대개 추석 다음 날 운동회가 열리다 보니 추석 음식이 학교 운동장에 집결했다. 더불어 술판도 벌어졌다. 싸움판이 벌어지는 일도 잦았다.

이성산은 추억과 사연이 많은 산이다. 이성산 굴바위 앞.

형석중 – 형석고로 이어진 중고생 시절

증평엔 남자 중학교가 두 곳 있었다. 증평중학교와 평안중학교다. 평안중학교는 내가 졸업하던 해까지 평안중학교로 불리다가 졸업 이듬해부터 형석중학교로 이름을 바꿨다. 졸업생끼리 모일 때는 평안중학교란 옛 교명을 부르기도 하지만, 통상 형석중학교라고 한다. 누가 어느 중학교 졸업했느냐고 물으면 대개 형석중학교 졸업생이라고 답한다. 우리 또래 대부분 그렇게 말한다. 교명이 바뀐 것일 뿐 내내 형석중학교와 같은 학교다. 졸업 기수도 그대로 이어진다. 그러니 형석중학교 졸업했다고 해도 무방하다는 게 우리 또래의 공통된 생각이다.

사춘기를 겪은 중학생 시절이지만, 모나게 행동하지 않고 착실하게 보냈다. 남 앞에 나서는 성격도 아니고, 튀는 행동하지도 않았다. 학업 성적도 그저 평범했다. 잘한다고 내세울 정도도 못 됐고, 그렇다고 표시 나게 부진하지도 않았다. 오직 착실하고 평범한 숫기 없는 아이로 나를 기억한다. 중학생 시절을 아주 조용하고 차분하게 보냈다. 형석중학교는 집에서 불과 400m 떨어져 있었다. 4반까지 있던 학교였다. 초등학교보다 월등히 가까웠다.

당시 고등학교는 공업계 학교 진학이 크게 유행했다. 국가의 산업화 전략에 따라 공업계고의 인기가 높았다. 증평에도 오랜 전통의 증평공고가 있어, 많은 친구가 그 학교로 진학했다. 그러나 나는 공업학교에 진학할 뜻이 없었다. 내 적성에 인문계 학교가 맞다고 생각했다. 더구나 할아버지와 아버지는 장손인 나를 꼭 대학에 보내겠다는 각오가 남다르셨다. 이런저런 고민 없이 인문계 학교로 진학을 결심했다.

형석 재단이 형석중학교 바로 옆에 인문계 형석고등학교를 설립했다. 형석고등학교에 입학했다. 설립 초기 학교가 대부분 그러하듯, 개교 초기라서 체육 시간, 교련 시간은 물론이고, 그 외 시간도 운동장 돌멩이 고르기 등 작업 시간으로 많이 채워졌다. 그래도 불평 한마디 할 수 없는 게 당시의 환경이었다. 형석고 1회라는 무거운 책임감을 느끼며 학교에 다녔다. 형석고 1회라는 자부심은 지금도 늘 마음 한자리에 간직하고 산다.

형석고는 2007년부터 남녀공학으로 바뀌었고, 충북의 대표적 명문 학교로 성장했다. 2015년부터 2024년까지 서울대학교에 9명이 합격했다. 특히 2024년에는 서울대학교 3명, 연세대, 고려대, 이화여대, 경희대, 건국대, 동국대, 서울시립대, 한양대 등 서울 소재 대학에 47명이 합격했다. 실로 엄청난 성과다. 2024년 7월 학교법인 형석재단 노재전 사무국장을 만났다. 2024년 상반기 형석고의 학력평가 결과 충북도내 48개 인문계 고등학교 중 4위를 했다는 소식을 접했다.

기적에 가까운 사건이다. 학교발전과 학력 증진의 터닝 포인트 주역이 바로 노재전 사무국장이었다는 사실을 알았다. 그때 나는 1회 졸업생으로서 정중히 감사하다는 인사를 드렸다. 그분은 전 충청북도교육청 교육국장, 청주시 교육장을 역임하고 2007년 2월 정년퇴임한 후 초빙되어 형석중과 형석고 교장으로 4년간 봉직하고 2011년 4월부터 현재까지 학교법인 형석학원 사무국장으로 근무 중이다. 지금도 인성교육의 중요성에 대한 식지 않은 열정을 펼치는 보기 드문 훌륭한 원로교육자이다.

형석고가 명문고로 거듭나는 이유는 또 있다. 섬동 김병기 시인이 있기 때문이다. 그는 현재 형석고등학교 교장이며 시인이자 캘리그라피 전문가이기도 하다. 그는 많은 지인에게 "덕분에 행복합니다"라는 정성가득 캘리 액자를 만들어 선물을 한다. 나도 2024년에 선물을 받았다. 내게는 특별한 선물이기에 책상 위에 걸어 놓고 항상 보면서 감사한 마음을 되새긴다. 2024년 3월 4일 김병기 교장은 심우관에서 학생, 학부모, 교직원이 함께하는 덕풍형석 선포식을 가졌다. 덕을 베풀고 덕분을 아는 교육문화인 운동이다.

학풍의 슬로건은 '크게 배워 널리 베풀어라' 이다. 이 얼마나 멋진 구호인가. 덕풍 형석의 목표는 존중과 공감, 감동이 있는 학교를 실현하는 것이다. 형석고등학교는 인성과 지성이 조화로운 형석인을 양성하는 데 힘쓰고 있다. 20여년간 진행한 새날문화운동을 통해 교육의 참뜻을 실현하고 있는 중부권 명문고이다. 형석고등학교는 앞으로도 교육문화운동을 전개하며, 사람이 행복한 세상을 만드는 꿈을 향해 노력할 것을 다짐하고 있다.

덕풍을 앞세운 교육사상은 일정 부분 서번트리더십과 유사한 측면이 있다. 나는 33년여 공직 생활을 하는 동안 서번트리더십을 실천하려고 노력했다. 가급적 후배의 입장을 배려해주고 그들이 편하고 이익이 되는 방향으로 일을 추진했다. 어렵고 곤란한 일은 주로 내가 맡았다. 내가 하위직 당시 겪었던 어렵고 부당했다고 생각했던 것들을 혁파했다. 팀장, 과장, 국장이 된 후부터 지체 없이 관행 개혁에 나섰다.

나는 노재전, 김병기와 같이 품격과 열정이 있는 분들이 존재하기에 형석고 학생들이 실력있고 품격있는 명품학생으로 육성될 수 있었다고 생각한다. 고향에서 살고 있는 1회 졸업생인 나는 이런 선생님들 덕분에 정말 행복하다. 후배들이 보여주는 성과가 감사하고 자랑스럽다. 교육이야말로 정말 100년의 미래를 기약하는 이 사회의 소중한 노둣돌이다. 나는 모교 형석고뿐만 아니라 관내 모든 학교가 다른 지역 학교보다 앞서가는 교육환경을 만들어가야 한다는 강하고 굳은 의지를 가지고 있다.

현 시대가 품고 있는 문제인 지역개발, 지역경제 활성화, 인구 감소, 출생율 제고, 일자리 부족, 기초질서, 의식전환, 윤리 도덕성 등의 문제는 결국 교육에서 찾아야 한다고 생각한다. 내가 형석고등학교에 입학할 당시는 신생 학교로 인지도가 낮았고, 말썽꾸러기 친구들이 많았다. 그래도 잘 어울리며 성실히 학교를 졸업했다. 묵묵히 뒷자리에 앉아 내 할 일 열심히 하는 모범생이었다. 개교 초기 학교로 도내 전역에서 모인 학생들로 구성돼 사건 사고도 잦았지만, 한 번도 휘말리지 않고 성실히 학교에 다녔다. 그 덕에 청주대학교 지적학과에 진학할 수 있었다.

이상호 선생님이 기억난다. 학생들과 잘 어울려 놀아주시고, 상담도 해주시던 인자하신 분이다. 그 선생님은 당시 우리가 처음 보는 버너와 코펠을 갖고 계셨다. 보강천 개울가에 자주 그걸 갖고 나타나셨다. 그 선생님은 어항 등으로 잡은 민물고기를 버너에 점화한 후 코펠에 기름을 붓고 생선 튀김을 만들어 우리에게 나누어 주셨다. 처음 먹어보는 음식으로 정말 맛있었다. 중학생, 고등학생이 되어서도 보강천은 늘 우리의 놀이터였고, 추억의 1번지였다. 형석중, 형석고는 소년기에서 청년기로 접어드는 나를 키워주고 가르쳐준 고마운 모교이다.

지금 형석고는 도내 각지에서 학생이 몰려들고 있다. 우리 집과 학교는 500m 남짓 떨어져 있었다. 형석고에서 가장 가까운 마을이 우리동네 단지바우였다. 그래서 우리 마을에는 하숙을 치거나 자취방을 세놓은 집이 많았다. 예닐곱 집은 되지 않았을까 싶다. 우리 집도 어머니께서 하숙을 치셨다. 대문 옆에 별채를 지어 방 3개를 들였다. 하숙생은 늘 대여섯 명 이상이었다. 개인당 도시락을 두 개씩 싸줘야 하는 고된 일이었지만, 어머니는 농사일 외에 다른 수입이 생기는 하숙 일을 즐기셨다. 즐거운 마음으로 하숙생을 돌보셨다.

형석고 3학년 6반 행군소풍, 미호강변 구정벌판 모래사장. (뒤 우측에서 세 번째가 저자)

소풍가서 친구들과 함께 점심식사. (우측에서 두 번째가 저자)

형석중 2학년 때 경주 불국사 수학여행. (좌측이 저자)

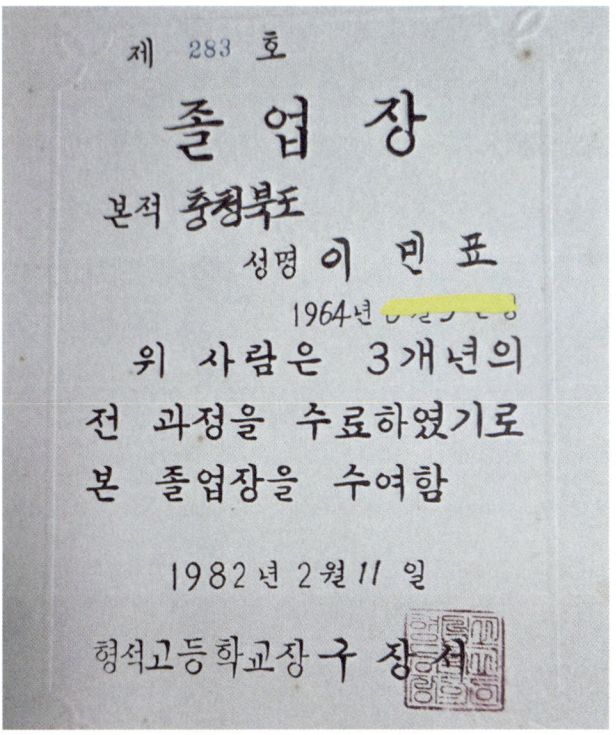

제 283 호

졸 업 장

본적 충청북도

성명 이 민 표

1964년

위 사람은 3개년의
전 과정을 수료하였기로
본 졸업장을 수여함

1982년 2월 11일

형석고등학교장 구 장 서

1회로 졸업한 형석고 졸업장.

공직자의 길을 걷게 한 안내자
할아버지, 할머니

내 이름을 직접 지어주신 분은 할아버지다. 할아버지는 농사가 주업이었지만, 독학으로 학문을 익혔고, 늘 책을 가까이하셨다. 또 배운 바를 실천하려고 노력하며 사셨다. 주변인에게 늘 가르침을 베풀려 애쓰셨다. 할아버지에게 글을 배우고, 학문을 익힌 이들이 여럿이다. 그러나 할아버지는 대가를 받지 않으셨다. 그저 '사람은 배우고, 알아야 한다'는 일념으로 취미 삼아 주변인에게 무료로 가르침을 나누셨다. 내가 20대일 때까지도 마을 어르신들 중 나를 만나면 할아버지 얘기를 해주시는 분들이 꽤 많았다.

나는 전주 이씨 광평대군파 20대손이다. 내가 태어나 자란 미암5리는 씨족이 한데 모여 사는 집성촌이다. 할아버지 존함은 순(琿) 자, 종(鐘) 자를 쓰셨다. 할아버지는 가족의 정을 제대로 느껴보지 못하고 자라셨다. 1900년생인 할아버지는 3남매의 맏이셨고, 9살 되던 해와 그 이듬해 연거푸 양친을 여의셨다. 그래서 졸지에 10살 나이에 두 동생을 둔 소년가장이 됐다. 그러니 얼마나 외롭고 고생스럽게 유소년기와 청년기를 보냈을지 상상하기조차 어렵다. 그래도 꿋꿋하게 부끄러움 없이 사셨기에 지금도 할아버지에 대한 존경심이 크다.

일찍 양친을 잃은 할아버지는 동네 친척 집안에서 자랐다. 사실상 그 집 일을 해주며 끼니를 해결하는 정도의 수준이었다. 그래서인지 평생 부지런함이 몸에 익었다. 늘 새벽 일찍 일어나셨고, 시간을 허투루 보내는 법이 없으셨다. 누군가에게 제대로 배운 적이 없지만, 독학으로 국문은 물론 한문까지 익히셨다. 얼마나 노력하셨는지, 제법 어려운 한문책을 남에게 가르쳐줄 정도의 실력을 갖추셨다. 할아버지는 고된 농사일을 하시면서도 늘 책을 가까이 하셨다.

어려서 소죽을 쑤면서 아궁이 불을 땔 때 부지깽이로 흙바닥에 글씨 연습을 하며 배우기를 게을리하지 않으셨다고 한다. 시간 날 때마다 시조를 읊조리고, 한문책을 보셨다. 늘 지식인과 어울리셨고, 예의를 엄격히 따지는 성격이셨다. 장손인 나를 어려서부터 할아버지께서 늘 주위에 두셨다. 잠도 할아버지와 할머니 사이에서 잤고, 밥상도 할아버지, 할머니, 그리고 나까지 셋이 한 상을 받았다. 그 시절 할아버지들은 누구랄 것 없이 장손자를 늘 특별히 사랑하셨다. 나도 그랬다.

할아버지는 약주를 즐기셔서 늘 식사 때마다 반주로 막걸리 반사발씩 드셨다. 장날에는 거나하게 취한 모습으로 집에 돌아오셨다. 장날은 꼭 내게 줄 간식을 사서 오셨다. 밥상머리에서 늘 예의와 인간 됨됨이를 가르치셨다. 내게 "도지사가 돼라. 군수가 돼라."며 큰 꿈을 꾸라고 말씀하셨는데, 정작 나는 도지사가 뭔지, 군수가 뭔지 전혀 알지 못했다. 나중에 알고 보니 상상하기 어려운 직위임을 알았다. 그렇지만 서서히 공직자의 꿈을 키웠다. 내가 평생 공직자로 살 수 있었던 것은 할아버지의 영향이 컸다.

성인이 되도록 소작농 위주의 생활을 하던 중 농지개혁 바람을 타고 할아버지는 50세 무렵 자경농이 되셨다. 농부에게 땅이란 무엇과도 바꿀 수 없는 소중한 재산이고, 삶의 전부라 할 수 있었다. 그 당시 농지개혁의 귀속재산은 우리나라 자본주의 시발점으로 평가되기도 하지만 불하 과정에서 특혜, 부정, 정경유착 등의 비리가 있었다고 한다. 할아버지는 당시의 비리로 몸소 어려움을 겪은 당사자이다. 당시의 귀속농지는 연간 생산량의 20%를 15년간 현물로 분할 지불하는 유상분배 방식으로 해당농지의 소작인에게 우선적으로 불하하는 게 규정이었다고 한다.

농지 분배 과정에서 소작농이던 할아버지가 불하 받아야 할 땅인데 누군가의 농간 때문에 지역의 한 유지의 이름으로 불하 되었다는 사실을 뒤늦게 알게 되셨다. 각방면으로 해결 방법을 알아봤지만, 유력 인사가 손을 써놔 땅을 되찾을 방법이 없었다. 이보다 더 억울한 일은 없었다. 그러나 할아버지는 현명했고, 용기가 있고 결기가 있으셨다. 즉시 탄원서를 직접 작성해 서울로 올라가셨다. 그러고는 미군정을 찾아가 통역관을 통해 딱한 처지를 알리고, 당시 미군정 한국 사령관인 하지 중장에게 전달되게 했다.

얼마 후, 미군정청이 실사를 나와 사실이 가려졌고, 할아버지는 억울하게 뺏길 뻔한 토지를 되찾을 수 있었다. 물론 농간을 부린 당사자는 의법 처리됐다. 할아버지께서 그렇게 되찾은 땅은 우리 온 가족 생계의 원천 노릇을 했다. 그 땅은 지금 코아루아파트 단지가 들어선 아치네 뜰이다. 할아버지는 내가 공직자가 되길 원하셨고, 내 인생의 길라잡이 역할을 해주셨다. 할아버지는 내 인생에 가장 큰 영향을 끼친 분이시다.

할아버지는 내가 초등학교 4학년이던 1973년 가을운동회 며칠 전에 돌아가셨다. 음력 8월 9일, 그날은 아버지 생신이면서, 할아버지 기일이다. 할아버지는 참으로 꼿꼿한 모습으로 당당하고 의연하게, 예의를 지키며 살다 가셨다. 할아버지께서는 내가 태어난 이듬해인 1964년 음력 10월 백수문(百首文)이라는 한문책을 직접 만들어 주셨다. 표지에 '학습인 이민표'라고 적혀 있다. 지금도 할아버지의 가르침을 받들며, 그 책을 소중하게 잘 간직하고 있다.

할머니는 이웃 마을 미암3리 재평골이 고향이시다. 우리 마을에서 직선거리로 800m 남짓 떨어진 아주 가까운 곳이다. 1905년생으로 호적이 기록돼 있었지만 실제로는 1900년생이고, 곡산 연씨로 존함은 명(命) 자, 여(餘) 자를 쓰셨다. 할머니는 평생 목소리를 높이거나 화내시는 일이 없어 늘 주변인으로부터 호인이란 칭찬을 받으셨다. 한집에서 살았지만, 어머니와 고부 갈등이 없었다. 마을 사람 모두가 할머니를 호인이라고 칭했다. 할아버지께도 늘 순응했고, 시동생도 살뜰히 돌보셨다. 평생 호강 한번 누리지 못

하고 일만 하다 돌아가셨다. 그래서 할머니를 생각하면 참으로 애
틋하다.

　할머니는 집에서 술을 잘 담그시기로 이름이 나셨다. 할머니
의 술 담그는 솜씨는 그대로 어머니에게 전수되었다. 술 담그
는 솜씨는 증평 읍내까지 소문이 날 정도였다. 장손인 나를 생
각하시는 마음이 커 늘 챙겨주셨다. 잔칫집에 다녀오면 손수건에

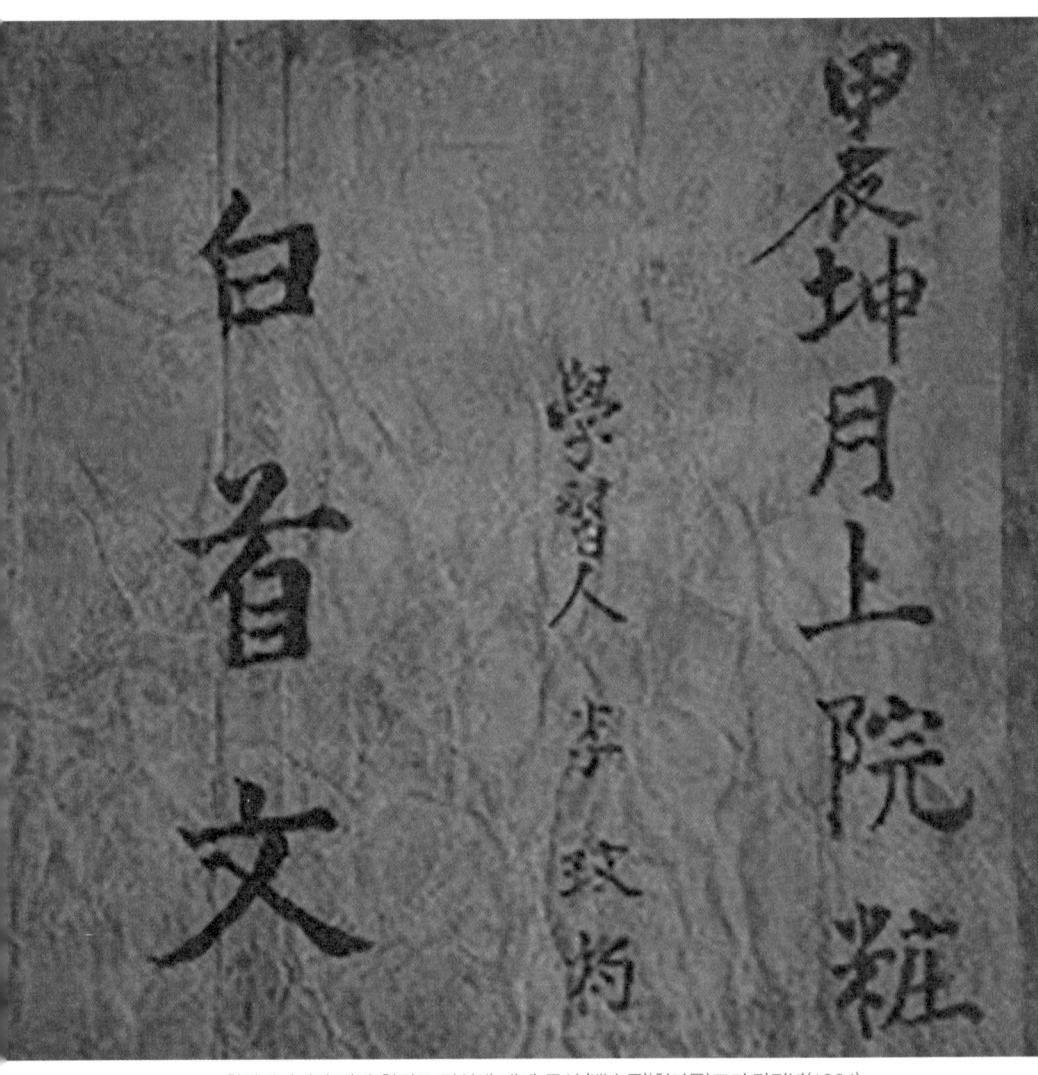

할아버지께서 직접 친필로 작성해 내게 주신 '백수문'(천자문)표지.갑진년(1964)
음력 12월초순 저자 나이 2살 때 만듬.학습인 이민표.

먹을 걸 싸다 주셨던 기억이 지금도 새록새록하다. 할아버지도 할머니도 모두 일제강점기 35년을 몸으로 겪으셨고, 미군정 시대, 한국전쟁, 4·19와 5·16 등 파란만장한 한국 현대사를 직접 체험하셨다. 당시를 살다 간 대부분이 그랬듯이 평생 누려보지도 못하고 고된 일에 시달리다 돌아가셨다.

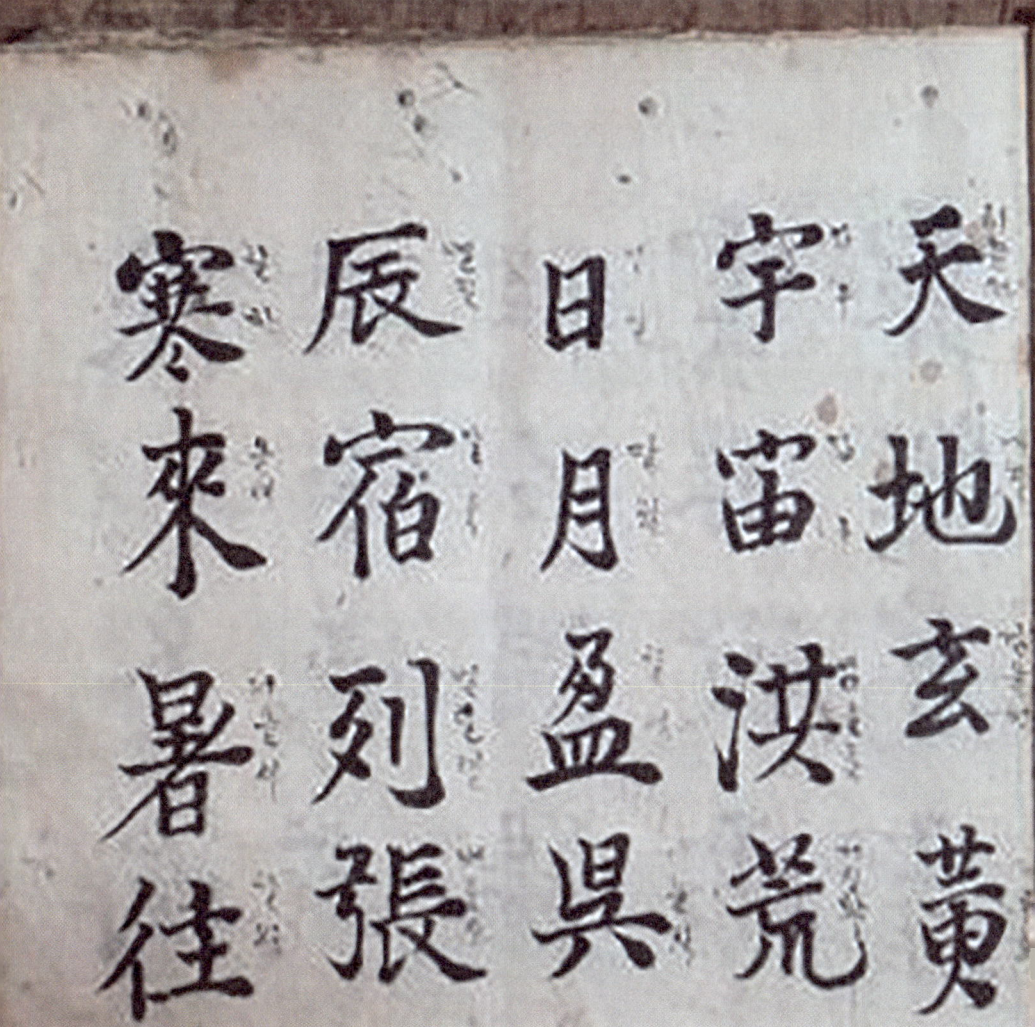

할아버지께서 직접 친필로 작성해 내게 주신 '백수문' 첫장

농사의 어려움을 가르쳐주신 아버지 어머니

할아버지, 할머니가 그러하셨듯 아버지와 어머니도 평생 고된 노동 속에 사셨다. 1939년생인 아버지는 정(正) 자, 강(康) 자를 쓰셨다. 태어나 평생 한 마을에서 살다 지난 가을 작고하셨다. 아버지 위로 고모 네 분이 계셨다, 고모들은 일찌감치 출가해 고향을 떴고, 아버지가 할아버지 할머니를 모시고 평생 농사를 지으며 고향 집에서 사셨다. 아버지는 논과 밭을 터전 삼아 사셨고, 벼와 함께 일반적인 밭작물을 경작하셨다. 고추, 마늘, 깨, 감자, 파 등이 주 재배 작물이었다.

그러던 중 내가 초등학교 고학년이 됐을 무렵 인삼 경작을 시작하셨다. 일반적인 밭작물은 봄에 파종해 가을에 수확하는 형태였지만, 인삼은 한 번 파종하면 4년 또는 5년~6년을 기다려야 수확할 수 있다. 경작 기간이 길다는 건 그 기간 수입이 발생하지 않는다는 걸 의미한다. 4년 또는 6년간 투입되는 비용은 있지만 소출이 없으니, 자금이 없으면 섣불리 시작할 수 없는 게 당시의 인삼 농사다. 그러나 한 번 수확하면, 기타 작물과 비교할 수 없이 큰 수익을 남길 수 있는 장점이 있다. 아버지는 증평에 인삼 농사가 보급되기 시작한 초기에 경작을 시작한 1세대이다.

이 무렵 전국 농가에서 누에고치가 유행했다. 뽕나무를 키워 누에 먹이를 생산하고, 집안 곳곳에 잠실을 만들어 누에를 키웠다. 잠업 역시 일반적인 작물 재배보다 수익이 많이 발생하는 영농이다. 인삼 농사를 짓고, 누에를 기르기 시작하면서 집안 살림이 조금씩 피기 시작한 거로 기억한다. 부지런한 아버지는 소 한두 마리를 비롯해 염소 두어 마리, 돼지 10여 마리, 닭과 토끼 각 20여 마리 등 가축도 여러 종류 사육하셨다. 아버지는 일 중독이란 말을 해도 과언이 아닐 정도로 늘 일에 파묻혀 사시는 분이셨다.

할아버지가 돌아가신 후 아버지와 갖는 시간이 많아졌다. 아버지는 성실한 농부셨다. 좀처럼 쉬는 모습을 볼 수 없었다. 무언가 농삿일을 하며 잠시도 편히 지내지 않으셨다. 할아버지는 매 끼니 반주를 하실 정도로 애주가셨지만, 아버지는 술을 썩 즐기지 않으셨다. 그러나 사람들과 어울릴 만큼 적당히 드시기는 했다. 증평 읍내 나가서 사람들과 교류하며 여러 세상 돌아가는 이야기를 전해 듣고는 우리에게 전해주셨다. 그러면서 마지막 결론은 항상 "절대 농사짓지 마라. 공직자가 돼 힘든 노동을 하지 말고 살아라."라고 말씀하셨다. 얼마나 일이 힘들었으면 그렇게 말씀하셨을지 이해한다.

내가 1989년 9월12일 경기도 오산시에서 청운의 꿈을 앉고 공직을 시작할 당시 아버지는 내게 "공직자는 국가와 지역발전을 위하고, 주민을 위해 사심 없이 무한 충성을 해야 한다!"라고 공직자의 길을 일러주셨다. 지금도 아버지의 말씀이 생각난다. 내가 공직의 길을 택한 것도, 사심 없이 공직을 성실히 수행할 수 있었던 것도 아버지의 가르침 덕분이었다. 그래서 늘 고마운 마음을 간직하고 산다.

아버지는 성실하고 부지런한 농부셨다. 아주 꼼꼼한 성격의 소유자셨다. 평생 일기 겸 영농일지를 쓰셨다. 달력에도 작은 글씨로 빼곡히 그날그날 한 일을 기록하셨다. 대충대충 농사를 짓지 않았다. 아주 꼼꼼하게 기록하고, 새로운 정보를 습득하려 애쓰셨다. 그 덕에 인삼 농사도 남보다 먼저 시작하게 됐고, 잠업까지 손을 대셨다. 늘 이웃을 살펴, 좋은 일에도 앞장서셨다.

이웃에 청주교대에 합격하고도 등록금을 마련하지 못해 진학을 포기해야 할 형편에 놓인 여학생이 있었다. 아버지께서 직접 괴산 군청에 찾아가 군수를 만나 딱한 사정을 전하고 읍소했다. 장학금을 마련해 학교에 진학할 수 있게 도운 일화가 있다. 그 주인공은 훗날 교사가 됐고, 교육감 부인을 거쳐 교육부 차관 부인이 되기도 했다. 그때 아버지의 도움이 없었다면 그분의 생은 어떻게 바뀌었을지 모른다.

1940년생인 어머니는 가까운 음성 원남면 조촌2리 장갈마을 출생이다. 전주 최씨로 춘(春)자, 자(子) 자를 쓰신다. 어려서 외가에 자주 갔다. 외가까지는 두 정거장 거리인 보천역까지 가서 5㎞정도를 더 걸어가야 했다. 특히 방학이 되면 외가 동네에 가서 오래 지냈다. 어머니는 형제 중 막내로 귀하게 자라셨다. 험한 농사일을 하기에는 체력도 달렸다. 그런 사정을 잘 아시는 아버지는 어머니에게 힘든 일을 가급적 시키지 않으시고 손수 하셨다. 어머니는 여성스러운 성격인 데다, 깔끔한 성격으로 늘 옷매무새를 단정히 하셨다.

요리도 좋아하고 집안 살림을 잘하셨다. 그러던 중 내가 중학교를 졸업 할 무렵 인근에 형석고등학교가 생기면서 하숙을 치기 시작하셨다. 우리 마을은 형석고등학교에서 가장 가까운 동네여서 하숙생을 치거나 자취방을 내준 집이 많았다. 어머니는 농사일보다 하숙 치는 일에 재미를 느끼셨다. 늘 대여섯 명의 하숙생이 집에 있었고, 수입도 괜찮았다. 자그마치 20년 가까운 세월 동안 하숙을 치셨다. 아버지가 인삼 농사와 잠업에 손을 대고, 어머니가 하숙을 치시면서 집안 형편이 나아지기 시작했다.

할머니가 마음이 넓은 호인인 데다 어머니도 얌전한 분이셔서 고부간 사이가 좋았다. 할머니는 술 잘 담그기로 이름이 나셨고, 어머니께 술 담그는 비법을 그대로 전수하셨다. 당시 아버지는 10년가량 이장 일을 보셔서 우리 집은 이장 집이라고 불렸다. 마을에서 "이장 집 술맛이 일품이다"라고 소문이 나 늘 손님이 많이 찾아왔다. 어머니는 우리 형제자매 2남 2녀를 지극 정성으로 보살펴 주셨다. 그 덕에 4남매 모두 탈 없이 사회의 일원으로 잘 적응하며 살 수 있었다.

우리 4남매는 특별히 성공했거나, 큰 인물이 되지는 못했지만,

279

저마다 착실히 가정을 이루고 사회생활도 열심히 했다. 우리 모두 이토록 이탈 없이 사회에 잘 적응하며 산 건, 모두 부모님의 덕이다. 그 고마움을 한시도 잊은 적이 없다. 우리 4남매 모두 진심으로 부모님에 대한 고마운 마음을 잊지 않고 살아간다. 내가 자란 미암리 집은 할아버지, 아버지의 손길이 묻어난 곳이다. 지금은 사정상 증평읍내 아파트에 살지만, 적절한 시기가 되면 미암리 고향 집으로 들어가 여생을 보낼 생각이다.

막내동생 대학교 졸업사진

농사만은 피하고 싶었다

전형적인 농가에서 나고 자랐으니, 농사일을 잘 안다. 특히 농사가 얼마나 힘든 일인지 누구보다 잘 안다. 농가에서 자란 사람이라면 누구랄 것 없이 일손을 거들어야 한다. 학교 다닐 때 영농철에는 일손을 보태려 아예 등교하지 않는 친구들이 더러 있었다. 어떤 때는 부모가 학교를 찾아와 조퇴 조치하고 아이를 데려가기도 했다. 얼마나 일손이 부족하면 그리했을까, 이해가 된다. 다행히 우리 부모님은 아무리 일손이 부족해도 학교 공부가 우선이라고 생각하시는 분들이었다.

내가 중학교 전후 학생 때 우리 집 농사는 고추가 주작물이었다. 고추는 5월 5일 전후 어린이날 무렵 정식을 한다. 그래서 우리 또래 친구들은 대부분 어린이날이 없었다. 도시 아이들이 어린이날 특별한 대접을 받는 건 TV 속 풍경일 뿐이었다. 고추 수확은 여름방학 내내 이어졌다. 1년 중 가장 무더울 때 8월 초중순경 본격적으로 수확한다. 고추 농사를 짓는 집 아이들은 고추 수확기에 일손을 도와드리지 않을 수가 없다. 수확만 하는 데 그치지 않고, 건조

제6장 보강천과 이성산의 추억

해서 상품화하는 전 과정이 참으로 고되다. 나 역시 그 과정을 모두 경험했다.

8월 중순 고추를 한창 수확할 때면 시골에선 대개 4시면 모든 가족이 잠자리에서 일어난다. 눈을 비비고 서둘러 짐을 챙기고 밭으로 나가 5시 전부터 수확을 시작한다. 비료 포대가 수확한 고추를 담는 자루 역할을 한다. 첫 고랑에 들어가면 고추나무의 키가 허리 위까지 와 잎이나 줄기가 몸에 닿았다. 한밤에 내려 잎에 맺힌 이슬이 긴소매, 바지, 운동화 그리고 속옷까지 다 흠뻑 적셨다. 이때 기분은 썩 좋지 않았다. 그렇지만 새참 음식이 나오는 9시~10시 무렵이 되면 해가 중천이어서 대부분 말랐다.

대신 그때부터는 이슬은 마르고 다시 땀으로 온몸을 적시었다. 고랑에 들어가 뙤약볕 아래서 무거운 고추 포대를 들고 다니며 수확하는 일은 상상하기 힘든 노동 강도다. 허리도, 목도 아팠다. 얼마나 힘든지 주저앉고 싶을 때가 한두 번이 아니었다. 몰래 도망가고 싶다는 생각을 하기도 했다. 그러나 모든 가족이 어렵게 일하니 혼자 피할 수는 없는 노릇이었다. 농사의 고통을 경험해 보지 않은 이들은 농사를 쉽게 말한다. 할 일 없으면 농사나 짓겠다고 말한다. 그 고통을 경험한 이들은 그런 말이 얼마나 농사를 쉽게 여겨 하는 말인지 잘 안다.

여름방학이 끝나갈 무렵은 고추 수확의 절정기다. 온 가족이 나서 고추 따는 일에 매달렸다. 고추를 따는 일보다 더 힘든 게 건조하는 과정이다. 집으로 가져온 고추는 창고와 광 등 집 안에 있는 모든 여유 공간이 건조실로 활용되었다. 발을 깔고 그 위에 고추를 널어 말린다. 건조실인 창고와 광에 선반을 2층 3층으로 만들었다. 그 위에 발을 깔고 물고추를 적절한 두께로 펴서 넌다. 그리고 바닥에는 적절한 공간마다 연탄 화덕 네댓 개를 설치해 말렸다. 한여름에 연탄화덕 네댓 개를 피우면 실내 온도는 50~60도 이상이다. 들어가면 숨이 확확 막힐 지경이었다.

그렇지만, 일정 시간에 한 번씩 들어가서 말리는 고추를 뒤집어 주어야 한다. 그래야 고추를 고르게 말리고 색을 곱게 만들 수 있다. 건조실에 들어가면 단 2~3분도 견디기 어려웠다. 온도도 온도지만, 고추가 마르면서 생기는 습도와 매운 냄새는 정신을 혼미하게 만들었다. 땀이 비 오듯 쏟아졌고, 콧물과 눈물도 펑펑 흘렀다. 그렇게 2~3일정도 말린 고추는 마지막에 햇볕에서 한 번 더 말려줘야 상품 가치가 오른다. 자연건조까지 마친 후에는 수건으로 일일이 닦아 주어야 한다. 건고추를 만들 때까지의 과정은 무엇 하나 쉬운 게 없다.

건조실에서 고추를 널 발을 짜는 일도 고역이었다. 발을 만드는 재료는 여러 가지지만, 쑥대를 이용하는 게 가장 좋다. 가볍고 통풍이 잘되기 때문이다. 고추 수확 철에 앞서 쑥대를 잔뜩 확보해 발을 짜두어야 했다. 쑥대는 두타산 쪽으로 고개를 두 개 넘어 화전민이 살았던 마을 인근에 가야 넉넉히 확보할 수 있었다. 중학교 시절 아버지와 함께 두타산 너머로 쑥대를 베러 간 경험이 몇 차례다. 높은 곳까지 올라가는 일도 어렵고, 거기서 확보한 쑥대를 지게에

제6장 보강천과 이성산의 추억

지고 내려오는 일도 힘겹다. 나는 지게질을 못 해 쑥대를 묶어 끌고 내려왔다.

산 아래까지 내려오면 그 뒤부터는 손수레에 싣고 집으로 옮겼다. 쑥대를 베러 산에 오르던 일, 쑥대를 나르던 일이 얼마나 고됐던지, 지금도 기억이 생생하다. 그 힘든 일을 하면서 나는 마음속으로 "난 절대 농사 일은 하지 않겠다"고 거듭 다짐했다. 아버지도 힘든 일을 시키고 나서는 늘 "농삿일 하지 마라. 교사나 공직자가 돼, 농사짓지 말고 살아라."라고 반복해 말씀하셨다. 할아버지도 내게 그렇게 말씀하셨다. 그래서 다른 마음 먹지 않고 대학에 진학했고, 아버지의 뜻대로 공무원이 되었다.

인삼 농사를 지은 후부터는 겨울에도 인삼밭에 얹을 이엉을 엮으며 보냈다. 과연 농사는 무엇 하나 쉬운 과정이 없었다. 힘든 만큼의 수입도 보장되지 못했다. 직접 농사를 지어봤기 때문에 누구보다 농사의 어려움을 잘 안다. 더불어 농사짓는 분들에 대한 고마움을 누구보다 잘 알고 있다. 공직에 있으면서 면장이나 읍장으로 재직할 때, 농업건설국장으로 재직할 때, 농민들을 만날 때마다 깊이 허리 숙여 인사했다. 또한 존경과 감사의 마음을 잊지 않았다. 그리고 농민들을 어떻게 돕고 지역의 농산업을 어떻게 발전시켜야 할지에 대하여 늘 고민하고 실천했다. 기계화로 일손이 많이 줄었다고는 하지만, 여전히 농사는 세상 어떤 일보다 어렵고 힘들다. 농민들께 거듭 감사드린다.

고맙고 고마운 사람

말단 공무원으로 시작해 군청에서 국장까지 올랐으니, 공직자로서 높은 성취를 이루었다. 그 성취는 나 혼자 이루었다고 말할수 없다. 주변 많은 분의 도움이 있었기에 가능했다. 특히 내가명예롭게 공직을 마감하고, 가정을 잘 꾸려 자녀들을 사회의 일원으로 무사히 진출하게 한 데에는 절대적으로 아내의 공이 컸다.가장 고마운 사람이자 가장 사랑하는 사람이 아내 김정희(金貞姬)다.아내는 나의 가장 든든한 후원자였고, 늘 내 곁을 지켜준 조력자였다. 아내로서, 어머니로서, 며느리로서 역할 수행에 늘 최선을다해 준 고맙고도 고마운 사람이다.

아내는 1964년 경북 안동 출생으로 안동 김씨 집안에서 태어났다.안동에서 초중고 대학까지 마친 안동 토박이다. 난 예전부터 경상도여성에 대한 호감이 있었다. 그래서인지 처음 만난 직후부터 아내에게 끌렸고, 아내도 내가 마음에 들었는지, 짧은 연애 후 우리는결혼했다. 아내의 가정은 철도 집안이었다. 장인은 철도청 공무원이었고, 처남들은 지하철공사에 근무했다. 화목한 가정에서 평범한 가정교육을 받고 자란 아내는, 남편과 아이들을 위해 헌신하는 삶을 살았다. 그 덕에 우리 가족 모두가 행복했다.

아내는 미술학도다. 어려서부터 미술에 소질이 있었고, 고등학생 때 입시미술학원에 다니면서 미대 진학을 준비했다. 대학교 미술학과에 입학해 교직을 이수하고 중등교원 자격증을 취득했다. 아내는 대학 졸업을 앞둔 4학년 겨울 방학 때부터 미술학원 강사로 일하기 시작했다. 부산에서 강사로 일하던 아내를 지인의 소개로 만났다. 당시 나는 오산시청에 근무 중이었고, 둘은 경부선 기차편으로 오가며 데이트를 즐겼다. 아내는 7남매의 막내로 사랑받고 자랐다. 언제나 사려 깊고 배려심이 강했다. 그 점이 참 마음에 들었다.

우리는 1990년 10월 21일 구 증평읍사무소 자리 궁전예식장에서 결혼식을 올리고 제주도로 신혼여행을 다녀왔다. 장인어른의 권유로 아내는 2개월간 증평 시댁살이를 하기로 마음먹고 있었다. 시댁 가풍을 익히고 식구들과 가까워질 시간이 필요하다며 아내는 신혼여행 후 2개월간 미암리 본가에서 생활했다. 나는 당시 오산시청에 근무했던 터라 주말에 증평으로 와서 아내를 만날 수 있었다.

아내는 어머니를 도와 새벽 5시에 일어나 하숙생 도시락 싸는 일부터 온갖 집안일을 배웠다. 아무나 할 수 없는 일이었다. 그 기간에 '전주 이씨 충망공파 단암종친회' 시제 행사도 치러냈다. 그 덕에 집안 어르신들께 많은 칭찬을 받기도 했다. 2개월의 시댁 적응 기간을 거친 아내는 연말에 오산 신혼집으로 왔다. 아내는 바로 수원의 미술학원 강사로 취업하여 오산에서 출퇴근하며, 적지 않은 보수를 받았다. 그렇게 오산에서 8개월간 맞벌이를 하며 달콤한 신혼을 보내던 중 내가 괴산군청으로 자리를 옮기게 됐다.

아내는 주저 없이 나를 따랐다. 우선 증평 미암리 본가로 들어갔고, 내가 괴산으로 출퇴근했다. 아내는 또 하숙생과 농사로 바쁜 본가 일을 도왔다. 그렇게 보낸 시간이 3개월이었다. 1991년 말 괴산의 학교 앞 작은 빌라를 구해 분가하며 본격적인 괴산살이를 시작했다. 아내는 낯선 환경에도 잘 적응했다. 이사 직후 빌라에서 미술 공부방을 열어 동네 아이들을 지도했다. 아내는 첫아들 출산 2주전 만삭의 몸으로 다시 군청 옆 아파트로 이사를 하며 공부방을 접었다. 1992년 여름 첫아들에 이어 1994년 딸을 낳으며 총 4년여 기간 아내는 남매의 육아에 전념했다.

1995년 여름 아버지께서는 당시 극성이던 증평의 기획부동산 사기단에 휘말려 어려움을 겪는 일이 있었다. 매우 불안해하시는 부모님을 돕기 위해 우리 네 식구는 짐을 싸서 미암리 본가로 들어왔다. 부모님께서는 안심하셨다. 나는 괴산으로 출퇴근했고 아내는 어린 남매를 돌보며 본가의 하숙일과 농사일을 도우며 지냈다. 4개월 정도 본가에서 부모님과 함께 살았고 부동산 문제는 잘 해결이 되었다. 우리 네 식구는 마음 편히 괴산집으로 돌아갔다.

1996년 말 괴산성당 옆 빌라로 또 이사를 했다. 이사 직후 예전학부모들의 요청으로 아내는 바로 미술 공부방을 열었다. 아이들은 점점 늘어났고, 좁은 공간을 고민하던 아내는 또 한 번 변화를 선택했다. 이사 온 지 두 달 만인 1997년 초 경찰서 옆 상가주택으로 이사를 가며 두인미술교습소를 개원했다. 아내는 남매를 어린이집에 보내며, 교습소 운영에 정성을 다했다. 우리 네 식구는 교실에 붙은 방 한칸에서 함께 지냈고, 화장실도 뒷문 밖 실외에 있어서 불편했지만 알콩달콩 행복한 시간을 보냈다.

그러던 중 아내는 셋째를 임신했다. 단칸방에 네 식구도 복잡한데 막내가 태어나면 다섯 식구 생활이 힘들 것 같아 초등학교 앞 아파트로 또 이사를 했다. 2000년 초 막내 아들을 낳았고, 아내는 삼남매를 키우며 미술교습소 운영을 이어갔다. 아내는 좀 더 나은 교육서비스를 제공하기 위해 늘 공부하고 도전했다. 2001년에는 1년간 충주건국대학교 보육교사교육원에 다녀 보육교사 자격증을 취득했다. 2002년 초 우리 아파트 상가로 확장 이전, 관인 '두인미술학원'을 개원했다.

아내는 주말이면 대전, 청주, 충주 등 지역을 찾아 다니며 웅변 스피치와 예쁜 글씨 POP 디자인, 종이조각과 종이접기, 점핑클레이 등 미술 관련 자격을 취득하며 자기 계발을 통해 시대의 변화에 맞추고자 애썼다. 삼남매를 키우며 학원 운영과 학교방과후 등 외부 강의를 다니며 참으로 부지런히 살았다. 며느리로, 아내로, 엄마로 어느 한 구석 소홀함이 없이 자신의 역할을 다했다. 작은 체구 어디에서 그런 에너지가 솟는지 참으로 신기할 정도였다.

2003년 아버지께서 직장암 수술을 받으셨고, 6개월간 장루를 착용하시게 됐다. 아버지의 수술 부위 소독과 장루 교체는 나와 아내의 몫이었다. 우리 부부는 매일 퇴근하면 미암리로 가서 아버지의 수술 부위를 소독하고 장루를 교체했다. 그렇게 6개월이 지난 후 아버지는 복원 수술을 하셨고, 다행히 건강은 차츰 회복되셨다. 예전만은 못 해도 20여 년간 건강하게 지내셨다.

2004년에는 어머니께서 양쪽 무릎 인공관절수술을 하셨다. 병원에서 퇴원 후 재활하시는 동안 우리 부부는 또 퇴근 후 미암리로 와서 어머니를 도와드렸다. 그 당시 우리 식구 모두가 매우 힘든 시기를 보냈다. 묵묵히 가정의 어려움을 함께 극복해 준 아내가 참으로 고마웠다. 그러니 평생 그 고마움을 갚을 길이 없다. 고맙고 고마운 사람이다.

2025년 10월 11일 청주의 한 병원에서 아버지께서 눈을 감으셨다. 나와 아내는 오랜 시간 아버지 손을 잡고 떠나시는 모습을 지켜보았다. 동생들과 우리 아이들이 함께 배웅해 드렸다. 참으로 애통하고 만감이 교차했다. 아버지께서 생전에 마지막 남긴 음성은 임종 한 달 전쯤인 9월에 병원에서 간병하던 아내에게 건넨 "에미야" 라는 말씀이다. 아마도 며느리에 대한 고마움과 애틋함의 표현이었다고 생각한다.

아내는 문화예술 활동에도 적극적이었다. 괴산문화원 이사(12대,17대)와 괴산미술협회 회장을 역임했다. 2014년 괴산미협 결성을 위해 지역 미술인을 모아 추진위원회를 발족하고, 사무국장으로 실무를 전담했다. 그해 10월 30여 명의 회원으로 괴산미술인 협회가 출범했다. 미협에 대한 아내의 열정은 대단했다. 홈페이지를 직접 개설 관리하고, 적극 활용해 회원존중 회원중심의 협회 운영을 실현코자 애썼다. 재능기부와 자원봉사로 지역사회와 소통하며 상생하는 협회를 만들고자 노력했다. 9년여의 세월 동안 협회를 성장시켜, 2023년 1월 '한국미술협회 괴산지부'를 창립했다. 아내는 초대 지부장으로 추대되었다.

지부창립과 미협발전에 헌신한 공으로 아내는 2023년 충북미협의 공로상과 2025년 괴산미협의 감사패를 받았다. 아내는 괴산미협 사무국장 5년과 회장 4년 등 총 9년의 임무를 2024년 말에 마무리하고 지금은 고문으로 활동 중이다. 괴산문화원 발행 '괴산문화 제49호 · 2023'에는 아내의 기고문 '한국미술협회 괴산지부 창립까지'가 게재 되었다. 괴산미협 10여 년의 발자취는 다음카페 '한국미술협회 괴산지부'에 고스란히 역사로 기록돼 있다. 아내는 뜻을 함께한 회원들 덕분에 모든 것이 가능했고, 감사하고 행복한 여정이었다고 말한다.

사회복지사 자격증과 요양보호사 자격증을 소지한 아내는 사회적 약자에 관심이 많다. 현재 증평에서 증평제일교회 만나봉사회, 소비자교육중앙회, 사랑의 짜장면 봉사단, 함께하는 나눔회, 삼일아파트 새마을부녀회, 단지바우 부녀회,생활개선회 회원으로 활동하고 있다. 증평노인지회, 노인복지관, 증평농협, 주민자치회 프로그램 등에도 적극 참여하여 주민 속에서 함께 어울려 배우며 소통하고 있다.

아내는 매사 긍정적이고 차분하면서 열정적이다. 나에겐 최고의 아내 역할을 해주었고, 자녀들에게도 소홀함이 없었고, 며느리로서도 소임을 다하고 있다. 매사 최선을 다했고 늘 부지런했다. 아내가 없었다면 단연코 지금의 나는 없다. 그러니 고맙고 고마운 사람이다. 아내를 만난 건 내 인생 최고의 선택이었다.

증평궁전예식장에서 결혼식. 1990.10.21

괴산미협 전시회 아내의 작품 앞에서 2015.

회장인 아내가 자원봉사릴레이 기를 흔들고 있다. 괴산미협 산막이옛길 환경정화활동. 2023.4.8.

아내의 벽화재능기부. 소수면 아재마을 (구)마을회관. 2016

아내 초대지부장 내빈소개 장면. 한국미술협회 괴산지부 창립전. 2023.6.1

제6장 보강천과 이성산의 추억

한국미술협회 괴산지부 창립전 단체사진. (앞줄 의자 왼쪽에서 5번째 아내)

증평제일교회 만나봉사회 회원들과 증평자원봉사센터 저소득재가노인 밑반찬 배달사업 봉사.
우측 첫번째 김석환 증평제일교회 담임목사님. (우측에서 세번째 아내. 2025)

증평소비자교육중앙회 회원들과 증평장애인복지관 김장봉사. (좌측에서 두번째가 아내)

아버지를 따라 공직의 길로 접어든 아들과 딸

아버지가 공무원으로 성실히 살면서 꿈을 이루어가는 과정을 지켜본 삼남매는 공직자의 길을 걷게 되었다. 아이들이 모두 공직자의 길을 걷게 된 건 나의 권유도 한몫했다. 평생 공무원을 천직으로 알고 일했던 나는 아이들에게도 공무원이 되길 권했다. 풍족하게 누리며 살지는 못하더라도 성실히 자기 성취를 이루며 지역과 주민에게 봉사하며 살 수 있는 직업이라고 생각했기 때문이다. 아울러 지역과 국가의 발전정책을 실현하면서 느끼는 성취감도 크다고 생각했다. 아버지의 뜻에 따라 준 아이들이 고맙고 대견하다.

큰아들은 청주시청 토목직 공무원으로 근무하고 있다. 같은 직장 행정직 공무원인 며느리와 결혼해 단란하게 잘 살고 있다. 큰아들은 대학교 1학년을 마치고 군 입대했다. 논산훈련소 수료식에서 씩씩하고 늠름해져 있는 아들을 안아보니 참 좋았다. 서울 송파구에 있는 육군 특수전사령부 제3공수특전여단 제13특전대대로 배치된 큰아들은 강도 높은 공수기본훈련과 강하훈련, 천리행군, 해상침

투훈련 등을 이겨냈다. 수요일마다 완전군장으로 남한산성 산악 행군 등 고강도 훈련도 받았다. 고된 훈련을 잘 마치고 전역한 아들이 대견스럽다.

딸은 영동군청 지적직 공무원으로 근무하고 있다. 아버지를 따라 지적직 공무원이 되어 직장생활을 잘하고 있는 딸이 고맙다. 막내아들도 괴산군청 행정직 공무원으로 만20세에 발령을 받아 3년 6개월을 근무했다. 8급 공무원으로 근무 중 공군에 지원하여 입대했고, 진주 공군기본군사훈현단 수료 후 지원했던 계룡대 공군본부 직할 공군수사단에서 복무하게 되었다. 아들은 군생활 중 새로운 꿈을 키우게 되었다.

뜻한 바가 있어 전역과 함께 스스로 공직을 그만두고 새로운 도전의 길을 가고 있다. 우리 가족은 막내아들의 선택을 존중하고 응원해 주었다. 새로운 목표가 있다면 불광불급(不狂不及)의 정신으로 열정을 다해 보라고 격려해 주었다. 막내아들이 스스로의 인생을 잘 헤쳐 나갈 거라고 믿는다.

2023년 6월 나의 명예퇴임식에 아주 특별한 영상이 상영되었다. 삼남매가 아버지의 퇴임 축하와 새로운 출발을 응원하는 마음으로 만든 영상 선물이다. 우리부부의 신혼여행 사진을 시작으로 삼남매의 성장 과정과 추억이 고스란히 담긴 영상이었다. 배경음악은 삼남매가 직접 부른 노래 김동률의 '출발'이었다. 이 영상을 만들기 위해 삼남매는 몇 달간 주말마다 모여 함께 노래 연습을 했다. 매번 설레는 마음으로 준비했다고 한다. 가슴 찡한 감동이었다.

사랑하는 아들딸이 불러준 응원의 노래 '출발'은, 새로운 꿈에 도전하는 나에게 용기를 주는 특별한 의미가 되었다. 성실하고 바르게 성장해 준, 우애 깊은 삼남매에게 고맙고 감사하다. 모두 사회에 잘 적응하고 훌륭한 사회 구성원으로 살아주길 바란다. 나는 사랑하는 내 아들딸을 믿고 또 믿는다.

가족나들이 동해

삼남매의 어린시절

제6장 보강천과 이성산의 추억

봉사하고 참여하며 배운 것들

　공직에 몸담고 있을 때 수시로 이런저런 봉사활동에 참여한 경험이 있다. 수해복구 봉사, 농촌 일손돕기, 배추 절임과 김장 돕기, 풀 베기, 풀 뽑기, 배식 봉사, 독거어르신 일손 돕기 등 다양한 봉사에 참여했다. 그때마다 큰 보람을 온몸으로 느꼈다. 증평의 전 지역에 고향 선후배들이 포진해 있다. 특히 인접마을 교2동은

2024년 교2동 마을단장을 위한 담장 도색봉사 (왼쪽에서 두 번째가 저자)

증평군 노인복지관에서 함께하는나눔회의 삼계탕 나눔봉사. 2025.12.5

초등학교 은사님과 선배들이 계신다. 종종 방문하여 하며 마을 골목길 담장 도색 봉사를 함께 하기도 했다. 봉사는 남을 돕는 행위지만, 실상 자신이 더 즐겁다는 건 해본 사람이 안다.

퇴직을 얼마 남겨놓지 않은 2020년 무렵 '함께하는나눔회' 봉사 모임을 결성했다. 이정우 괴산상인회장과 내가 주도한 가운데 20여 명이 회원으로 가입했다. 이 모임에서 나는 부회장을 맡고 있다. 아내도 함께 회원으로 참여하고 있다. 주로 취약계층이나 어르신들을 대상으로 식사 제공 봉사를 한다. 함께하는나눔회는 증평과 괴산을 오가며 봉사를 하고 있다. 대상이 적게는 수십 명, 많을 때는 최고 350명에 이르기도 했다. 때로는 의료 봉사팀이나 집수리 봉사팀과 연계해 함께 활동하기도 했다.

나와 아내는 '증평 사랑의 자장면 봉사단' 회원이다. 자장면 봉사는 증평 초중리 '대선 짜장' 식당에서 정기적으로 이뤄진다. 매월 셋째 주 월요일 식당의 정기휴일 점심시간에 어르신과 주민을 대상으로 자장면을 무료로 제공하는 봉사이다. 오후에는 식당에서 자장면을 준비해서 직접 마을로 찾아가기도 한다. 자장면 요리는 한형수 회장과 정상현 대표가 담당하고, 회원은 주로 안내와 서빙을 담당한다. 특별한 일이 없는 한, 이 봉사활동에 아내와 함께 꼬박 참여하고 있다.

상당공원에서 어르신들께 따뜻한 차 나눔 봉사를 하고 있는 저자. 2023년.

자유총연맹 증평군지부 운영위원으로도 활동하고 있다. 국가 안보를 공고히 하고 민주와 자유를 수호하기 위한 활동을 주로 펼쳤기에 주저 없이 가입했다. 국가 안보의 필요성을 절감해 자유총연맹 활동을 통해 역할을 해야 한다고 생각한 거다. 입회 즉시 운영위원으로 합류했다. 30여 명으로 구성된 운영위원회는 실질적으로 단체를 이끌어 가는 임원단이다. 운영위원은 연간 일정 금액의 회비를 납부하고, 주요 회의에 참여해 의사결정을 하는 중요한 역할을 한다. 전체회원은 150여 명이다.

한국자유총연맹은 봉사 활동에도 앞장선다. 공동체 행복지킴이 활동, 어머니 포순이 봉사단 활동, 북한 이탈주민 돌봄이, 청소년 대상 민주시민교육, 6.25음식체험 및 사진전시회, 6.25전적지 및 안보견학, 교사 존중캠페인, 산불예방캠페인, 꽃밭 가꾸기 등 많은 활동을 하고 있다. 자유총연맹을 비롯해 대부분 사회단체는 신규 회원 가입이 저조해 어려움을 겪는다. 기존 회원의 고령화로 젊은 피의 수혈이 절대 필요하지만, 신규 회원 가입은 제한적이다. 최근 심규복 회장이 취임하면서 청년회장을 영입하고 회원확보를 위해 적극 노력하는 중이니 참 다행이고 활성화되길 바란다.

한국자유총연맹이 매년 벌이는 사업으로 6·25음식 체험 등은 깊은 의미가 있다. 전쟁 당시 먹던 쑥개떡, 보리떡, 보리주먹밥, 찐감자 등을 시식하는 체험으로 당시의 참혹한 생활을 간접 경험할 수 있다. 당시 상황을 고스란히 이해하는 데는 한계가 있겠지만, 이해를 넓힐 수 있는 여지가 있다. 조부모와 부모 세대가 경험한 아픈 시절을 간접 경험하는 것만으로도 의미가 있다. 2024년 11월 6·25전적지를 비롯해 제2땅굴, 철원 평화전망대, 월정사역을 31명이 함께 안보 견학을 다녀왔다.

6.25음식 시식회 봉사.한국자유총연맹 증평회원들과 함께.증평전통시장에서 2025

참여한 모든 단체의 활동을 통해 적지 않은 경험을 하고, 많은 걸 느끼게 된다. 바쁜 사회생활로 젊은 세대의 단체활동 참여가 부진한 건, 모든 단체가 겪는 현실이다. 더 많은 이들이 봉사활동과 단체활동을 통해 사회를 더 따뜻하고 결속력 있게 끌고 가면 좋겠다는 생각을 늘 해본다. 과거에 비하면 안보의식이 많이 느슨해 진 면이 있다. 견학과 체험 등을 통해 안보 의식을 강화하는 것도 의미있는 일이라 생각한다.

청주 혜원장애인종합복지관 쌀 기부 및 배식봉사.
국민의힘 충북도당 엄대영 위원장과 저자도 함께 참여 2025.9.5

증평군 새마을부녀회 김장나눔 봉사. 2024

증평노인복지관 삼계탕 나눔봉사.함께하는나눔회 회원들과. (앞줄 죄측 첫번째 저자) 2024.10.16

내 고향 향토문화 정체성을 찾아서

공직 퇴임 직후 가장 먼저 가입한 단체가 '증평향토문화연구회'다. 모임의 성격에 대해 이미 알고 있었고, 관심을 가지고 있었다. 현직에 있을 당시 강신욱 친구가 활동을 권유하기도 했다. 이 단체는 증평 지역의 유력인사 24명 정도가 회원으로 활동하고 있었고, 다채로운 활동을 펼쳤다. 증평지역의 역사에 관심을 둔 유력인사들이 회원의 주류를 이룬다. 1992년 9월에 창립했으니, 뿌리가 깊다. 이 단체를 실무적으로 중심역할을 하며 이끌고 있는 '강신욱'은 초등학교 같은 반 친구다. 그는 초대 증평학연구소장이다.

증평을 지켜온 언론인인 그는 증평의 역사, 문화에 관한 최고 권위자로 칭할 만하다. 그런 그가 언론사 퇴직 후 증평문화원 부설 초대 증평학연구소장으로 활동했으나, 증평군의 예산 미반영으로 2025년 7월경 자리를 떠나게 되었다. 언론사로 자리를 옮겼다니 마음이 개운치 않다. 언젠가는 그 자리로 돌아와야 하고, 더 나아가 많은 일을 해야 할 증평의 보배 같은 친구다. 증평 향토문화 연구회는 회원 중 전직 문화원장을 지낸 분도 있고, 교사나 교장을 역임한 분들도 있다. 고위 공무원과 기관 단체장 출신도 여럿 있다.

연구회의 주요 활동은 마을별 향토문화, 구술사, 역사적 건축물 조사, 회지발간, 학술대회, 국내외 유적답사, 탁본전시, 지정문화재 주변 환경정리 등으로 향토문화 전승·기록·조사중심의 꾸준한 활동을 하고 있다. 나도 적극 동참하고 있다. 매년 주력할 활동의 주제를 정해 집중적으로 탐구하고, 자료를 조사해 연구하는 활동을 벌인다. 공통된 관심사를 가진 이들의 모임이어서 강한 연대 의식을 갖고 활동한다. 역사와 문화에 관심 있는 지식인으로 저마다 향토 사학자로 불릴 만한 식견을 갖고 있다.

회원은 지역의 원로급 유력인사들로 새마을금고 회의실을 주로 이용해 만난다. 별도의 사무실을 운영할 만한 여건을 갖추지 못해 새마을금고의 도움을 받고 있다. 이웃 괴산은 사무실을 별도로 갖추고 있고, 회원도 많아 왕성한 활동을 하는 것에 비하면 증평은 아직 역부족이다. 회원 수를 더 늘리고, 사무실도 마련하고, 재정을 확대해 더욱 체계적인 활동을 할 수 있도록 시스템을 만들어야 한다. 활동은 왕성하지만 현실적 제약이 많아 고충을 겪고 있는 이 단체를 확실하게 후원해 주어야 한다는 게 나의 소신이다.

최근 증평역의 역사를 집중 조명하며, 고증을 통해 증기기관차에 물을 공급하는 탱크가 있던 위치를 찾아내는 활동을 펼쳤다. 내가 주도적으로 당시의 물탱크를 설계하고 공사를 맡았다는 주요 관계자의 자손 등을 찾아다니면서 구술조사 및 현장조사에 적극 참여한 것은 매우 의미 있는 활동이었다. 나는 고향 증평의 정체성을 구석구석 찾아주는 소중한 일을 해 내고 있는 '증평향토문화연구회'를 더 발전시키고 싶다는 강한 의지가 있다.

중국 대련시 여순구여순박물관 앞. 증평향토문화연구회 회원들과. (아래 우측 세번째 저자) 2025

증평단군전 개천대제에 증평단군전봉찬회 이사 자격으로 참석했다. (아래 우측 첫번째 저자) 2025

문학 활동, 금메달은 과분한 즐거움

2024년 초에 한국문인협회 증평군지부 회원으로 가입했다. 내가 가입한 장르는 수필 분과다. 김은숙 한국문인협회 증평군지부장을 중심으로 역량있고 열정있는 회원이 세대 간 조화를 이루어 비교적 활발한 문학활동을 전개하고 있다. 월 1회 만나는 이 모임에 참여할 때마다 새로움을 느꼈다. 회원 모두가 문학 활동을 하는 분들로 언어의 선택이 고급스럽고, 대화의 소재도 참으로 다양했다. 동인지에 글도 실어 보고, 출판기념회 등의 모임에도 참석해 보니, 전혀 새로운 느낌을 받았다. 다른 세상을 경험하는 건 삶의 활력소가 된다는 걸 새삼 실감했다.

괴산에서 담당부서장인 문화관광과장으로 행사에 참여했을 때와 비교해 같은 내용의 행사인데도 느끼는 감도는 사뭇 달랐다. 아마도 단체의 구성원으로 소속감과 애착심이 생긴 듯하다. 회원으로 가입하고 불과 얼마의 시간이 지났을 뿐인데 엄청난 일이 벌어졌다. 2024년 10월 5일 제66회 충북예술제의 한 갈래로 진행하는 제4회 충북시낭송대회에 출전하는 기회를 얻었다. 극구 사양했지만, 모두가 격려해 주며 참가를 권해 등 떠밀리듯 출전하게 됐다.

　다행히 출전 분야는 남녀가 함께 무대에 오르는 합송 분야였다. 베테랑 시인이나 낭송가가 리드해 준다니 할 수 있다고, 해보겠다고 마음먹었다. 파트너는 김윤식 선생으로 부회장 직책이며 나와는 동갑내기였다. 오랫동안 어린이집 원장으로 일을 해서인지 목소리가 좋고 연기력이 뛰어났다. 그는 노련하게 나를 잘 이끌어 주었다. 시의 주제에 맞게 무대 의상을 갖춰 입고, 퍼포먼스를 곁들이는 형식으로 시나리오를 짰다. 이때 김은숙 문인협회 회장이 모든 뒷받침을 해주었다.

　호흡이나 발성 퍼포먼스 등 모든 게 낯선 문외한이었지만, 연습으로 극복했다. 한 달 반가량 주어진 시간에 맹연습을 이어갔다. 혼자 연습하기도 하고 파트너와 함께 연습하기도 했다. 때로는 집에서 아내를 파트너 대역으로 해 열심히 연습했다. 엉겁결에 증평군 대표로 출전하는 내게 지역 문인들 모두 아낌없는 격려를 보냈다. 큰 부담을 느꼈지만, 이왕 출전하게 된 이상 최선을 다하겠다고 생각했다.

　우리가 무대에 올린 시는 천양희의 '오래된 농담'이란 제목으로 노부부가 젊은 시절을 회상하며 노년의 삶을 은유적으로 이야기하는 내용이다. 노년의 부부가 서로 의지하며 살아가는 모습 속에 삶의 애틋함과 따스함을 유머로 담아낸 시라고 생각한다. 오른 무대는 청주예술의전당 대 공연장으로 충북 도내에서 가장 큰 공연장이었다. 두말할 나위 없이 내 생애 가장 큰 무대에 올라서 본 거였다. 대회 당일 떨리는 심정으로 무대에 올랐으나, 많은 연습 경험이 두려움과 낯섦을 극복하게 해주었다.

낭송 공연을 무난히 끝냈고, 뜻하지 않게 금상을 수상했다. 어안이 벙벙했다. 금상은 합송 부분의 최고상이었다. 처음 시작할 때는 막막하기만 했지만, 끊임없는 연습으로 부족함을 극복한 사례다. 칭찬과 격려도 많이 받았다. 운동경기로 치면 금메달을 목에 걸은 것이다. 내 생애 가장 독특한 경험이었고, 잊지 못할 추억이다. 등 떠밀려 올라간 무대였지만, 평생 기억에 남을 추억을 만들 기회가 됐다. 예술인으로 오른 첫 무대였고, 실수 없이 공연을 마치기만 하면 다행이란 생각으로 임했지만, 뜻하지 않은 성과를 얻었다.

언제 또 이런 기회가 찾아올까 싶다. 내가 증평군 대표로 나서서 성과를 거두고, 고향의 명예를 드높였다는 생각에 흡족함을 느낀다. 이렇게 나는 독특한 경험과 함께 무사히 대뷔 무대를 마쳤다. 대회에 파트너로 함께한 김윤식 선생이 퍼포먼스 리드를 잘해주었다. 적절한 시를 소개해주고 사대부가의 남녀 복장과 소품을 준비 해 주고 연습을 도와준 김은숙 회장과 열렬히 응원해준 문인협회 회원들의 공이 컸다.

한국시낭송전문가협회 회장인 조철호 시인으로부터 연과 행의 구분 및 음의 높낮이 발음 속도 호흡 등 시낭송 방법에 대해 특강을 받은 것이 큰 도움이 되었다. 처음 도전한 일이었지만, 부단히 연습한 덕에 큰 성과를 낼 수 있었다. 다시금 뭐든 열심히 노력하면 못 이룰 것이 없다는 값진 교훈을 얻었다. 문학과 함께 하는 삶은 고상하다. 순수하고 아름답다. 그 멋과 맛을 알게 해준 여러분들에게 진심 고마움을 느낀다.

오래된 농담

천양희

회화나무 그늘 몇 평 받으려고 (남/민표)

언덕 길 오르다 늙은 아내가

깊은 숨 몰아쉬며 업어 달라 조른다

합환수 가지 끝을 보다

신혼의 첫 밤을 기억해 낸

늙은 남편이 마지못해 업는다

나무그늘보다 몇 평이나 뚱뚱해져선

나, 생각보다 무겁지(여/윤식) 한다(남/민표)

그럼, 무겁지(남/민표)

머리는 돌이지 얼굴은 철판이지 간은 부었지

그러니 무거울 수밖에

굵은 주름이 나이테보다 더 깊어 보였다

~ 5초 후 ~

굴참나무 열매 몇 되 얻으려고(여/윤식)

언덕 길 오르다 늙은 남편이

깊은 숨 몰아쉬며 업어 달라 조른다

열매 가득한 나무 끝을 보다

313

자식농사 풍성하던 그날을 기억해낸

늙은 아내가 마지못해 업는다

나무열매보다 몇 알이나 작아져선

나, 생각보다 가볍지(남/민표) 한다(여/윤식)

그럼, 가볍지(여/윤식)

머리는 비었지 허파에 바람 들어갔지 양심은 없지

그러니 가벼울 수밖에

두 눈이 바람 잘 날 없는 가지처럼

더 흔들려 보였다

　　　　　～ 5초 후 ～

농담이 나무그늘보다 더 더 깊고 서늘했다(남/민표)

농담이 나무그늘보다 더 더 깊고 서늘했다(여/윤식)

농담이 나무그늘보다 더 더 깊고 서늘했다(남여함께)

2024년 10월 19일과 20일 양일간 진천군 초평면 소재 '충북청소년수련원'에서 제42회 충북문학인대회가 열렸다. 이때 시군별 장기 자랑 무대가 있었다. 우리 증평군은 '증평문학 김밥 시식회'라는 소재로 출전했다. 지역의 권영이 아동문학 작가가 탁월한 역량으로 시나리오를 썼다. 이 무대는 구성원 한 명 한 명이 다양한 김밥의 재료가 돼 제조 과정을 문학적으로 표현했다. 문협회원 전체가 참여하는 아주 코믹하고 유쾌한 무대였다. 창작의 위대함을 느낀 기회였다.

아내도 나와 더불어 참여했다. 나는 김민숙, 고제평, 김원응 선생과 함께 볶은 참깨로 하얀 옷에 통깨 스티커를 붙여 입고 등장해 퍼포먼스에 참여했다. 비록 입상은 못 했지만, 독특한 경험을 한 것만으로도 소중한 추억이 됐다. 대회 종료 후 행운권 추첨에서 제일 큰 상을 받은 것도 이 날의 잊지 못할 추억이다. 어색할 것으로 여기고 주저했지만, 막상 가입하고 나니 새로운 삶의 활력을 느끼게 해준 곳이 문인협회다.

김윤식 선생과 한 팀으로 시낭송 대회에 출전해
시 낭송을 하는 모습. 2024.10.5

충북예총
Since 1957

2024-239호

상 장

합송 금상

소속 : 증평지부
성명 : 이민표

위 사람은 충북예술문화단체총연합회가 주최하고 충북문인협회가 주관하는 "제8회 충북시낭송대회"에서 문학의 진정한 가치를 담아내는 감성 있는 낭송으로 위와 같이 우수한 성적을 거두었기에 이 상장을 드립니다.

2024년 10월 5일

(사)한국예술문화단체총연합회
충청북도연합회 회장 김 경 식

청주 예술의 전당 대공연장에서 열린 제8회 충북시낭송대회에 참가해 합송부문 금상을 수상했다.

충북문학인대회에서 증평문인협회 회원들과 즐거운 시간을 보냈다. 2024

모든 모임은 제대로 열심히

나는 참여하는 모임이 참으로 많다. 나는 내가 가입한 모임에 충실히 참여하려고 노력하고 있다. 꼬박 회비를 납부하고 있고, 특별한 일이 없으면, 모든 모임에 성실히 참여한다. 내가 주도적으로 만든 모임도 있다. 현직 공무원이던 시절에는 업무에 쫓겨 제한적으로 활동했지만, 퇴직 후에는 열성적으로 참여하고 있다. 그 덕에 친구들의 추천을 받아 내가 초등학교 43회 동창회장을 맡고 있다. 체육대회를 치른 후 상조회가 결성됐고, 상조회는 20여 명이 아주 열정적으로 참여한다. 서울이나 청주 등지에 거주하는 친구도 있지만, 주로 증평 인근에 거주하는 친구들이 주축이 돼 모임을 이끌고 있다.

초등 동창회를 결성하기 전부터 미암리 출신 친구들의 모임이 있었다. 증평 지역에 거주하는 친구 모임인 '우리회'를 비롯해 미암리 출신 선후배들과 함께 결성한 '단지바우회'와 '단암청년회' 등도 애정을 갖고 오래 참여한 모임이다. 괴산에 살 때도 빠짐없이 동창회 모임과 마을 모임에 참석했다. 초등학교 상조회에서 대마도 여행을 함께 다녀온 건 잊을 수 없는 추억이다. 산업화 초기 고된 환경 속에서 어린 시절을 보낸 친구와 선후배의 모임은 참으로 정이 깊다.

나와 친구들은 평안중학교 7회 졸업생이다. 평안중학교 이름으로 졸업장을 받은 마지막 세대다. 이후 학교명이 형석중학교로 바뀌었고, 8회부터는 형석중학교 졸업장을 받았다. 그러나 7회 이전의 졸업생도 거리낌 없이 형석중학교 졸업생이라 칭한다. 2009년 우리 7회가 동문체육대회를 주관했다. 당시 나는 군청에서 6급 팀장을 맡고 있을 때여서 몹시 바빴다. 그렇지만 친구들은 내게 증평, 괴산, 음성, 진천을 비롯한 그 밖의 지역을 담당하는 부회장이란 직함을 맡겼다.

주말 시간을 이용해, 또는 연차 휴가를 내 평일에도 전국 각지로 친구들을 찾아다녔다. 동창회 소식을 전하고, 우리가 주관하는 체육대회 참여를 독려했다. 그 덕에 90여 명의 친구가 참여했다. 역대 기수별 주관 기수 참여 인원은 대개 20~30명 안팎이었던 것에 비하면 놀라운 성과였다. 덕분에 대회도 성대하게 잘 치렀다. 어느 대회든 인원을 얼마나 동원하는가가 행사의 가장 중요한 성공 요소다. 중학교도 총동문체육대회 주관 이후 상조회가 꾸려졌다. 이런 공로를 인정해 친구들은 나를 초대 상조회장으로 추대했다. 60여 명의 상조회원으로 출발하여 체계를 정비하고 활성화 된 다음 차기회장에게 배턴을 넘겼다.

나는 형석고 1회 졸업생이다. 1회라는 막중한 책임감이 있다.

동기생들은 도내 각지에서 모여들어 출신지가 각기 달랐고, 나이도 최고 5년까지 차이가 났다. 6반으로 360명이 출발했지만, 1982년 2월 졸업 당시에는 6개반에 303명으로 줄어들었다. 입학생의 1/3 정도가 증평연고이고, 나머지는 충북 각지에서 증평으로 왔을 것으로 본다. 1회다 보니 우리 기수가 당연히 첫 동문체육대회를 주관했다. 동문체육대회 개최 이후 형석고 모임도 자리를 잡아나갔다. 지금도 형석고 동문은 증평 지역사회를 비롯해 전국 각지에서 활발히 활동하고 있다. 증평 사회를 이끌어 가는 한 축이다.

괴산군청 재직 때 2000년 무렵 괴산군청 내 공직자 중 형석고 모임을 결성했다. 당연히 1회인 내가 주도했고, 초대 회장도 맡았다. 이 모임의 명칭은 재향 형석고 친목회다. 이 모임은 증평은 물론이고 인접 지역인 괴산, 진천, 음성 등지에서 근무하는 모든 공직자 모임으로 확산되었다. 지자체를 포함해 경찰, 소방, 우체국, 법원 등 모든 기관 재직자가 모였다. 선출직과 정무직까지 망라해서 모임이 이어져 지금도 잘 지내고 있다.

덧붙여 재미있는 모임이 하나 더 있다. '76 친사모'다. 1976년도에 증평 지역과 인근 초등학교를 졸업한 이들의 모임이다. 한 마디로 증평군에 거주하는 모든 동갑내기가 주도하여 한데 모이는 모임이다. 증평초를 비롯해 삼보초, 죽리초, 도안초, 보광초, 백마초, 구정초, 율리초 등 증평과 인근의 모든 초등학교 졸업생 모임이다. '76친사모회'는 내가 참여하는 모든 모임 중에 가장 규모가 크고 다양성을 갖춘 모임이다. 더불어 가장 끈끈한 모임이기도 하다. 결속력이 아주 유별나다. 이 모임을 통해 같은 학교에 다니지 않았어도 증평에 사는 모든 또래가 친구가 됐다. 난 친구들의 추대로 이 모임의 회장을 2년째 맡고 있다. 서로 도와주며 정을 나누는 아주 훌륭한 모임이다.

고향에서 남은 삶을 평생 도우며 소통하여 정감 있게 함께 살아갈 친구들이다. 이처럼 초중고를 망라해 모든 학교 동창 모임에 적극적으로 참여했다. 이 밖에도 많은 모임에 꼬박 참석한다. 씨족 모임인 종친회에도 열심히 참여한다. 전주 이씨 대동종약원 증평군분원 종친회에도 가입해 조직이사로 열심히 활동 중이다.

아울러 미암리 종친회도 열심히 참석하고 있다. 여기서는 총무를 맡아 역할을 하고 있다. 동문회와 종친회는 말 그대로 학연과 혈연으로 묶인 단체다. 학연이나 지연, 혈연을 통한 결속은 인간관계의 기본이라고 생각한다. 열심히 참여 중이다. 이들 외에 순수한 친목 또는 취미 모임도 다양하게 참여 중이다. 중원대학교 CEO 과정 14기 모임은 25명이 참여한다. 여기도 열정을 갖고 꾸준히 참석하고 있다. 2023년에는 파크골프 장뜰클럽에 가입했다. 장뜰클럽 70여 명의 어르신들과 어울려 취미활동에 매진하고 있고, 회원은 400명이 넘는다. 30여 명의 회원이 활동 중인 증평 그라운드골프클럽도 가입 후 열심히 참여 중이다. 이 밖에 나래핀 장애인골프협회도 회원이다. 농협과 읍사무소가 주관하는 노래교실에도 회원으로 참여해 노래 부르며 주민과 감성 소통을 하고 있다. 한마음산악회도 회원으로 가입해 동호인들과 즐거움을 나누고 있다.

76친사모회 고향 친구들과 삼보산에 올랐다. 2024

증평 고향 친구들과 보강천 정월대보름 행사에 참여했다. 2025

증평농협 김정헌노래교실에서 주민들과 노래로 소통하는 저자. 2025

2025재경증평군민회 송년회에 참석하여 노래로 소통하다

제6장 보강천과 이성산의 추억

에필로그

책의 끝에서, 다시 책임을 생각하다

이 책의 마지막 페이지를 함께 넘기고 있는 지금, 저는 조용히 독자 여러분을 떠올립니다. 어떤 마음으로 이 책을 펼치셨을지, 또 어떤 시간 속에서 제 이야기를 만나셨을지 문득 궁금해집니다.

돌아보면 제 33년 9개월 공직의 길은 누구에게 보여주기 위한 화려한 기록이 아니라, 사람을 위해 조용히 책임을 감당해 온 시간들의 축적이었습니다. 누군가의 하루를 지키기 위해, 불편한 마음 하나라도 덜어주기 위해, 그리고 공동체가 조금이라도 더 나은 방향으로 나아가도록 돕기 위해 저는 제 자리를 지켜왔습니다.

그 길이 늘 곧고 쉬웠던 것은 아닙니다. 무거운 결정 앞에서 오래 서성였던 날도 있었고, 사람의 마음을 끝까지 헤아리지 못해 스스로를 책망했던 순간도 적지 않았습니다. 그럴 때마다 저를 다시 붙잡아 준 문장이 있었습니다.

"사람을 이롭게 하는 선택을 하라."

홍익인간의 정신은 저에게 단순한 철학이 아니라 삶을 지탱해 준 중심이었고, 공직에서 배운 리더십의 근본이었습니다.

리더란 어떤 순간에도 중심을 잃지 않는 사람, 책임을 두려워하지 않는 사람, 그리고 무엇보다 사람을 먼저 바라보는 사람이라는 사실을 저는 현장에서 배웠습니다.

이제 저는 한 생의 긴 공직 여정을 정리하며 앞으로의 길을 더 깊이 고민하게 되었습니다.

우리 사회와 공동체는 지금 더 따뜻한 행정, 더 정직한 리더십, 더 사람다운 시선을 필요로 하고 있습니다. 그래서 저는 스스로에게 묻습니다.

"내가 걸어온 이 길이 우리 공동체의 미래에 조금이라도 도움이 될 수 있을까."

그 질문에 대한 제 대답은 조용하지만 흔들림이 없습니다.

"그렇다면, 나는 다시 한 번 책임을 선택하겠다."

공직에서 배운 경험과 사람을 통해 얻은 배움, 그리고 제 내면 깊숙이 자리한 책임의 정신을 우리 공동체의 내일을 위해 쓰고 싶습니다. 이제는 행정의 테두리를 넘어 더 가까이에서, 더 직접적으로 사람들의 삶과 마주하며 책임지고 싶습니다.

저의 다음 걸음은 개인을 위한 길보다는 공동체를 위한 길이어야 한다고 믿습니다. 그리고 그 길이 어디를 향해 있는지 제 마음은 이미 알고 있습니다.

저 혼자만의 힘으로는 결코 이 책을 세상에 내보낼 수 없었을 것입니다. 원고의 한 문장, 한 호흡까지 정성으로 다듬어 이 책의 결을 살리고 마음을 담아 한 장 한 장 완성해 준 편집디자이너 서보미, 이 기록이 독자에게 온전히 닿을 수 있도록 끝까지 함께해 주신 도서출판 행복에너지 권선복 회장께 이 자리를 빌려 깊은 감사의 마음을 전합니다.

이 책은 그렇게 사람의 손과 마음이 겹겹이 더해져 완성되었습니다.

독자 여러분, 이 책을 끝까지 함께해 주셔서 진심으로 감사합니다. 혹시 이 글이 여러분의 마음에 작은 힘 하나라도 남겼다면, 그것만으로도 제 삶은 충분히 값졌습니다.

이 책이 많은 사람들에게 읽혀 세상을 바라보는 시야가 조금 더 환해지고, 사람을 대하는 마음이 조금 더 따뜻해지기를 바랍니다. 서로를 이해하는 여유와 긍정의 힘이 우리 일상 속에 자연스럽게 스며들기를 소망합니다.

여러분의 앞날에도 따뜻한 빛이 머물고, 좋은 선택들이 이어지며, 매일의 걸음이 의미와 기쁨으로 채워지기를 진심을 다해 기원합니다.

2026년 1월
이민표

출간후기

권선복 | 도서출판 행복에너지 회장

원고를 보며, 저는 단순한 공직자의 보고서를 넘어 '한 사람이 어떻게 살아왔는가'를 증명하는 살아 있는 기록을 마주했습니다. 33년여 공직의 시간 동안 이민표라는 사람은 단 한 번도 책임을 피해 가지 않았고, 단 한 번도 중심을 잃지 않았으며, 어떤 상황에서도 자신에게 주어진 역할을 정면으로 받아낸 사람이었습니다.

그의 글에는 군더더기나 과장이 없습니다. 대신 오랜 시간 행동으로 증명해 온 사람만이 지닐 수 있는 단단한 신뢰와 깊은 울림이 고스란히 배어 있습니다. 그는 말보다 행동이 앞서고, 명예보다 책임을 먼저 생각하는 사람입니다. 특히 그의 삶 속 곳곳에서 드러나는 홍익인간의 정신 – 널리 인간을 이롭게 한다는 가치관은 그가 왜 이 길을 선택했고, 왜 33년이라는 시간을 포기하지 않고 지켜낼 수 있었는지를 명확하게 보여줍니다. 그 신념은 단지 직업적 소명이 아니라, 삶의 방식이며 존재의 중심이었습니다.

공직의 길은 누구에게나 열려 있지만, 끝까지 정직하게, 묵묵하게, 한결같은 마음으로 완주하는 이는 많지 않습니다. 그러나 그는 그 길을 묵묵히 걸어왔습니다. 그의 기록은 장식이 아니라, 삶 자체가 증거이고 태도 자체가 역사인 사람의 이야기입니다. 책을 읽는 동안 저는 여러 번 고개를 끄덕였습니다. 그리고 마지막 장을 덮는 순간, 하나의 확신이 생겼습니다.

"이 사람은 믿을 수 있는 사람이다."

책임을 회피하지 않는 사람, 어떤 상황에서도 중심을 잃지 않는 사람, 자신의 역할을 사명으로 여기는 사람. 그런 사람이야말로 공동체가 필요로 하는 인물이며, 앞으로의 길을 맡길 수 있는 사람입니다.

이 책을 통해 독자 여러분께 진정한 공직자의 품격, 그리고 사람을 먼저 생각하는 리더의 마음을 깊이 느끼게 해드릴 수 있으리라 확신하며 독자들의 마음에 불을 밝히고, 기운찬 행복에너지와 긍정의 힘이 샘솟기를 기원드립니다.

출간후기

NOTE